मानव उपयोगी पेड़

मानव उपयोगी पेड़

रामेश बेदी

राजकमल प्रकाशन

ISBN : 978-81-287-0102-5

मूल्य : ₹795

पहला संस्करण : 2000
चौथा संस्करण : 2016
This book is printed on Print on Demand Technology : 2025

प्रकाशक : राजकमल प्रकाशन प्रा. लि.
1-बी, नेताजी सुभाष मार्ग, दरियागंज
नई दिल्ली-110 002

शाखाएँ : अशोक राजपथ, साइंस कॉलेज के सामने, पटना-800 006
पहली मंज़िल, दरबारी बिल्डिंग, महात्मा गांधी मार्ग, प्रयागराज-211 001
1, अनमोल सोराबजी संतुक लेन, धोबी तलाव, मरीन लाइंस, मुम्बई-400 002
वेबसाइट : www.rajkamalprakashan.com
ई-मेल : info@rajkamalprakashan.com

आवरण-पारदर्शी : रामेश बेदी
भीतर के चित्र : रामेश बेदी, ए.एम. गोखले

MANAV UPAYOGI PED
by Ramesh Bedi

प्रकाशकीय

प्रकृति के साथ भारतीय मनीषा का संबंध हिंस्र उपभोग का नहीं, सहिष्णु उपयोग का रहा है। हमने प्रकृति के नियमों को जीवन के लिए निर्देशों के रूप में ग्रहण किया और तद्नुसार अपनी जीवन-शैली को प्रकृति से संगत बनाने का प्रयास किया। इसी प्रक्रिया में आयुर्वेद और अन्य जीवनोपयोगी विज्ञानों का श्रीगणेश हुआ। भारतीय ज्ञान की इसी थाती को आधुनिक दृष्टि के साथ प्रकाश में लाने के लिए इधर हमने कुछ साहित्येतर पुस्तकों का प्रकाशन आरंभ किया है। इसी क्रम में विख्यात वनस्पतिविज्ञानी श्री रामेश बेदी की पुस्तकों का प्रकाशन किया जा रहा है। भविष्य में उनकी और पुस्तकें भी प्रकाशित होंगी। आशा है, पाठकों को ये पुस्तकें पसंद आएंगी।

विषय सूची

एक

अर्जुन

तेर्मिनालिआ अर्जुन वाइट एवं आर्नेट
Terminalia arjuna Wight & Arnett
कुल कोम्ब्रेतासी Combretaceae

बड़ा, सदाहरा वृक्ष, मूर्धा फैली हुई, शाखाएं निलम्बी; छाल बहुत मोटी, धूसर या गुलाबी-सी हरी, चिकनी, बड़ी, पतली, अनियमित परतों में उतरने वाली; पत्ते अर्ध-अभि-

चित्र 1 अर्जुन का वृक्ष

मुख (sub-opposite), लम्बगोल या दीर्घवृत्त, चर्मश, 10 से 25 सेण्टीमीटर लम्बे, हृदाकार,

छोटी नोक वाले या कुण्ठाग्र; फूल लम्बी मञ्जरियों में; फल 2.5 से 5.0 सेण्टीमीटर लम्बा, अण्डाभ-लम्बगोल, 5 से 7, कटोर, पंखदार कोणों वाला।

भारत के अधिक भागों में नदियों, सोतों के साथ-साथ साधारण रूप से पाया जाता है। उपजाऊ, जलोढ दुमट (alluvial loam) में इसका बहुत बड़ा आकार हो जाता है। कर्नाटक में यह दुर्लभ है, लेकिन तिरुनेलवेली तथा पश्चिम तट पर बहुतायत में मिल जाता है। उत्तर की ओर यह उपहिमालय-प्रदेश में धाराओं के तटों के साथ-साथ; पंजाब में यह उगाया जाता है। छोटा नागपुर, उड़ीसा और उत्तरी सिरकार में यह आम मिल जाता है।

सड़कों के किनारे और पार्कों में छाया तथा शोभा के लिए यह ख़ूब बोया जाता है। सूखे और गरम प्रदेशों में भी इसे रोपते हैं। पश्चिम तट के भागों में जहां वर्षा 380 सेण्टीमीटर तक भी हो जाती है यह उग आता है।

पेड़ मामूली छाया को बर्दाश्त कर लेता है और घनी छाया को नहीं सहन कर पाता। छोटे पौधे पाले और सूखे के लिए संवेदनशील हैं, वे सूर्य के भरपूर प्रकाश में भलीभांति उगते हैं। लेकिन वहां ज़मीन में पर्याप्त नमी रहनी चाहिए। खुले सूखे पहाड़ी प्रदेश में उगाने के लिए यह उपयुक्त नहीं है। इसका स्कन्धकर्त्तन (pollard) बहुत अच्छा हो जाता है। इसके मूल प्ररोह (root suckers) भी पैदा हो जाते हैं। काटे गये ठूंठों से नई शाखाएं पैदा करने का सामर्थ्य सन्तोषजनक है, 76 सेण्टीमीटर तक मोटी शाखाएं बन जाती हैं।

फ़रवरी से मई तक बीज पकते हैं। करीब 22 बीजों का भार 28 ग्राम होता है। उगने की क्षमता 50 से 60 प्रतिशत है। एप्रिल-मई में बीज संग्रह करने के लिए उपयुक्त हो जाते हैं।

उत्पत्ति

भूमि पर गिरे बीज बारिशों और धाराओं में दूर-दूर बह जाते हैं। यदि गीली, पोली ज़मीन पर कहीं इकट्ठे हो जाते हैं तो वर्षा ऋतु के शुरू में उगने लगते हैं।

ठूंठों को या जड़ों को काटकर अथवा बीजों द्वारा इसे उगाया जाता है। 1.27 से 2.54 सेण्टीमीटर व्यास के ठूंठ उत्कृष्ट रहते हैं। देहरादून जैसी अवस्थाओं में जुलाई के अन्त में ठूंठों को बोना ठीक रहता है। बीजों से उगाये पौधे पहली बारिश में स्थानान्तरित कर देने चाहिए, वरना मूसला जड़ (tap root) बहुत लम्बी हो जाती है। नर्सरी में उगाये 75 दिन के पौधों की जड़ और प्ररोह की औसत लम्बाई क्रमशः 30 सेण्टीमीटर और 13 सेण्टीमीटर हो जाती है। इनकी जड़ अलग करके सिरे के केवल दो पत्ते रखकर बोये हुए पौधों में से 58 प्रतिशत ज़िन्दा रहे और तीन साल बाद इनकी ऊंचाई 99 सेण्टीमीटर हो गई थी। बोने के 21 दिन बाद बीज उगने शुरु हो जाते हैं। नर्सरी में पौधे तेज़ी

से बढ़ते हैं। एक उदाहरण में दो और तीन महीनों में क्रमशः 25 और 43 सेण्टीमीटर

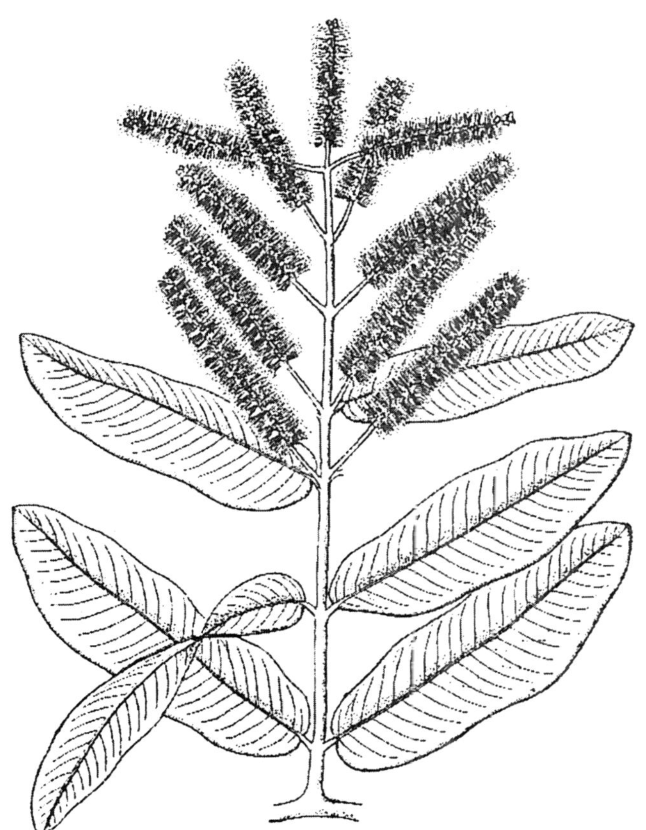

चित्र 2 अर्जुन की पुष्पित शाखा

ऊंचे हो गये थे। शाखाओं की क़लमों (cuttings) से यह नहीं उगता।

विविध भाषाओं और स्थानों में नाम

अंग्रेज़ी : arjun अर्जुन।

कन्नड़ : मद्दि।

गुजराती : अर्जुन।

तमिल : मरूदमरम्।

तेलुगु : तेल्लमद्दि।

पंजाबी : जुमरा।
बंगाली : अर्जुन गाह्, अर्झन।
मराठी : अर्जुन, अर्जुन सादड़ा।
संस्कृत : अर्जुन।
हिन्दी : काहू, कहुआ, कोह, अर्जुन।

संस्कृत में नाम और पर्याय

वनस्पतिनिघण्टुओं में अर्जुन के कुल तैंतीस नाम आए हैं। धन्वन्तरिनिघण्टु (8 वीं शती) में नौ, कैयदेवनिघण्टु (1450 सन्) में आठ, राजनिघण्टु (12 वीं शती) में इक्कीस, भावप्रकाशनिघण्टु (1550 सन्) में सात और मदनपालनिघण्टु (1374 सन्) में चार नाम और पर्याय निम्नलिखित श्लोकों में आए हैं :

अर्जुनः ककुभः पार्थश्चित्रयोधी धनञ्जयः।
वीरान्तकः किरीटी च नदीसर्जोऽपि पाण्डवः॥

धन्वन्तरिनिघण्टु, आम्रादिवर्ग 5; 104.

अर्जुनः फाल्गुनः पार्थः ककुभो धूर्तभूरुहः॥
श्वेतवाहो नदीसर्जः मधुगन्धिप्रसूनकः।

कैयदेवनिघण्टु, ओषधिवर्ग 1; 819-820.

अर्जुनः शम्बरः पार्थश्चित्रयोधी धनञ्जयः।
वैरान्तकः किरीटी च गाण्डीवी शिवमल्लकः॥
सव्यसाची नदीसर्जः कर्णारिः कुरूवीरकः।
कौन्तेय इन्द्रसूनुश्च वीरद्रुः कृष्णसारथि।
पृथाजः फाल्गुनोधन्वी ककुभश्चैकविंशतिः॥

राजनिघण्टु, प्रभद्रादिवर्ग 9; 116-117.

ककुभोऽर्जुननामाख्यो नदीसर्जश्च कीर्त्तितः।
इन्द्रद्रुर्वीरवृक्षश्च वीरश्च धवलः स्मृतः॥

भावप्रकाशनिघण्टु,वटादिवर्ग 5; 26.

ककुभोऽर्जुननामा स्यान्नदोमञ्जु शठद्रुमः।

मदनपालनिघण्टु, वटादिवर्ग 5; 14.

इन श्लोकों के अन्तर्गत लिखे गए नाम-पर्यायों को नीचे तालिका में दिया जा रहा है, जिससे पाठक सुगमता से उनका तुलनात्मक अध्ययन कर सकें :

धन्वन्तरिनिघण्टु (8वीं शती)	कैयदेवनिघण्टु (1450 सन्)	राजनिघण्टु (12वीं शती)	भावप्रकाशनिघण्टु (1550 सन्)	मदनपालनिघण्टु (1374 सन्)
1 अर्जुन	1 अर्जुन	1 अर्जुन	1 अर्जुन	1 अर्जुन
			2 इन्द्रद्रु	
		2 इन्द्रसूनु		
2 ककुभ	2 ककुभ	3 ककुभ	3 ककुभ	2 ककुभ
		4 कर्णारि		
3 किरीटी		5 किरीटी		
		6 कुरूवीरक		
		7 कौन्तेय		
		8 कृष्णसारथि		
		9 गाण्डीवी		
4 चित्रयोधी		10 चित्रयोधी		
5 धनञ्जय		11 धनञ्जय		
		12 धन्वी		
			4 धवल	
	3 धूर्तभूरुह			
				3 नदीमञ्जु
6 नदीसर्ज	4 नदीसर्ज	13 नदीसर्ज	5 नदीसर्ज	
7 पाण्डव				
8 पार्थ	5 पार्थ	14 पार्थ		
		15 पृथाज		
	6 फाल्गुन			
		16 फाल्गुनी		
	7 मधुगन्धिप्रसूनक			
			6 वीर	
		17 वीरद्रु		
			7 वीरवृक्ष	
9 वीरान्तक				
		18 वैरान्तक		
				4 शठद्रुम
		19 शम्बर		
		20 शिवमल्लक		
	8 श्वेतवाह			
		21 सव्यसाची		

छाल कषाय रसयुक्त, शीतल, हृदय के लिए हितकर, बल्य, ज्वरहर, रक्तस्तम्भक, प्रवाहिकाहर है। क्षत, क्षय, स्वेदाधिक्य, विष, रक्तविकार, मेदवृद्धि, प्रमेह, प्रमेह सम्बन्धी व्रण, कफ तथा पित्त नाशक है। अस्थिभंग में, गुम चोट में, नील पड़ जाने पर दूध के

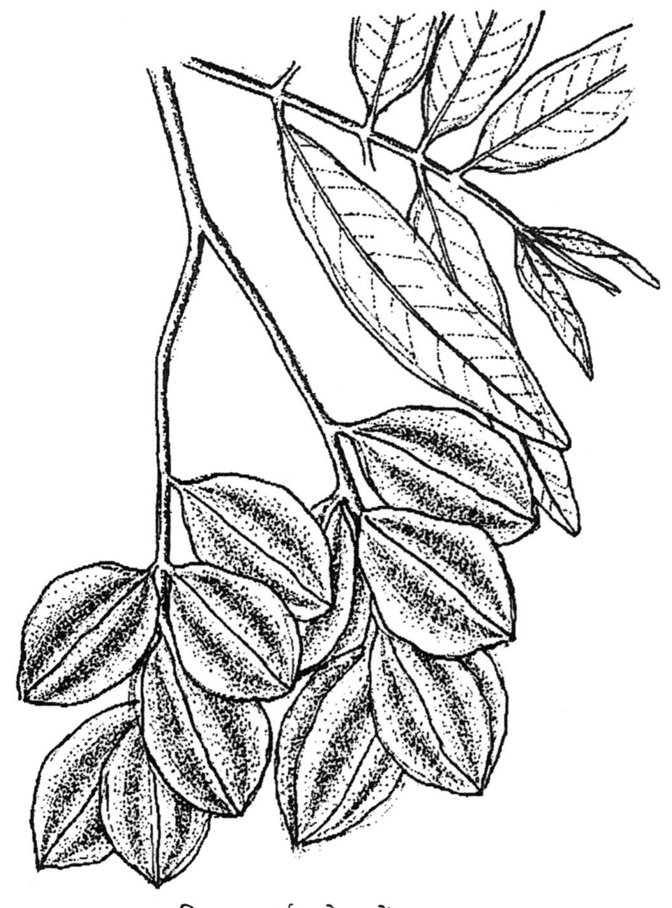

चित्र 3 अर्जुन के फलों का गुच्छा

साथ छाल का चूर्ण खिलाते हैं। रक्त के उच्च दवाव में छाल का चूर्ण देते हैं। जिगर के विकारों में यह मूत्रल तथा बल्य का काम करता है। फल बल्य और अवरोध दूर करने वाले हैं। बस्तर के आदिवासी मुख के छालों और व्रणों में शाखिका को चबाते हैं। कान के दर्द में पत्तों का ताज़ा रस इस्तेमाल करते हैं। छाल के काढ़े से ज़ख़्मों को धोते हैं।

निघण्टुशास्त्र में प्रतिपादित गुण

ककुभस्तु कषायोष्णः कफघ्नो व्रणनाशनः ।
पित्तश्रमतृषार्तिघ्नो मारुतामयकोपनः ॥

धन्वन्तरिनिघण्टु, आम्रादिवर्ग 5; 105.

अर्जुनस्तुवरः शीतो जयेत् पित्तकफव्रणान् ॥
मेदोमेहास्रहृद्रोगस्वेदभग्नक्षतक्षयान् ।

कैयदेवनिघण्टु, ओषधिवर्ग 1; 820-821.

अर्जुनस्तु कषायोष्णः कफघ्नो व्रणनाशनः ।
पित्तश्रमतृषार्तिघ्नो मारुतामयकोपनः ॥

राजनिघण्टु, प्रभद्रादिवर्ग 9; 118.

ककुभः शीतलो हृद्यः क्षतक्षयविषास्रजित् ।
मेदोमेहव्रणान् हन्ति तुवरः कफपित्तहृत् ॥

भावप्रकाशनिघण्टु, वटादिवर्ग 5; 27.

ककुभः शीतलो भग्नक्षतक्षयविषास्रजित् ॥

मदनपालनिघण्टु, वटादिवर्ग 5; 14.

रसकाष्ठ (sap wood) आरक्त-श्वेत होती है। अन्तःकाष्ठ भूरी से लेकर गूढ़ी भूरी, जिस पर काले-से रंग की अधिक गूढ़ी रेखाएं पड़ी रहती हैं। लकड़ी बहुत कठोर, मज़बूत और मामूली भारी होती है। आपेक्षिक गुरुत्व 0.74 और प्रति घन मीटर का वज़न 816 से 865 किलोग्राम होता है। रसकाष्ठ जल्दी ख़राब हो जाती है, उस पर कीड़ों के आक्रमण की सम्भावना बनी रहती है। उपचार किये विना इसे इस्तेमाल नहीं करना चाहिए।

बैलगाड़ियों, कृषि उपकरणों, पानी की नालियों, नौका-निर्माण और अन्य घरेलू उपयोगों के निमित्त लकड़ी काम आती है। कोलार स्वर्ण क्षेत्र (gold fields) में यह खान के खम्भों के रूप में और छोटा नागपुर में बैलगाड़ी के ठोस पहियों के निर्माण में काम आती है। प्लाइवुड बनाने के लिए लकड़ी उपयोगी है। गृह-निर्माण, मस्तूल, बिजली के खम्भे और कुछ प्रकार के औज़ारों के हत्थे बनाने के काम आती है। इससे खड़ाऊं बनाई जा सकती है।

चमड़ा कमाने के लिए छाल उपयोगी है। एक बार छाल काटने पर बार-बार नई छाल पैदा हो जाती है। वृक्ष को हानि नहीं होती। एक वृक्ष से 9 से 45 किलोग्राम छाल प्राप्त हो जाती है। दो वर्षा ऋतुओं में छाल उग आती है। इस प्रकार हर तीसरे साल नियमित रूप से छाल मिलती रह सकती है। यह ख़ूब मोटी, मृदु और लाल होती है, भीतरी सतह धूसर होती है। इसमें रेशे नहीं होते काण्ड की सूखी छाल में 20 से 24

प्रतिशत टैनिन होता है। निचली शाखाओं की सूखी छाल में 15 से 18 प्रतिशत टैनिन होता है। दुबारा काटी हुई छाल में भी टैनिन का परिमाण पुरानी छाल जैसा ही होता है। टैनिन में पाइरोगैलोल और कैटेचोल टैनिन होते हैं। छाल के एक नमूने की रासायनिक परीक्षा में टैनिन 15.8, टैनिन के अलावा विलेय पदार्थ 8.2 और पानी 7.5 प्रतिशत पाया गया।

फलों में 7 से 20 प्रतिशत टैनिन होता है। गिरे हुए फलों में टैनिन की मात्रा बहुत कम होती है।

पत्ते टस्सर के रेशमकीड़े [**Antheraea mylitta** (Drury)] को खिलाये जाते हैं। इनमें (शुष्क आधार पर) अपरिष्कृत प्रोटीन 10.10, कच्चे रेशे 7.78, प्रह्रासक शर्कराएं 4.30, सकल शर्कराएं 5.75, स्टार्च 11.09 और खनिज 7.09 प्रतिशत होते हैं। इन पत्तों को खिलाकर पाले गये लार्वों से अधिक अच्छा टस्सर मिलने का कारण सम्भवतः यह है कि इनमें कम रेशे होते हैं।

दो

खैर

अकाचा कतेकू विल्डेनो
Acacia catechu Willd.
कुल मिमोसासी Mimosaceae

कत्थे का इतिहास : वर्तमान समय में खैर की सबसे महत्त्वपूर्ण उपज कत्था है। इसे बनाने का काम बहुत प्राचीन समय से चल रहा है। भारतीय साहित्य में अत्यन्त प्राचीन लेखकों ने भी इसका उल्लेख किया है। 1514 में प्रकाशित ईस्ट इण्डीज़ के वर्णन में बार्बोसा ने काचो (cacho) का ज़िक्र किया है जो सम्भवतः यही ओषध है। वह लिखता है कि यह उस समय कैम्बे (Cambay) से मलक्का को निर्यात की जाती थी। काचो प्रकट रूप में कनारी शब्द है। इसके लिए अब काचु (kachu) शब्द प्रयुक्त होता है। सम्भव है कि कैटेचु शब्द, जो आधुनिक लेटिन से बना है, दक्षिण भारतीय नाम है और दक्षिण भारत से यह पदार्थ पहले-पहल निर्यात किया गया होगा। कुछ विद्वान् कहते हैं कि कोचीन-चीन कायको (cayco) शब्द से यह निकला है। पौधे के तमिल भाषा में ये नाम हैं—काति, कुति या काते (cate)। ऐसा प्रतीत होता है कि कैटेचु (catechu) का पहला आधा तमिल नाम काते (cate) से बना है और पिछला आधा चु (chu) अर्थात् चुआना शब्द से लिया गया है।

1514 में बार्बोसा के लिखने के बाद इस पदार्थ का फिर ज़िक्र हम 1574 में पाते हैं, जबकि गार्सिया द औेर्टा (Garcia d' Orta) ने खैर वृक्ष का पूर्ण विवरण दिया है और कत्था बनाने की विधि इसके तमिल नाम काते (cate) के नीचे वर्णन की है।

सत्रहवीं शताब्दी तक कत्थे ने यूरोपवासियों का ध्यान आकृष्ट नहीं किया। यूरोप के लोग तब इसे केवल एक प्रकार की प्राकृतिक मिट्टी समझते थे क्योंकि जापान के रास्ते यह यूरोप पहुंचा, इसलिए इसका नाम *तेर्रा यापोनिका* (*Terra japonica*) पड़ गया। यहां यह ध्यान देने योग्य है कि भारत से जापान जाकर वहां से फिर यह यूरोप को निर्यात किया गया था। क्लेयर (Cleyer) ने 1785 में कत्था बनाने के गार्सिया द औेर्टा के विवरण को पुनः प्रकाशित किया और इसे भारतीय उपज बताया। उन दिनों सर्वोत्तम क़िस्म पेगू (म्यांमार) से तथा दूसरी क़िस्में सूरत, मलाबार, बंगाल और श्रीलङ्का से निर्यात होती थीं।

भारत के साथ सामुद्रिक व्यापार के प्रारम्भिक सालों से ही चीन कत्थे का आयात करता था। भारत से कत्था पहले मलक्का जाता था और फिर वहां से चीनी जहाज़ों पर लाद दिया जाता था। पुर्तगालियों ने जब भारतीय सागर में अरबों के व्यापार को धक्का पहुंचाया, जैसा कि बार्बोसा ने 1514 में लिखा है, तब कैम्बे इसे मलक्का भेज रहा था। गार्सिया द और्टा, जो गोआ में चिकित्सक के रूप में 1534 से लगभग 1570 तक रहा, इसे अच्छी तरह जानता था, परन्तु यूरोपवासी गार्सिया के कथन को स्वीकार नहीं करते थे, इसलिए वे कत्थे की प्रकृति के ज्ञान से अनभिज्ञ रहे। गार्सिया ने लिखा है कि चिकित्सा के रूप में इसकी मांग बहुत अधिक नहीं है और इसका एक बहुत बड़ा परिमाण चीन तथा मलक्का में पान के साथ चबाने में काम आता है। उसने स्वयं औषधि के रूप में गोआ में इसका प्रयोग किया था।

1721 के लन्दन फ़ार्माकोपिया में कत्था अधिकृत औषध (official drug) के रूप में ग्रहण किया गया। 1741 में यूरोपियन फ़ार्माकोपिया में इसका वर्णन किया गया है। 1864 के ब्रिटिश फ़ार्माकोपिया में यह अधिकृत था।

हिमालय के निकटवर्ती ज़िलों में टांग जाति के लोग कत्था निकालते थे जिन्हें वृक्ष के नाम के आधार पर खैरी कहा जाता था। हरिद्वार और नजीबाबाद के जंगलों में जो कत्था बनाते हैं उन्हें खैरुवा कहते हैं। मुम्बई में कत्था बनाने वालों को कत्थाकारी कहते हैं। विश्वास किया जाता है कि ये लोग पहले उत्तर भारत से थाना ज़िले में प्रविष्ट हुए और सूरत में बस गए। ये लोग इन ज़िलों में तथा रत्नाकर ज़िले में जंगली जाति समझे जाते हैं; जैसे कि वहां के आदिवासी हों। गुजरात की तरह उड़ीसा में भी कत्था बनाने वालों की एक अलग क़ौम है।

व्यापारिक महत्त्व

खैर से कत्थे का निर्माण बड़े विस्तृत क्षेत्र में किया जा रहा है। भारत का यह एक बड़ा कुटीर उद्योग है। कुटीर उद्योग के रूप में कत्थे का निर्माण हमारे देश में अत्यन्त प्राचीन समय से हो रहा है। इस उद्योग के सही आंकड़े तो उपलब्ध नहीं होते, परन्तु विशेषज्ञों का अनुमान है कि लगभग 1500 टन कत्था कुटीर उद्योगों में प्रतिवर्ष बनाया जाता है।

आधुनिक साधनों से सम्पन्न कारख़ानों में कत्थे और कच का सबसे अधिक निर्माण इज़्ज़तनगर (बरेली) के कारख़ानों में होता है। यहां प्रतिवर्ष 350-400 टन कत्था और 750-800 टन तक कच बनता है। ग्वालियर में प्रति वर्ष कोई 400 टन कत्था बनता है। उड़ीसा, बरार और गुजरात भी इसकी पैदावार के महत्त्वपूर्ण केन्द्र हैं।

अनुमान है कि आधुनिक कारख़ानों में भी कुटीर उद्योगों के बराबर ही कत्था बनाया जाता होगा। इसके अतिरिक्त कुछ अन्य उपजें भी इस उद्योग से प्राप्त होती हैं।

निर्माण की प्रचलित विधि

कुटीर उद्योगों में देशी पद्धति से कत्था बनाने की विधि बड़ी सरल है। इस उद्योग में अनेक पारिभाषिक शब्दों का प्रयोग होता है। हमारे हिन्दी-कोशों में इन शब्दों का समावेश प्रायः नहीं किया गया है। हरिद्वार के जंगलों में बड़े पैमाने पर कत्था बनाते हुए मैंने कई वर्षों तक देखा है। निर्माण की देशी पद्धति तथा पारिभाषिक शब्दों का मैंने अध्ययन करने का प्रयत्न किया है। मैं चाहता हूं ये शब्द हमारे कोशों में स्थान प्राप्त कर लें। इसलिए यथासम्भव देशीय लोगों की शब्दावली में ही मैं निर्माण विधि का उल्लेख करूंगा।

बहते हुए पानी के पास जंगल का एक टुकड़ा साफ़ करके डेरा बनाया जाता है। कत्था बनाने का देशी कारख़ाना यही है। इसके लिए पारिभाषिक शब्द है—झाला।

चित्र 4 कत्था बनाने के झाले का सामान्य दृश्य

झाले में समान अन्तर पर लम्बाई के रुख़ कई भट्ठियां बनी होती हैं। खैर का जंगल झाले से सामान्यतः 4-5 किलोमीटर से अधिक दूर नहीं होता। पेड़ काटकर झाले तक पहुंचाने का कार्य बड़ी मेहनत का है। आमतौर पर नेपाली लोग इस काम पर रहते हैं। जो लोग इस कठोर श्रम के लिए अपने को उपयुक्त नहीं समझते, वे झाले पर काम करते हैं। जंगल में खैर के पेड़ों को काटकर वहीं पर उन्हें छीलकर 2 से 2.5 मीटर लम्बे टुकड़े कर लिये जाते हैं। इनको विधाव कहते हैं। झाले में दो स्थानों के श्रमिक कार्य करते हैं—नेपाली और गोंडा आदि ज़िलों के निवासी पुरबिये। झाले की

परिभाषाएं प्रायः एक समान ही हैं। परन्तु कोई-कोई शब्द नेपाली भी अपना लिया गया है। कुल्हाड़ी के लिए यहां नेपाली शब्द वनचारा और पूरबी शब्द टिंगारी, दोनों ही प्रयोग में हैं। बिधाव को बांधकर पीठ पर रखते हैं और जिस चौड़ी रस्सी से माथे पर टिकाते हैं उसे मथैली कहते हैं। झाले के पार्श्व में झोंपड़ियां बनाई गई होती हैं जिनका सामने का पार्श्व खुला रहता है। इन झोंपड़ियों को छबाड़ कहते हैं। छबाड़ में बिधावों के छोटे-छोटे टुकड़े किये जाते हैं। बिधाव की इन क़तरनों का नाम चुन्नी है। दो लकड़ियों के सिरों को बांधकर बनाई घोड़ई पर बिधाव का ऊपर का सिरा टेककर निचले सिरे को नीठा पर जमा कर देते हैं। आमने-सामने दो मेनदार खड़े होकर दबादब टिंगारी चलाना शुरू करते हैं। खैर की लकड़ी क्योंकि कठोर होती है इसलिए बिधाव से चुन्नी काटने का काम श्रम-साध्य है। चुन्नी काटना, जंगल से पेड़ काटना, ढोकर लाना, ये सब काम मेनदार के हैं। ये प्रायः नेपाली होते हैं।

नाभी कत्था

चुन्नी काटते हुए कभी-कभी बिधाव के अन्दर ऐसी दरारें, गुहाएं या खाली जगह भी मिल जाती हैं, जिनमें प्राकृतिक रूप से स्वयं बना हुआ कत्था पड़ा रहता है। इसे नाभी कत्था कहते हैं। यह सर्वथा शुद्ध पदार्थ है। अनियमित खण्डों या डलों में मिलता है। लकड़हारे या मेनदार लकड़ी काटते हुए जब कभी इस कत्थे को देखते हैं तब बहुत सावधानी से इकट्ठा कर लेते हैं। बरिया, गुजरात के पास यह पदार्थ इकट्ठा किया जाता है। वैद्य और हकीम लोग नाभी कत्थे को चिकित्सा-दृष्टि से बहुत महत्त्व देते हैं। खांसी की यह बहुमूल्य चिकित्सा समझी जाती है। दुर्लभता के कारण इसका मूल्य ऊंचा होता है। नाभी कत्थे को अंग्रेज़ी में कीर्सल, खीर्सल या खेर्साल कहते हैं। यह कैटेचुइक अम्ल (catechuic acid) है। प्रतीत होता है कि वैद्यों में यह पदार्थ खदिर सार या खैर सार के नाम से ज्ञात है।

पकाना

ज़मीन में लम्बी खाइयां खोदकर इनके ऊपर भट्ठियां बनाई जाती हैं। प्रत्येक भट्ठी के ऊपर हांडियों की तीन पंक्तियां बैठाई जाती हैं। दो पार्श्व में और एक ऊपर। भट्ठियों पर कत्था पकाने वाले को चकरिया कहते हैं। भूमि की तपिश से बचने के लिए इसके पैरों में ऊंची खड़ाऊं रहती हैं। 4-5 सेण्टीमीटर ऊंची इस खड़ाऊं को पौला कहते हैं। कत्था पकाने के लिए धारा से पानी लाने का कार्य प्रायः स्त्रियों के ज़िम्मे होता है, इन्हें पनभरा या पनभरुआ कहते हैं।

पार्श्व वाली हांडियों में चुन्नी और पानी भरकर पकाया जाता है। हांडियां प्रायः मिट्टी की होती हैं। परन्तु, कहीं-कहीं पीतल की हांडियां प्रयोग में आने लगी हैं। चकरिया

इनमें यह दोष बताता है कि ज़रा-सी असावधानी से कत्था जल जाता है। पकते-पकते पानी का रंग जब गाढ़ा लाल हो जाता है तब उस पानी को ऊपर की हांडियों में पलट देते हैं। रस को छानने के लिए सरकंडे की एक सिरकी हांडी के मुंह पर अटका दी जाती है जो चुन्नी को बाहर नहीं आने देती। इस सिरकी को ये लोग जावा कहते हैं और रस छानने की प्रक्रिया को पसाना कहते हैं। पकी हुई निस्सार चुन्नी को धूप में फैलाकर सुखा लेते हैं। यह भट्ठी में झोंकने के काम आती है। भट्ठी की आग इतनी अधिक प्रबल होती है कि उसे गीले-सूखे सब लक्कड़ों को भस्मसात् करने में कठिनाई नहीं होती। इसी से झाले के लोग उसे भस्मासुर कहा करते हैं। तेज़ आग में कत्थे का काढ़ा उफनकर बह न जाय इसकी पूरी सावधानी रखी जाती है। बांस की खोखली पोरी के एक टुकड़े में एरण्ड के छिले हुए बीज डालकर छड़ी से कुचल देते हैं। उबाल को रोकने के लिए इस छड़ी को हांडी के काढ़े में ज़रा-सा छुआ देना काफ़ी होता है। इस उपकरण को ढोंगरा कहते हैं। बीच की पंक्ति में हांडियों के अन्दर पक रहे कत्थे के गाढ़ेपन को देखने के लिए नारियल की बनी हुई एक कड़छी-सी होती है जिसे लोकी कहते हैं। नारियल के कटे हुए खोल में बांस का हत्था लगाकर यह बन जाती है।

ख़ूब गाढ़ा होने पर काढ़े को निकालकर छान लेते हैं और खलिहान में भेज देते हैं। यह झोंपड़ियों का एक बड़ा घेरा होता है जिसमें काढ़ा देर तक पड़ा रहकर धीरे-धीरे अधिक घना हो जायेगा। खलिहान में पहुंचने के बाद गरम काढ़े को सबसे पहले हौदी में डालते हैं। सामान्यतः ये पशुओं को सानी करने वाली मिट्टी की नांद होती हैं। परन्तु ऐसे जंगलों में जहां नांद नहीं पहुंचाई जा सकती, कटरों से काम लेते हैं। सिम्बल के ताज़े काटे हुए तने को खोदकर जो नांद या कुण्ड बनाते हैं उसे कटरा कहते हैं। हौदी या कटरे में कुछ दिन पड़ा रहने के बाद इसे सूखघर (सोकिंग पिट) में पलट देते हैं। मिट्टी में 1.50 मीटर गहरा और लगभग 1.20 मीटर लम्बा-चौड़ा एक चौकोर गड्ढा खोदा जाता है। इसकी दीवारों पर तथा फ़र्श पर टाट की तहें बिछा देते हैं। गीले कत्थे की नमी को टाट चूस लेता है और साथ की मिट्टी में छोड़ देता है। इस तरह क्रमशः सूखघर में कत्थे की नमी कम होती जाती है। यहां यह अधिक गाढ़ा हो जाता है। कुछ सप्ताह यहां रहने के बाद अब इसे पाठ में स्थानान्तरित करते हैं। ज़मीन के पृष्ठ पर लगभग 30 सेण्टीमीटर ऊंची बालू बिछाकर 4.50x4.50 मीटर का एक चबूतरा बनाते हैं। इस उथले हौज़ के अन्दर भी सूखघर के समान टाट और कपड़ा बिछाते हैं। पाट में कत्थे की नमी का अधिक अंश निकल जाता है। जब इतना सूख जाय कि काटा जा सके तब पाट के 25 सेण्टीमीटर लम्बे तथा इतने ही चौड़े और 10-15 सेंटीमीटर मोटे टुकड़े काट लेते हैं। इन्हें टुकड़ी कहते हैं। कटाई लोहे के हंसिये से की जाती है। इस काम को करने वाले को किसान या चाई कहते हैं। झाले में श्रमिकों में सबसे अधिक ज़िम्मेदार यही व्यक्ति है। जंगल से पेड़ कटवाना, सारी निगरानी, कत्थे को स्वयं हाथ से काटना,

सुखाना, भरना —सब काम किसान के हैं। भट्ठी का काम समाप्त होने पर चकरिया, पनभरुआ आदि झाला छोड़कर चले जाते हैं। परन्तु चाई अन्त तक काम पर रहते हैं।

सूखघर और पाठ की दीवारों के द्वारा रेत में जो रस चूसा गया है उसे जूसी कहते हैं। व्यापार में इसका नाम कच है। यह उपसृष्ट (बाइप्रोडक्ट) भी क़ीमती दामों में बिक सकती है। परन्तु देशी पद्धति में अधिकतर निर्माता इसे प्राप्त नहीं कर रहे। यह यूं ही बालू में व्यर्थ चली जाती है। हां, टाटों में लग रहे कत्थे को धोकर पुनः काढ़ा बनाकर जमा लेना ये लोग जान गए हैं।

बग्गार

पाठ से टुकड़ी बनाने के बाद की प्रक्रियाएं बग्गार में सम्पन्न होती हैं। खलिहान की झोंपड़ियां तो चारों ओर बनी होती हैं, उनके बीच में जो खाली मैदान पड़ा था उसी में कोई 90 से 220 सेण्टीमीटर ऊंची और इतनी ही चौड़ी तथा 6 से 8 मीटर लम्बी झोंपड़ियों की कई पंक्तियां बनाई जाती हैं, जिन्हें बग्गार कहते हैं। इनके नीचे पड़ी हुई टुकड़ियां (ब्लौक्स) जब कुछ सूख जाती हैं तब प्रत्येक टुकड़ी के 3-4 खण्ड कर देते हैं, इन्हें फाल (स्लैब्स) कहते हैं। कुछ सूखने के बाद फाल के दो टुकड़े कर देने से गट्टी बन जाती हैं। ये 22 से 25 सेण्टीमीटर लम्बी, 10 से 13 सेण्टीमीटर चौड़ी और 2.50 से 3.00 सेण्टीमीटर मोटी होती है, सूखने पर गट्टी के 3-4 टुकड़े करने से बट्टी बन जाती हैं। 5-6 दिन सुखाने के बाद बट्टियों को दमसे दिये जाते हैं। इस प्रक्रिया से बट्टियों के पृष्ठ पर सुन्दर लाल रंग निखर जाता है। दमसे के लिए बट्टियों के ढेर के ऊपर गूलर, तुन या दतरंगे (गोंदनी) के पत्तों से ढककर बोरियां फैला देते हैं। यह ढेर अब बाहर की वायु के सम्पर्क से पृथक् रहता है। तीन दिन इसी तरह पड़ा रहेगा। अन्दर गरमी पैदा हो जायेगी। 3 दिन बाद खोलकर धूप-छांह में सुखा लेते हैं। दमसे के बाद बट्टियां प्रायः चिपक जाती हैं। रात की ठंडी हवा लगने से ये खिल जाती हैं। दमसे के लिए सबसे अच्छा पत्ता गूलर का समझा जाता है। इससे रंग बहुत अच्छा खिलता है। पकाने के बाद की सभी प्रक्रियाएं छाया में की जाती हैं। धूप में सुखाने से कत्थे का रंग काला पड़ जाता है।

रसमय कलापूर्ण जीवन

झाले के निवासी ग़रीब हैं। परन्तु उनके चेहरों पर ग़रीबी की मुर्दनी छायी नहीं रहती। वे प्रायः हंसमुख दिखेंगे। युवतियां मनुष्यों का पूरक बनकर कार्य करती हैं। संगीत और नृत्य से ये अपने खाली क्षणों में ताज़गी और नई उमंग प्राप्त करते हैं। इनके मिट्टी के घर स्वच्छ और सुन्दर सजे हुए रहते हैं। नेपालियों की झोंपड़ियां अलग रहती हैं, इन्हें बुकरी कहते हैं। जंगल से प्राप्त सामान से झाले के निवासी अपनी सभी आवश्यक-

ताओं की पूर्ति करने का यत्न करते हैं। लकड़ियां ज़मीन में गाड़कर चारपाई बना लेते हैं, इसे मचान कहते हैं। मालिक की झोंपड़ी में आपको बड़ा शानदार मचान मिलेगा जो जंगली घास-फूस और लकड़ी से बनाया गया है। प्रकाश के लिए यद्यपि झंझादीपों (हरीकेनों) और परमदीपों (प्राइम्स लैम्पों) ने भी झालों में स्थान पा लिया है परन्तु अधिकतर मिट्टी के बनाए हुए कलापूर्ण दीपक ही उन्हें प्रकाश देते हैं। इन दीपों को वे ढेवरी कहते हैं। गोंडा के श्रमिक इन्हें अपने साथ ही लाते हैं। मिट्टी की हांडियां भी पहले गोंडा से ही आया करती थीं परन्तु अब रुड़की के कुम्हार बनाने लगे हैं। झाले में स्थान-स्थान पर 90 से 120 सेण्टीमीटर ऊंचे लकड़ी के खम्भे गड़े रहते हैं जिनके ऊपर वांके घुमावों वाली ढेबरियां जंगल के घने अंधेरे से निरंतर जूझती रहती हैं। इस खम्भे का नाम डिउट (दीवट) है।

लकड़ी की मांग अधिक

तने का व्यास जब लगभग 30 सेण्टीमीटर हो जाता है और पेड़ की आयु 25 से 30 बरस हो जाती है तब यह कत्था निकालने के लिए उपयुक्त समझा जाता है। इज्ज़त नगर (बरेली) के कत्था बनाने के कारख़ाने में 1 मीटर से ऊपर घेरे की 10,000 टन लकड़ी प्रतिवर्ष खप जाती है। इस कारख़ाने को उत्तर प्रदेश से लकड़ी मिल जाती है। कत्था बनाने के लिए लकड़ी की मांग निरंतर बढ़ रही है।

कत्थे के अन्य स्रोत

निम्नलिखित पेड़ों की लकड़ियों की क़तरनों को पानी में पकाकर प्राप्त काढ़े को गाढ़ा कर लिया जाय तो कत्था बन जाता है :

1 सफ़ेद खैर (*Acacia suma* Buch.-Ham.)।
2 सुपारी (*Areca catechu* Linn.) से मुम्बई में कत्था वनाया जाता है।
3 पीत खदिर (*Uncaria gambier* Roxb.)।
4 लाल खैर (*Acacia sundra* DC.)।
5 खदिर भेद (*Acacia catechu* var. *catechuoides*)।

गैम्बीर

ब्रिटिश फ़ार्माकोपिया में कत्थे (catechu) को गैम्बीर (पीत खदिर) कहा गया है। मलय में स्वतः उगने वाली एक आरोही झाड़ी के पत्तों तथा बालशाखिकाओं का यह सुखाया हुआ जलीय निष्कर्ष (extract) है। यह मुख्यतया ग्राही द्रव्य के रूप में प्रयुक्त होता है। ब्रिटिश फ़ार्मास्युटिकल कोडेक्स में इसके प्रतिनिधि द्रव्य के रूप में कच या काले कत्थे को ग्रहण किया गया है। इन दोनों में भेद यह है कि पर्णशाद (chlorophyll)

या पीतखदिर भ्राशिन (gambir fluorescein) के लिए कच कोई प्रतिक्रिया नहीं देता जबकि गैम्बीर देता है।

मिलावट

कत्थे में मिलावट बहुत की जाती है। उद्योगों में यद्यपि कम शुद्ध, स्टैण्डर्ड कत्थे से घटिया या मिलावटी कत्थे का बड़ा भाग खप जाता है, परन्तु खाने के लिए तथा दवादारू में तो शुद्ध कत्थे का प्रयोग किया जाना चाहिए। मिलावट की पहचान का तरीका यह है कि वज़न किए हुए कत्थे के चूर्ण को दक्षु (ईथर) में घोलें। यह शुद्ध है तो उसके असली भाग का लगभग 53 प्रतिशत ईथर में घुल जायेगा। न घुलने वाला भाग लगभग 47 प्रतिशत बचना चाहिए। इससे अधिक जितना भार होगा वह मिलावट का समझना चाहिए। मिलावट में निम्नलिखित मुख्य पदार्थ पाये जाते हैं—रेता, चिकनी मिट्टी, खाण्ड, निशास्ता और सूखा ख़ून।

शुद्धता की दूसरी परीक्षा यह है कि जलाये जाने पर शुद्ध कत्थे को 3 से 4 प्रतिशत अवशेष छोड़ना चाहिए। इस परिमाण से यदि अवशेष अधिक है तो वे मिलावट के पदार्थ हैं। तीसरी परीक्षा घुलनशीलता की है। उबलते हुए पानी में शुद्ध कत्था पूरी तरह घुल जाना चाहिए। यदि यह ठण्डे जल में घुल जाए तो समझना चाहिए कि या तो इसमें मलिनताएं हैं या यह गरमी से ख़राब हो चुका है।

पौधे का स्वरूप

मध्यम आकार का यह एक पर्णपाती वृक्ष है। छोटी शाखाएं पतली, कण्टकित, चिकनी, चमकीली, गहरे-भूरे या जामनी रंग की होती हैं। कांटे छोटे, ज़रा मुड़े हुए, दवे हुए और जोड़ों में लगते हैं। अंकुश के समान मुड़े हुए कांटों को देखकर संस्कृत के एक कवि ने यह सुभाषित कहा है : जो तेज़, कुटिल कांटों से आवृत नहीं है वह भला खैर का पेड़ थोड़े ही हो सकता है।

कश्मीर के एक कवि भल्लट (883-902 ईस्वी पश्चात्) के भल्लट शतकम् में खदिर के कांटों की उपयोगिता के सम्बन्ध में एक श्लोक है :

परं तदिह नास्ति खदिरैः खरैरावृतं, व तेऽपि खदिरा न ये कुटिल कण्टकैरावृताः।
न ते कुटिलकण्टकाः किमपि ये न मर्मच्छिदः शमुज्झत वृथास्थितं वत सहध्वमध्वश्रयम्॥

जिसका अर्थ है — जो वस्तु छिपाई हुई नहीं है और रक्षित नहीं है वह सुन्दर कैसे हो सकती है ! चन्दन पर भी सांप लिपटे रहते हैं न ! हे खदिर ! अपने सौष्ठव की रक्षा के लिए ही तूने अपने ऊपर कांटे समेट रखे हैं क्या ? बता तो सही !

खैर की छाल 1.25 सेण्टीमीटर मोटी, गहरे भूरे रंग की या भूरे से धूसर रंग की और खुरदरी होती है। काटकर छाल को उतारा जाय तो अन्दर से यह धूसर-लाल वर्ण की होती है। पुरानी पड़ जाने पर छाल की बाहरी तहें लम्बी-पतली परतों में स्वयं उतरती रहती हैं और काण्ड के साथ प्रायः लटकी रहती हैं।

दोहरे पक्षवत् (pinnate) पत्ते 10 से 15 सेंटीमीटर तक लम्बे होते हैं जिनमें पक्षकों के 10 से 12 जोड़े रहते हैं। एक पत्ते में चिकने, वृन्तरहित पर्णकों (leaflets)

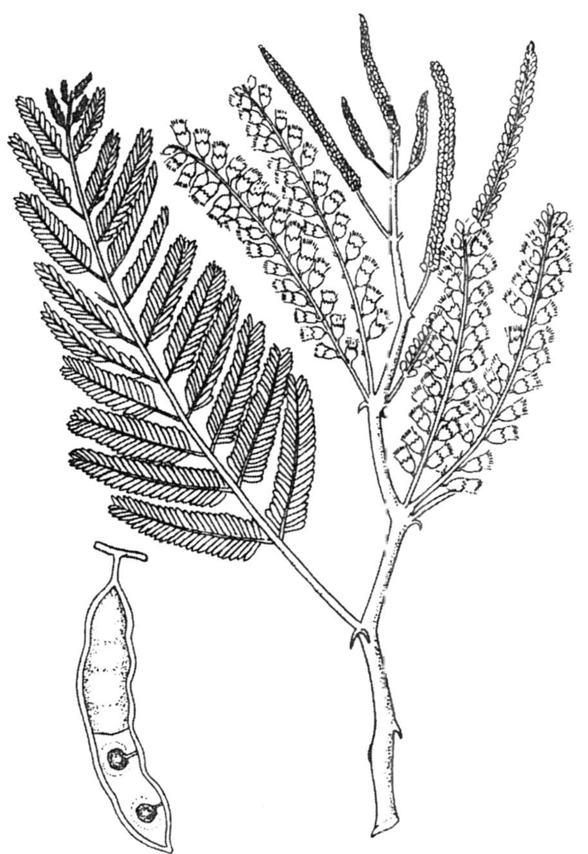

चित्र 5 खैर की पुष्पित शाखा और फली

के 30 से 50 जोड़े होते हैं अर्थात् कुल मिलाकर 60 से 100 तक छोटी-छोटी पत्तियां (पर्णक) होती हैं। पत्तों के अक्ष ग्रन्थिमय होते हैं।

ग्रीष्मऋतु में खैर का वृक्ष कुछ समय के लिए पत्रविहीन हो जाता है। उत्तर भारत में लगभग फ़रवरी में पत्ते गिर पड़ते हैं। नए पत्ते एप्रिल के अन्त में या मई में निकलते हैं। जून तक खैर के जंगल नए, कोमल, हरे, पंख सदृश पत्ते धारण कर लेते हैं और तब ये सुन्दर दीखते हैं। नई शाखाओं और नए पत्तों के अक्ष में 2.5 से 5 सेण्टीमीटर लम्बे, सफ़ेदी लिए, पीले रंग के सवृन्त फूलों के गुच्छे निकलते हैं। पुष्पकोश (केलिक्स) और पुष्पदल (पेटल्स) दोनों सफ़ेद से रंग के होते हैं। पुष्पकोश की अपेक्षा पुष्पदल तीन गुने लम्बे होते हैं। खैर का वृक्ष जुलाई या अगस्त तक और कभी-कभी अधिक देर तक पुष्पित रहता है। नए पत्तों के अक्षों में निकलती हुई फूलों की मंजरियां वृक्षों की शोभा बढ़ा देती हैं। श्रीराम को पंचवटी क्षेत्र में खिले हुए खैर के सौम्य वृक्ष बड़े अच्छे लग रहे थे।

फलियां जल्दी ही बन जाती हैं औरं सितम्बर-अक्तूबर तक पूरे आकार की हो जाती हैं। शुरू में ये हरी या लाली लिए हरे रंग की होती हैं और फिर मटियाले रंग में बदलने लगती हैं। नवम्बर की समाप्ति तक पकना आरम्भ होती हैं और दिसम्बर तथा जनवरी के पहले हिस्से तक पकती रहती हैं। पतली, सवृन्त फलियां 5 से 10 सेण्टीमीटर लम्बी, सीधी पट्टक रूप चपटी, गहरे-भूरे रंग की, चिकनी, चमकीली और पकने पर स्वतः फट जाने वाली होती हैं। एक फली के अन्दर 3 से 10 बीज रहते हैं। बीज चौड़ाई लिए अण्डाकृति या वर्तुल, हरे रंग की आभा लिए हुए धूसर रंग के, चिकने, चमकदार और कुछ कठोर होते हैं। इनके ऊपर कठोर बाह्यावरण होता है जो पानी में भिगोने पर मृदु तथा लचकीला हो जाता है। लगभग 100 बीजों का भार 28 ग्राम होता है।

पकने के बाद फलियां शीघ्र ही फट जाती हैं। ये जनवरी में गिरना शुरू करती हैं और कुछ महीनों तक गिरती रहती हैं। बीज फलियों के साथ रहते हैं और बाद में हलके होकर वृक्ष से काफ़ी दूर उड़ा दिए जाते हैं। इस प्रकार बीजों का प्रकृति में फैलाव होता है। नदियों के आसपास बीजों का अपकिरण इसके बाद भी पानी द्वारा किया जाता है। कई फलियां वृक्ष पर आगामी अक्तूबर तक रहती हैं; यद्यपि इस समय तक बीज कीड़ों द्वारा खाए जाकर निकम्मे हो जाते हैं।

बीजों का संग्रह

खैर का वृक्ष सामान्यतया हर साल काफ़ी बीज देता है। बीज इकट्ठा करने के उद्देश्य से दिसम्बर या जनवरी के शुरू में वृक्ष पर से फलियां तोड़ ली जानी चाहिए और कुछ दिन उन्हें धूप में फैला देना चाहिए। फलियों के किनारों के साथ बीज ज़ोर से चिपके रहते हैं। उनको अलग करने के लिए आवश्यक है कि फलियों के ढेर को

एक बड़े कपड़े में डालकर छड़ियों से अच्छी तरह पीटा जाए। उसके बाद छाज से बीज अलग किए जा सकते हैं।

उच्च जननशक्ति

बहुत सावधानी से रखने पर भी बीजों पर कीड़ों का आक्रमण बुरी तरह हो जाता है। देहरादून में एक साल तक रखे हुए बीजों की परीक्षा करने पर उन्हें निष्फल पाया

चित्र 6 खैर का वृक्ष

गया। निश्चित रूप से नहीं कहा जा सकता कि इसमें कीड़ों का कितना हाथ था। इसलिए अच्छा यही होता है कि इकट्ठा किए गए साल में ही बीज बो दिए जाएं। ताज़े तथा कीड़ों से हानि न पहुंचाये गए बीजों में जननशक्ति उच्च होती है।

तेजी से बढ़ने वाला

साधारण वर्षा से बीज जल्दी ही उग आते हैं और बोने के लिए विशेष तैयारी की आवश्यकता नहीं होती। अनुकूल अवस्थाओं में प्रारम्भ से ही नवजात पौधों की वृद्धि शीघ्र होती है। नियमित रूप से निराई किए गए और सिंचाई किए गए पौधे उगने से 3 मास के भीतर 90 सेण्टीमीटर या अधिक ऊंचाई प्राप्त कर लेते हैं। शाखाएं प्रारम्भ से ही फूटने लगती हैं और ये बिना किसी क्रम के इधर-उधर फैल जाती हैं। पौधे की जड़ लम्बी होती है, 3 महीने में यह 60 सेण्टीमीटर लम्बी चली जाती है।

नमी का प्रभाव

प्राकृतिक अवस्थाओं में पौधे की वृद्धि बहुत मन्द है। ये जंगली घास-पात या बूटियों से घेर लिए जाते हैं तथा पशुओं द्वारा चर लिए जाते हैं। चारों ओर घास-पात का बहुत ज़ोर हो तो पौधों के मरने का कारण यह होता है कि वर्षा में वहां आर्द्रता बहुत रहती है जिसे ये सहन नहीं कर सकते। ऊंची और खुली घास में जहां आर्द्रता इतनी अधिक नहीं होती, ये अपना रास्ता सफलतापूर्वक ऊपर निकाल लेते हैं, यद्यपि इस कशमकश में इनकी वृद्धि तुलना में मन्द होती है।

छाया और मौसम का प्रभाव

देहरादून की वन अनुसन्धानशाला में विभिन्न अंश की छाया वाले भूमि के टुकड़ों में खेर के पौधों की वृद्धि पर प्रकाश के प्रभाव का अध्ययन किया गया है। ये परीक्षण बताते हैं कि पौधे को प्रकाश की बहुत आवश्यकता होती है और जहां छाया बहुत घनी होती है वहां एक मौसम में पौधा मर जाता है। पहले कुछ सालों तक पौधे पाले को बर्दाश्त नहीं कर सकते। शुष्क ऋतु के लम्बे काल में तेज़ हवाओं से भी इन्हें हानि पहुंचती है। शुष्क प्रदेशों में ये कभी-कभी मर जाते हैं और कुछ समय बाद जबकि जड़ें स्वयं प्रबल हो जाती हैं तब नई शाखाएं फूट पड़ती हैं। खैर के बड़े वृक्ष तेज़ हवाओं का अच्छा मुक़ाबला करते हैं। नई शाखाएं अवश्य कुछ नाज़ुक होती हैं।

शत्रुओं से हानि

मुख्य जड़ को कुतरकर चूहे पौधों को बहुत हानि पहुंचाते हैं। पुनः स्वास्थ्य लाभ करने की शक्ति पौधों में अच्छी है। चूहों से नष्ट किए जाने के बाद ज़मीन में बची हुई मुख्य जड़ के थोड़े भागों से ही नई शाखाएं निकल आती हैं। छोटे पौधों को हिरन बहुत शौक़ से चरते हैं। छोटे और मध्यम आयु के खैर वृक्षों को सेहें पर्याप्त हानि पहुंचाती हैं। वृक्ष के आधार में सेहें गहरे भट्ट खोद लेती हैं और उनकी जड़ों के छोटे-छोटे

टुकड़े कर देती हैं। तने की 60 सेण्टीमीटर की ऊंचाई तक वे छाल को भी कुतर लेती हैं। यह देखा गया है कि केवल बाहरी छाल ही खुरचकर उतार ली गई होती है और रसकाष्ठ या कच्ची लकड़ी को छुआ तक नहीं जाता। प्रतीत होता है कि जिस मौसम में गोंद का स्वाभाविक निष्पन्दन होता है, उन्हीं दिनों यह हानि अधिक होती है क्योंकि उन दिनों छाल के स्वाद में मिठास आ गई होती है जिसे सेहें चाव से खाती हैं।

सेहों से बचाने के लिए वृक्षों के आधार को सफ़ेद चूने से पोत देते हैं। सेहों से निपटने के अमेरिकन तरीक़े में छोटे फट्टों को लवणाम्बु और स्ट्रिक्नीन में आचूषित करके वृक्षों के तनों पर कील देते हैं। सेहों को नमक के प्रति रुझान होता है, वे फट्टे को कुतरती हैं और स्ट्रिकनीन के विष प्रभाव से मर जाती हैं। खैर के मिश्र वनों में जो आरोही लताएं पेड़ों पर फैल जाती हैं उनसे खैर वृक्षों को प्रायः हानि पहुंचती है।

स्थूण-वन

इस वृक्ष को आधार के ज़रा ऊपर से काट दिया जाय तो स्थूणों (ठूंठों) से नवीन शाखाएं ख़ूब निकलती हैं और अच्छा आकार धारण कर लेती हैं। इन शाखाओं की वृद्धि के लिए पूर्ण प्रकाश की आवश्यकता होती है। छाया में बहुधा नवीन शाखाएं नहीं उत्पन्न होतीं, प्ररोह मर जाते हैं।

प्राप्ति-स्थान

बहुत अधिक नमी वाले प्रदेशों को छोड़कर भारत, म्यांमार और पाकिस्तान के बहुत से भागों में खैर के जंगल मिल जाते हैं। खैर का वृक्ष मुख्यतया दो प्रकार के प्रदेशों में पाया जाता है : एक वे प्रदेश जो नदियों के पास हैं; और दूसरे वे प्रदेश जो नदियों से दूर, ऊंचे, सूखे स्थानों में हैं।

रेतीली और कंकरीली भूमि में यह निस्सन्देह अच्छा होता है। कपास की खेती के लिए जिस प्रकार काली मिट्टी वाली ज़मीन होती है, उसमें भी यह उग आता है। सूखी ज़मीन जिसमें कम गहराई पर पत्थर हों, यह बहुधा पाया जाता है और चट्टानों वाली भूमि पर भी उगता है। कठोर, चिकनी भूमि में, जिसमें पानी का विकास ख़राब है, इसकी वृद्धि रुक जाती है और यह जल्दी ही मरने लगता है।

खैर वास्तव में अपेक्षाकृत शुष्क प्रदेशों का वृक्ष है, यद्यपि उपहिमालयी प्रदेश (sub-Himalayan tracts) जैसे उच्च वर्षा वाले प्रदेशों में भी, जहां 375 सेण्टीमीटर वर्षा होती है, यह पहुंच गया है, हिमालय और सिक्किम में यह 1,524 मीटर की ऊंचाई तक चला गया है। जलीय मार्गों से दूर यह आमतौर पर उन स्थानों में मिलता है जहां औसत वर्षा 50 से 138 सेण्टीमीटर तक भिन्न-भिंन्न होती है। प्राकृतिक निवास में

इसका उच्चतम छाया तापमान 40.5 से 49 अंश शतांश और निम्नतम 1.1 से 13 अंश शतांश होता है।

सिन्ध से असम तक उपहिमालयी प्रदेश में सर्वत्र, हिमालय की घाटियों में 914 मीटर की ऊंचाई तक खैर का वृक्ष साधारण रूप से मिलता है। यमुना से पूर्व की ओर नदियों के पठारों में या विभिन्न प्रकार के शुष्क-मिश्र वनों में यह समूहों में पाया जाता है अथवा बिखरा हुआ मिल जाता है। उत्तर भारत की नदियों के पास के खैर-वन विशेष प्रकार के हैं। बाह्य हिमालय और शिवालक शृंखला की घाटियों में नदियों तथा जलप्रवाहों के किनारे या नदियों से बनाई गई रेतीली और कंकरीली, नमीदार भूमि में खैर उगता है। मैदान में भी कुछ दूर तक जहां नदियों से बनाई गई भूमि रेतीली और पथरीली हो और भूमि कोमल कीचड़ की सान्द्रता तक न पहुंची हो, यह पाया जाता है। इन जंगलों में खैर अकेला या शीशम के साथ और कभी-कभी सिम्बल, सफ़ेद सिरस, और कुछ अन्य वृक्षों के साथ भी मिला होता है। कुछ विशेष घासों के साथ भी इसका सम्बन्ध है जिनमें मूंज, कास, फुलझाड़ू, *ड्रिरैफ़िर्स मेडागास्केरिएन्सिस* और *आंद्रोपोगोन मोन्तिकोला* मुख्य हैं। इन नदी समीप के खैर वनों में नीचे प्रायः बांसे की झाड़ियां ख़ूब घनी उगी होती हैं।

अधिक ऊंची सतह पर खैर पहाड़ी वृक्षों के साथ मिल जाता है। उदाहरण के लिए नैनीताल पहाड़ में रति घाट के ऊपर यह 1,219 मीटर की ऊंचाई पर एक नदी के मार्ग में बान और चीड़ के साथ मिला हुआ पहाड़ के ढाल पर नीचे नदी के किनारे तक उगा हुआ है। उसी स्थान पर नदियों के पथरीले पुराने मार्गों पर यह खड़क (*चेल्तिस आउस्त्रालिस* लिनिअस) के साथ मिला हुआ पाया जाता है। नदियों से दूर अधिक शुष्क और निर्बल भूमि में इसकी वृद्धि नहीं होती, परन्तु यह पाया गया है कि ऐसी अवस्थाओं में भी यह उग आता है जो प्रायः किसी भी दूसरे वृक्षों के लिए अनुकूल नहीं होतीं। यमुना के पश्चिम में नदी के पथों में यह कहीं-कहीं उगता है जैसे कांगड़ा घाटी में। कुछ स्थानों पर चीड़ के जंगलों में भी यह चला गया है। उपहिमालय प्रदेश में यह उन स्थानों पर उगता है जहां वर्षा 62 से 300 सेण्टीमीटर तक होती है। सिन्ध से पूर्व की ओर निम्न हिमालय पथ की घाटियों में 914 मीटर तक, अरावली की पहाड़ियों और पश्चिमी प्रायद्वीप में खैर अपने आप उगता है।

मध्य प्रदेश में विलासपुर, चांदा और रायपुर के जंगलों में खैर बहुत पाया जाता है। आश्चर्य है कि रायपुर के आदिवासी इसकी उपयोगिता से अपरिचित हैं। जहां तक ज्ञात है यहां कत्था निकालने का प्रयत्न कभी नहीं किया गया। सागर, दमोह, जबलपुर, बुन्देलखंड और इनके पास के क्षेत्रों में विशेष रूप से खैर के जंगल हैं। हिमालय के निकट की नदियों के वनों में उगने वाले खैर वृक्षों के समान इस सूखे क्षेत्र के खैर वृक्ष अधिक बड़े नहीं होते। वे प्रायः बौने और टेढ़े-मेढ़े होते हैं। उनके उगने का घेरा

75 सेण्टीमीटर से अधिक और ऊंचाई आठ मीटर से अधिक कभी ही पहुंचती है। उनके इस छोटे आकार की कमी, कुछ अंश तक, इस बात से पूरी होती है कि वे प्रायः बड़ी संख्या में पास-पास उगे होते हैं। जड़ के ऊपर तने का घेरा 38 सेण्टीमीटर होने पर इन्हें कत्था निकालने के लिए काटने की आज्ञा दे दी जाती है।

गोंडा, अवध में खैर बहुतायत से उगता है। अपर गोदावरी के वनों में छोटा नागपुर के जंगलों से उत्तर-पश्चिम प्रान्तों की ओर यह फैल गया है। मध्य प्रदेश और दूसरे स्थानों में खुले घास के मैदानों में, सूखी क़िस्म के सागौन जंगलों में और सागौन शून्य जंगलों में भी यह साधारण वृक्ष है। इसके साथ असन, हरड़, *लाजेरस्त्रोमिया पार्विफ़्लोरा* रौक्सबुर्ग़, सानो भैरों, बेर, बिल्व, ढाक, कुटज, बांस, आंवला तथा अनेक दूसरे वृक्ष उगते हैं। छोटा नागपुर में भी यह न केवल शुष्क जंगलों में अपितु साल के साथ मिला हुआ भी होता है। राजस्थान के शुष्क जंगलों में उगता है। मारवाड़ में बहुत होता है।

अहमदाबाद, भड़ौंच, पञ्चमहल, सूरत और बड़ौदा में यह बहुतायत से पाया जाता है। मुम्बई, गुजरात, दक्षिण महाराष्ट्र और दक्षिण में खुले शुष्क कंटकित जंगलों में मिलता है। उत्तर कनारा और कोंकण में भी होता है। तमिलनाडु में यह अमलतास, बेर, चन्दन तथा अन्य वृक्षों के साथ बहुत उगता है।

अपर म्यांमार के शुष्क प्रदेशों में खैर बहुत साधारण वृक्षों में से एक है। वहां विशुद्ध रूप में यह नदियों के पास रेतीली ज़मीन पर और कुछ अंश में नदियों से दूर शुष्क भूमि में उगता है। उस शुष्क प्रदेश में, जहां वर्षा 56 से 100 सेण्टीमीटर तक भिन्न-भिन्न परिमाण में होती है और भूमि प्रायः निर्बल तथा उथली होती है, खैर के वृक्ष छोटे आकार के ही रह जाते हैं। म्यांमार में यह 162 सेण्टीमीटर से अधिक वर्षापात वाले प्रदेश में नहीं उगता। इस प्रकार की बहुत अधिक आर्द्र जगहों को छोड़कर म्यांमार और कंबोडिया के अधिकतर भागों में यह पाया जाता है।

सिंगापुर में खैर को बोने के प्रयत्न किए गए, पर सफलता नहीं मिली। दो बार पौधे लाकर लगाए गए थे। चिकनी मिट्टी का विचार करते हुए सिंगापुर में इसकी असफलता आश्चर्य उत्पन्न नहीं करती। 1884 में डच लोगों ने जावा के कुछ स्थानों में इसे रोपा था।

फली के किनारे पर लगा हुआ बीज प्राकृतिक अवस्थाओं में हवा द्वारा उड़ा लिया जाता है। जलीय मार्गों के आस-पास पानी भी बीजों का एक महत्त्वपूर्ण वाहक होता है।

अंकुरोत्पत्ति वर्षाऋतु के प्रारम्भ में होती है और बीजजात (सीडलिंग) की प्रारम्भिक वृद्धि घास-पात रहित नरम भूमि में अच्छी होती है। बरसात के आरम्भ में नदियों के आस-पास रेतीली या पथरीली भूमि पर छोटे-छोटे असंख्य पौधे उग आते हैं, केवल खुले स्थान पर ही नहीं अपितु अपेक्षाकृत घने आवृत स्थानों पर भी। घने आवृत स्थान पर छाया और नमी के कारण ये शीघ्र मर जाते हैं और मौसम के अन्त तक एक पौधा

भी मुश्किल से नज़र आता है। खुले में उगे पौधों की चरे जाने से रक्षा की गई हो तो उनकी अच्छी संख्या जीवित रह जाती है। भूमि कठोर या उथली हो और जड़ों को अन्दर धंसने में कठिनाई हो तो पाले से मृत्यु बहुत अधिक होती है।

ज़ोर की वर्षा में बीज शीघ्र उग आते हैं। यदि वर्षा अपने साधारण समय से पूर्व हो जाय तो बीज भी जल्दी उगने शुरू हो जाते हैं। जब ऐसा होता है तब सूखे मौसम के आने पर थोड़े समय में ही बीजजात मर जाते हैं या उगते हुए बीज नष्ट हो जाते हैं। भूमि के पृष्ठ के ऊपर उगते हुए बीजों में ऐसी मौत विशेषकर देखी गई है। देहरादून के परीक्षण बताते हैं कि इस प्रकार की शीघ्र अंकुरोत्पत्ति छायादार स्थानों की अपेक्षा उस भूमि में अधिक होती है जहां सूर्य की किरणें प्रचुर होती हैं क्योंकि वहां गर्मी ज़्यादा रहती है। नदियों से बनाई भूमि में शर, कास आदि के जो झुण्ड उग आते हैं यदि वे बहुत घने न हों तो उनके अन्दर उगे हुए बीजजातों की प्रारम्भिक व्यवस्थाओं में तेज़ वायु से रक्षा करते हैं। गीली तथा बहुत अधिक घनी घास में पौधे नमी से मर जाते हैं।

भेद

प्रेन ने खैर के निम्नलिखित तीन भेदों का उल्लेख किया है :

1 भेद वास्तविक खदिर (var. *catechu* proper) : इसमें पुष्पच्छद (calyx), पुष्पदल समूह (petals) और प्रधान अक्ष (rachis) विस्तारी बालों से आवृत होते हैं। हज़रा, कश्मीर, शिमला, कांगड़ा, गढ़वाल, कुमाऊं, मध्य प्रदेश, बिहार और दक्षिण में उत्तर कनारा, गञ्जाम तथा इरावदी घाटी में यह भेद पाया जाता है। हिमालय और असम में यह भेद कभी नहीं देखा गया। म्यांमार में केवल एक बार देखने में आया है। यही भेद है जिससे उत्तर भारत में पीला कत्था बनाया जाता है।

2 भेद *कतेचुओइदेस* (var. *catechuoides)* : इसमें पुष्पच्छद (calyx), पुष्पदल समूह (petals) तो चिकने होते हैं। परन्तु प्रधान अक्ष (rachis) रोमकावृत होता है। यह मुख्यतया सिक्किम की तराई, असम और अपर म्यांमार में तथा कुछ हद तक मैसूर और नीलगिरि में पाया जाता है।

3 भेद *सुन्दरा* (var. *sundra*) : इसमें पुष्पच्छद, पुष्पदल समूह तथा प्रधान अक्ष सब चिकने होते हैं। यह भेद दक्षिण और पश्चिम भारत तथा अपर म्यांमार का वृक्ष है। कोयम्बटूर से उत्तर की ओर दक्षिण कनारा और कोंकण तक बहुत साधारण रूप से पाया जाता है और उत्तर-पश्चिम में काठियावाड़ तथा राजस्थान तक देखा गया है। म्यांमार में उत्तर-पश्चिम तक सेगेन, माण्डले और शान पहाड़ों पर पाया जाता है। दक्षिण भारत और महाराष्ट्र में इस वृक्ष से कत्था बनाया जाता है। कुछ विद्वान् इसे खैर का एक भेद न मानकर अलग जाति (species) मानते हैं।

इन भेदों के गुणों और उपयोगों में अन्तर नहीं है। ये सब एक गोंद देते हैं। इनमें से कत्था निकलता है और इनकी लकड़ी उपयोगी होती है।

विविध भाषाओं और स्थानों में नाम

अंग्रेज़ी : कच ट्री (cutch tree), कैटेचू ट्री (catechu tree)।
असमिया : खोरिआ।
उड़िया : खोइरू।
कन्नड़ : काचू, काग्गालि, कांटी।
गुजराती : खेर, खेदेरीओ, खेरिओ बाभल।
तमिल : कोदीराम, कारंगल्ली, बोथालय।
तेलुगु : काचू, कदीरम्मू, सान्द्रा, कबीरी सन्द्रा, नल्ला सन्द्रा।
पंजाबी : खैर।
बंगाली : खायेर।
मराठी : खैर, खदेरी।
मलयालम : खादीराम।
संस्कृत : खदिर।

संस्कृत में नाम और पर्याय

वनस्पतिनिघण्टुओं में खैर के कुल 37 नाम आए हैं; धन्वन्तरिनिघण्टु (8वीं शती) में खैर के 8, राजनिघण्टु (12वीं शती) में 17, मदनपालनिघण्टु (1374 सन्) में 4, कैयदेवनिघण्टु (1450 सन्) 18 और भावप्रकाशनिघण्टु (1550 सन्) में 8 नाम निम्न श्लोकों में आए हैं :

खदिरो रक्तसारश्च गायत्री दन्तधावनः।
कण्टकी बालपत्रश्च जिह्मशल्यः क्षतक्षमः॥

धन्वन्तरिनिघण्टु, गुडूच्यादिवर्ग 1; 25.

खदिरो बालपत्रश्च खाद्यः पत्री क्षितीक्षमा।
सुशल्यो वक्रकण्टश्च यज्ञाङ्गो दन्तधावनः॥
गायत्री जिह्मशल्यश्च कण्टी सारद्रुमस्तथा।
कुष्ठारिर्बहुसारश्च मेध्यः सप्तदशाह्वयः॥

राजनिघण्टु, शाल्मल्यादिवर्ग 8; 21, 22.

खदिरो रक्तसारः स्याद्गायत्री बालपत्रकः।

मदनपालनिघण्टु, वटादि 5; 29.

गायत्री खदिरो गीतः कुष्ठघ्नो बालपत्रकः ॥
क्षितिक्षमो रक्तसारो शल्यको बहुशालकः ।
गौराटः कन्दरः श्यामः सारकः कुष्ठकण्टकः ॥
कालस्कन्धः सारशल्यो महासारः पथिद्रुमः ।

कैयदेवनिघण्टु, ओषधिवर्ग 1; 821- 823.

खदिरो रक्तसारश्च गायत्री दन्तधावनः ।
कण्टकी बालपत्रश्च बहुशल्यश्च यज्ञियः

भावप्रकाशनिघण्टु, वटादिवर्ग 5; 30.

इन श्लोकों के अन्तर्गत लिखे गए नाम-पर्यायों को यहां तालिका में दिया जा रहा है, जिससे पाठक सुगमता से उनका तुलनात्मक अध्ययन कर सकें :

धन्वन्तरिनिघण्टु (8वीं शती)	राजनिघण्टु (12वीं शती)	मदनपालनिघण्टु (1374 सन्)	कैयदेवनिघण्टु (1450 सन्)	भावप्रकाश निघण्टु (1550 सन्)
1 कण्टकी				1 कण्टकी
	1 कण्टी			
			1 कन्दर	
			2 कालस्कन्ध	
			3 कुष्ठकण्टक	
			4 कुष्ठघ्न	
	2 कुष्ठारि			
2 क्षतक्षम				
	3 क्षमा			
			5 क्षितिक्षम	
	4 क्षिती			
3 खदिर	5 खदिर	1 खदिर	6 खदिर	2 खदिर
	6 खाद्य			
4 गायत्री	7 गायत्री	2 गायत्री	7 गायत्री	3 गायत्री
			8 गीत	
			9 गौराट	
5 जिह्मशल्य	8 जिह्मशल्य			
6 दन्तधावन	9 दन्तधावन			4 दन्तधावन
	10 पत्री			
			10 पथिद्रुम	
				5 बहुशल्य
			11 बहुशालक	

	11 बहुसार			
7 वालपत्र	12 वालपत्र			6 वालपत्र
		3 वालपत्रक	12 वालपत्रक	
			13 महासार	
	13 मेध्य			
	14 यज्ञाङ्ग			
				7 यज्ञिय
8 रक्तसार		4 रक्तसार	14 रक्तसार	8 रक्तसार
	15 वक्रकण्ट			
			15 शल्यक	
			16 श्याम	
			17 सारक	
	16 सारद्रुम			
			18 सारशल्य	
	17 सुशल्य			

संस्कृत के नाम और पर्यायों के अर्थ

परिचयज्ञापक नाम :

कण्टी : कांटों वाला वृक्ष।

कण्टकी : देखिए कण्टी।

कन्दर : खदिर का अपभ्रंश।

कालस्कन्ध : काले अन्तःकाष्ठ से वनाये खम्भे बहुत काल तक काम देते हैं।

क्षतक्षम : कांटे ज़ख्मी करने में समर्थ हैं।

खदिर : खम् आकाशम् दारयति, आकाश में फैल जाने वाला।

खाद्य : पत्तों को पशु खाते हैं।

दन्तधावन : शाखा की दातुन बनती है।

पत्री : सूक्ष्म पत्तियों वाला।

पथिद्रुम : रास्तों पर लगाये जाने वाला वृक्ष।

वहुशल्य, वहुशालक : वहुत (बहु) कांटों वाला (शल्यक)।

वहुसार, महासार : सार का भाग बहुत (बहु) होता है।

वालपत्र, : सूक्ष्म (बाल) पत्तों वाला (पत्रक)।

वालपत्रक : = वालपत्र

यज्ञिय, यज्ञाङ्ग : जिसकी काष्ठ यज्ञ में काम आती है।

वक्रकण्ट, : जिसमें मुड़े हुए कांटे होते हैं।
रक्तसार : अन्तःकाष्ठ लाल रंग की होती है।
श्याम : कुछ वृक्षों में अन्तःकाष्ठ का रंग इतना अधिक गाढ़ा लाल होता है कि काला-सा प्रतीत होता है।
सारद्रुम : ऐसा वृक्ष जिसकी लकड़ी में सारभाग अर्थात् अन्तःकाष्ठ स्पष्ट दिखती है।
सुशल्य : बहुत कांटों वाला।

गुणप्रकाशक संज्ञा :

कुष्टकण्टक : कुष्ठ रोग को निकाल देने वाला।
कुष्टघ्न : कुष्ठ रोगनाशक (घ्न)।
कुष्ठारि : कुष्ठ रोग का शत्रु (अरि)।
गायत्री : श्रेष्ठ गुणों वाला।
मेध्य : मेधा के लिए हितकर।

गुण

भेषज-पादपों के गुणों का प्रतिपादन करने वाले आयुर्वेद के लेखकों ने खैर के गुण इस प्रकार लिखे हैं : यह शीतल है, रस में तिक्त और कषाय है। पाचक रसों को बढ़ाता है, अरुचि दूर करता है और आंव को हरता है। बलगम को सुखाता है, खांसी और कफ के रोगों को हटाता है। रक्तपित्त, रक्तस्राव, कफ और पित्तकफ को दूर करता है। मोटापे को छांटता है। दांतों के लिए हितकर है। मूत्र तथा प्रजनन-संहति के रोगों में दिया जाता है। वीर्य के स्राव को कम करता है। ज्वर, ख़ून की कमी, पाण्डु में लाभदायक है। यह कृमिनाशक है, शोथ को दूर करता है। खुजली, ज़ख़्म, कुष्ठ और सफ़ेद दाग़ों के निवारण के लिए उपयोगी है।

मदनपाल ने खैर की गोंद को मधुर, बलदायक और शुक्र को बढ़ाने वाला बताया है। खैर के सार को इसी लेखक ने विशद बलदायक, बलगम के रोगों, मुख के रोगों और बहते हुए ख़ून को बन्द करने वाला बताया है।

महाखदिर घृत

खैर की लकड़ी का सार भाग 38 किलोग्राम, शीशम की लकड़ी का बीच वाला भाग 9.500 किलोग्राम, असन की मध्यकाष्ठ 9.500 किलोग्राम, करञ्ज, नीम की छाल, वेतस, पित्तपापड़ा, कुटज की छाल, बांसा, वायविडंग, हल्दी, दारुहल्दी, अमलतास का गूदा, गिलोय, हरड़, बहेड़ा, आंवला, त्रिवृत और सप्तपर्ण की छाल-प्रत्येक 4.750 मिलीग्राम

लें। इन्हें मोटा-मोटा कूटकर 488 लीटर पानी में पकाएं। 62 लीटर पानी बचने पर उतार लें। छानकर इसमें निम्नलिखित द्रव्य मिलाएं : गौ का घी व आंवले का रस-प्रत्येक 12 किलो 750 ग्राम; सप्तपर्ण की छाल, अतीस, अमलतास का गूदा, कटुकी, पाठा, मोथा, खस, हरड़, बहेड़ा, आंवला, पटोलपत्र, नीम की छाल, पित्तपापड़ा, धमासा, लाल चन्दन, पिप्पली, पद्माक, हल्दी, दारुहल्दी, वच, इन्द्रायण की जड़, शतावरी, कृष्ण सारिवा, अनन्तमूल, इन्द्र जौ, बांस की जड़ का छिलका, मूर्वामूल, गिलोय, चिरायता, मुलेठी और त्रायमाणा-प्रत्येक 96 ग्राम का कल्क। कल्क बनाने के लिए इन चीज़ों को मोटा कूटकर ज़रा से पानी में रातभर भिगो छोड़ें, नरम हो जाने पर सुबह सिल पर रगड़ लें (चरक., चिकित्सास्थान 6; 151-155; चक्रदत्त, कुष्ठचिकित्सा; 110-114)।

निर्देश : कुष्ठ रोगों में इस घृत को 6 ग्राम की मात्रा में खिलाते हैं और रोगाक्रान्त भागों पर मलते भी हैं।

खदिरारिष्ट

खैर का अन्तःकाष्ठ 2.375 किलोग्राम, देवदारु 2.375 किलोग्राम, वाकुची 560 ग्राम, दारुहल्दी 933 ग्राम, हरड़, बहेड़ा और आंवला-प्रत्येक 248 ग्राम। इन्हें मोटा कूटकर 43 लीटर पानी में पकाएं। 25 लीटर पानी बचने पर उतारकर छान लें। ठण्डा होने पर 9.500 किलोग्राम शहद, 4.750 किलोग्राम गुड़, 933 ग्राम धाय के फूल, शीतल चीनी, नागकेसर, जायफल, लौंग, इलायची, दालचीनी और तेजपत्र—प्रत्येक 48 ग्राम तथा पिप्पली 190 ग्राम को मोटा कूटकर मिला दें। घी से चिकने किए हुए मटके में रख दें। लाहन उठकर जब अरिष्ट बन जाए तब छानकर रख लें (शार्ङ्गधरसंहिता, खण्ड 2, अध्याय 10; 60-65; भैषज्यरत्नावली, कुष्ठाधिकार; 333-338)।

मात्रा : 15 से 30 मिलीलीटर।

निर्देश : सब प्रकार के त्वचा के रोग, महाकुष्ठ, गलितकुष्ठ, कृमियों के आक्रमण से उत्पन्न रोग, अर्बुद (abscess) ग्रन्थि, गुल्म, तिल्ली तथा उदर के रोग, पाण्डु तथा हृदय के रोग, खांसी और सांस के कष्टों में यह लाभदायक है।

मध्वासव

खैर और देवदारु-प्रत्येक का मध्यकाष्ठ 748 ग्राम लेकर मोटा-मोटा कूट लें। 6 लीटर पानी में पकाएं। 3 लीटर बच जाने पर उतारकर छान लें। ठण्डा होने पर निम्नलिखित चीज़ें मिलाएं : शहद 3 किलोग्राम, लोह भस्म 748 ग्राम, हरड़, बहेड़ा, आंवला, छोटी इलायची, दालचीनी, काली मिरच, तेजपत्र और नागकेसर—प्रत्येक 12 ग्राम तथा खाण्ड 3 किलोग्राम। लोहे की गागर में डालकर सन्धान करें। आसव तैयार हो जाने पर छानकर

बन्द बोतलों में ठण्डी जगह पर भण्डारित करें (चरक., चिकित्सा-स्थान 7; 72-74; अष्टांगसंग्रह, चिकित्सास्थान 6; 65-68)।

मात्रा : 15 से 30 मिलीलीटर।

निर्देश : त्वचा के रोगों में और किलास नामक कुष्ठ में इस आसव के सेवन से शान्ति मिलती है।

कनक बिन्द्वरिष्ट

खैर की सारकाष्ठ 48.623 किलोग्राम लें। मोटा-मोटा कूटकर 390 लीटर पानी में पकाएं। 48 लीटर काढ़ा बचने पर छान लें। घी से चिकने किए हुए घड़े में डाल दें और निम्नलिखित चीज़ों का मोटा चूरा मिला दें। हरड़, बहेड़ा, आंवला, सोंठ, पिप्पली, काली मिर्च, वायविडंग, हल्दी, मोथा, बांसे की छाल, इन्द्र जौ, इन्द्रायण, दालचीनी और गिलोय—प्रत्येक 60 ग्राम। इस अरिष्ट के निर्माण में चरक ने गुड़ और शहद मिलाने को नहीं लिखा। इनके बिना अरिष्ट में सन्धान नहीं होगा। इसलिए 9.500 किलोग्राम गुड़ और 4.750 किलोग्राम शहद भी इसमें मिला देना चाहिए। भलीभांति सन्धान हो जाने पर छानकर बन्द बोतलों में ठण्डी जगह पर रखें (चरक., चिकित्सास्थान 6; 65-68)।

मात्रा : 15 से 30 मिलीलीटर।

निर्देश : त्वचा के रोग, किलास कुष्ठ, भगन्दर, बवासीर, खांसी, श्वास प्रणाली के कष्ट, शरीर का सूखना, मूत्र तथा प्रजनन-संहति के रोगों में चरक इसे प्रातःकाल सेवन कराते हैं। इसके प्रयोग से मनुष्य का रंग सोने के समान निखर जाता है।

पान में

कोई 2,000 साल पहले से हम कत्थे को पान में खा रहे हैं। इस प्रयोजन के लिए कत्थे की बहुत मांग है। कत्थे को पहले बारीक कूट लिया जाता है और ज़रा-से पानी में भिगो दिया जाता है। यह लेई जैसा गाढ़ा घोल बन जाता है। इसे पान के ऊपर हलका-सा पोत देते हैं। इसके ऊपर सफ़ेद चूना भी पोत देते हैं। ऊपर से सुपारी के छोटे-छोटे टुकड़े काटकर तथा छोटी इलायची, मुलहठी आदि सुगन्धित तथा स्वादिष्ट पदार्थ रखकर लपेट दिए जाते हैं। कत्थे के साथ चूने का मिश्रण ही दांतों और ओठों को लाल करता है। इसके चिरकालीन प्रयोगों से दांत काले पड़ जाते हैं।

चमड़ा कमाने में

कत्था तथा इसके साथ बनने वाले अन्य उपसृष्ट (बाई-प्रोडक्ट्स) का चमड़ा कमाने में बहुत उपयोग होता था। जो कत्था यूरोप को निर्यात होता था वह चमड़ा रंगने के

काम में आता था क्योंकि इसमें एक रंग होता है जिसकी स्थिरता भलीभांति सिद्ध हो चुकी थी। चर्म-संस्कार में अभिकर्त्ता (एजेण्ट) के रूप में कच (काले कत्थे) का अब ऊंचा स्थान नहीं रहा क्योंकि इससे कमाया हुआ चमड़ा सूखा तथा कठोर होता है और उस पर पीले दाग़ रह जाते हैं।

रंगने में

कपड़ा रंगने और कपड़ों पर वेल-बूटे छापने में कत्थे का बहुत प्रयोग हो रहा है। इससे कपड़ों पर पक्का रंग आता है। इसकी एक बड़ी विशेषता यह है कि इसमें रंगे हुए कपड़ों में या सूत में टिकाऊपन आ जाता है। कत्थे में परिरक्षण का गुण होने से यह तन्तुओं पर जलवायु का प्रभाव नहीं होने देता। इस गुण की अब अच्छी तरह परख कर ली गई है जिससे मछली पकड़ने के जालों, समुद्री रस्सों और डाक ले जाने के जालों व थैलों में इसका प्रयोग बहुत बढ़ गया है। समुद्रजल के विनाशकारी प्रभाव से इन्हें बचाने में इसकी उपयोगिता में कोई सन्देह नहीं है। सड़ने से बचाने के लिए जूट पर जूसी (कच) और पोटाशियम डाइक्रोमेट के उपचार की एक विधि को पेटेण्ट भी कराया गया है। रुई और रेशम को रंगने के लिए कत्था अच्छे परिमाण में खपता है।

कत्थे का घोल चूने या फिटकरी की क्रिया से मैले लाल रंग में बदल जाता है। यह काफ़ी अच्छा रंग बन जाता है और भारत के कुछ हिस्सों में रंगने में इसका उपयोग होता है। खैर की मध्यकाष्ठ को छोटे-छोटे टुकड़ों में काटकर उबाल लिया जाता है। तिक्तातु नीरेयिज (sal ammoniac) के लवणों के साथ कत्था स्थिर कांस्य-बभ्रु (bronze-brown) रंग देता है जिसे भारत में कपड़ों पर छापे के लिए बहुत उपयोग किया जाता है। बंग अतिनीरेप (perchloride of tin) और ताम्र भूमिय (copper nitrate) मिला देने से यह रंग गूढ़ा हो जाता है। जारणकर्त्ता (oxidizing agents) मुख्यतः धात्वीय लवणों (metallic salts) की क्रिया से कत्थे के विलेय समास अविलेय समासों में बदल देते हैं। इस प्रकार रंग पक्का हो जाता है।

उत्तर भारत में कपड़े पर छपाई का काम करने वाले 900 ग्राम कत्थे को 13.5 लीटर पानी में उबालते हैं। इस घोल में 450 ग्राम चूना (shell lime) मिलाया जाता है। इस मिश्रण को बारह घण्टे तक स्थिर रख दिया जाता है। ऊपर की सतह का रंगदार द्रव नितारकर छपाई के लिए रख लिया जाता है। इस उदाहरण में कपड़े पर रंग छापने से पहले जारण (औक्सिडाइज़ेशन) हो चुका होता है। यूरोप में ऐसा नहीं किया जाता। रंगयुक्त द्रव जिसमें खदिर (castechin) और गोंद विलेय हैं, कपड़े पर छापा जाता है और जारण (औक्सिडाइज़ेशन) तन्तुओं में होता है। यह विधि अधिक अच्छी है, इसमें रंग पक्का आता है। रंगा हुआ तन्तु वायु के सम्पर्क में आकर कुछ समय में जारित (औक्सिडाइज़्ड) हो जाता है। परन्तु, क्योंकि रंगने वाले को जल्दी होती

है इसलिए रंगे हुए तन्तु को वाष्प में रख दिया जाता है या दहातु द्विवर्णीय (bichromate of potash) के घोल में से गुज़ार दिया जाता है।

कपड़ा रंगने वाले यूरोपियन रंगरेज़ अनेक रंगों में कत्थे का उपयोग करते हैं। उनका ब्राउन स्टैण्डर्ड रंग इस प्रकार बनाया जाता है : 90 किलोग्राम कत्थे को 225 लीटर पानी में 6 घण्टे तक उबालते हैं। इसमें 20 लीटर सिरका (शुक्तिक अम्ल, एसिटिक एसिड) मिलाते हैं। फिर, इसके अन्दर पानी डालकर द्रव का कुल परिमाण 225 लीटर बना लेते हैं। इसे 2 दिन तक रखा रहने देते हैं। फिर साफ़ घोल को नितार लेते हैं। इसे 54 अंश शतांश तक गरम करके 43.20 किलोग्राम साल अमोनिएक मिला देते हैं। अच्छी तरह से घुल जाने के बाद 48 घण्टे तक बैठने देते हैं। तब साफ़ भाग को नितार लेते हैं। इसमें प्रति 4.5 लीटर में 1.80 किलोग्राम श्वेत खदिर का गोंद (senegal gum) पिघलाकर गाढ़ा कर लेते हैं। बस, रंग तैयार हो जाता है।

रसायन विद्या के एक संस्कृत ग्रंथ रसार्णव (पटल 5.39) से पता चलता है कि बारहवीं शताब्दी में खैर का प्रयोग लाल रंग बनाने में किया जाता था। संस्कृत के एक सुभाषित का अर्थ है—हरिणी के सदृश नेत्रों वाली नारियों के अधरों पर कत्थे के बिना रंग चढ़ता ही नहीं !

बिना खदिरसारेण हारेण हरिणीदृशामू ।
नाधरे जायते रागो नानुरागः पयोधरे ॥

पाठकों को यह पढ़ते हुए घृणा उपज सकती है परन्तु सच है कि भारत के कुछ आयन्त्रित (restricted) भागों में पान को चबाकर फेंकी हुई पीक इकट्ठी कर ली जाती है और रेशम को रंगने में सहायक द्रव्य के रूप में काम आती है। इस यन्त्र-युग में मनुष्य बहुत अधिक उपयोगितावादी जो बन गया है।

गोंद

खैर के वृक्ष से हलके पीले रंग की एक गोंद निकलती है। सामान्यतः इसके सवा सेण्टीमीटर के टुकड़े होते हैं, जिनका व्यास लगभग 2.5 सेण्टीमीटर होता है। स्वाद में यह गोंद मीठी होती है और पानी में घुल जाती है। इसकी बड़ी अच्छी, हलके रंग की निर्यास-लेपी (mucilage) बनती है जो क्लीब सीस शुक्तीय (neutral acetate of lead) से निक्षिप्त नहीं होती। असल कीकर की गोंद (गम एकेशिया या एरेबिक गम) के सर्वोत्तम प्रतिनिधियों में से एक यह भी मानी जाती है। बबूल की गोंद के साथ मिलावट करके यह बबूल गोंद (गम एकेशिया) के नाम से बेची जाती है। कीकर की गोंद (एरेबिक गम) के नाम से भारत में, विशेषतः दक्षिण भारत में गोंदों की जो क़िस्में इकट्ठी की जा रही हैं, सम्भवतः वे इसी वृक्ष से प्राप्त की जाती हैं।

गुजरात के अहमदावाद जिले में भी इस गोंद को बहुत इकट्ठा करते हैं। वे इसे स्थानीय दुकानदारों को बेच देते हैं या इसके बदले में उनसे अनाज़ ले लेते हैं। ग़रीब आदिवासी इसे खाने के काम भी लाते हैं।

मिलावट

बबूल की गोंद अच्छी मानी जाती है इसलिए, इसमें मिलावट वहुत की जाती है। वहुत अधिक असमान गोंदों को मिलाकर भारत के भिन्न-भिन्न प्रदेशों और ज़िलों में खैर की गोंद के नाम से बेचा जा रहा है।

एक वृक्ष की गोंद में दूसरे वृक्ष की गोंद की मिलावट कभी नहीं करनी चाहिए। मिलाई गई दोनों गोंद सम्भव है कि पानी में घुलनशील हों, परन्तु वे एक ही गति से विलेय नहीं भी हो सकतीं। कई वार घोलने पर वे इकट्ठे होकर एक पिण्ड वन जाती हैं। इसलिए यदि दो या अधिक प्रकार की गोंदों को आपस में मिलाकर बेचा जा रहा है तो सारी ही चीज़ ख़राव हो जाती है। इनमें से यदि एक गोंद पूर्णतया अथवा अंशतः अविलेय है तो सम्पूर्ण पदार्थ की उपयोगिता लगभग अविलेय गोंद के समान रह जाती है। इसलिए गोंद इकट्ठा करने वालों को निम्नलिखित बातों का ध्यान रखना चाहिए :

1 एक प्रकार के वृक्ष से इकट्ठा की गई गोंद एक जगह रखनी चाहिए।
2 रंग में जितना सम्भव हो हलके रंग की होनी चाहिए।
3 एक समान रंग की गोंदों को एक साथ रखना चाहिए।
4 सब प्रकार की विजातीय मिलावटों से रहित होनी चाहिए।

भारतीय जंगलों में प्रायः आसपास एक साथ अनेक प्रकार के वृक्ष उगे होते हैं, इसलिए उन सबकी गोंद भी विना किसी भेदभाव के एक साथ इकट्ठा कर ली जाती है। फिर इस मिश्रण को पीस दिया जाता है जिससे मिश्रण के लिए द्रव्यों का और रेता तथा दूसरे न चिपकने वाले पदार्थों की मिलावट का पता न चले।

लकड़ी

खैर हमारी वैदिक संस्कृति का प्रसिद्ध वृक्ष है। धार्मिक कृत्यों में काम आने वाले इस वृक्ष की उत्पत्ति के सम्बन्ध में शतपथब्राह्मण ने प्रतिपादित किया है कि प्रजापति की अस्थियों से खदिर पैदा हुआ है; इसलिए यह बहुत सार वाला कठोर वृक्ष है :

अस्थिभ्य एवास्य (प्रजापतेः) खदिरः समभवत्। तस्मात् स दारुणः बहुसारः।

शतपथ, 13,4,4,9.

शतपथब्राह्मण की यह उक्ति बहुत अर्थपूर्ण है क्योंकि खैर की लकड़ी वस्तुतः बहुत कठोर होती है। इस विस्तृत भूमंडल के प्रतिपादक प्रजापति की विशाल काया की यदि हम कल्पना करें तो उसकी हड्डियां जैसी मज़बूत होनी चाहिए वैसी ही दृढ़ता और कठोरता खैर के सार-काष्ठ में विद्यमान होती है। वैदिक ऋषि उसके उपयोगी दृढ़ काष्ठ की बहुत क़द्र करते थे। उनके घरेलू जीवन में तथा कृषि आदि में प्रतिदिन की आवश्यकताओं की पूर्ति के लिए इसने महत्त्वपूर्ण स्थान प्राप्त कर लिया था। वे इस पर कितना निर्भर करते थे, यह बात विश्वामित्र ऋषि की इस कविता में हमें ज्ञात होती है :

'हे रथ के धुरे !
तू खैर वृक्ष के सार-काष्ठ को धारण कर।
हे दृढ़ धुरे !
तू ख़ूब मज़बूत रह।
हमें रथ पर से गिराना नहीं।'

अभिव्ययस्व खदिरस्य सारमोजो धेहि स्यन्दने शिंशपायाम्।
अक्ष वीडो वीडित वीडयस्व मां यामादरमादव जीहियो नः॥

ऋग्वेद, मण्डल 3, सूक्त 53;19.

यज्ञों और धार्मिक विधि-विधानों का उपदेश करने वाला शतपथ ब्राह्मण हमें बताता है कि खदिर के बने एक बरतन से सोमरस का पान किया जाता था। यज्ञ की विघ्न-बाधाओं को खैर से दूर भगाया जाता था, इसलिए इसे खदिर कहते थे; इसी से यज्ञस्तम्भ खैर की लकड़ी का बनाया जाता था। स्मय नामक यज्ञपात्र भी खैर का बनाया जाता था। कर्मकाण्ड में काम आने वाला एक काष्ठ पात्र, जिसे स्रुव कहते हैं, खदिर काष्ठ से बनता था। क्लिघरौर्न ने प्रतिपादित किया है कि बबूल (Acacia) गण (genus) के अन्य वृक्षों की तुलना में खैर की लकड़ी कम टिकाऊ और कम कठोर है। दीमकों के आक्रमण से यह बची रहती है। काष्ठान्तक कीटों (Teredo) के लिए भी यह बहुत आकर्षक नहीं है :

खदिरेण ह सोममाचखाद। तस्मात् खदिरो यदेनेनाखिदत् तस्मात्खादिरो यूपो भवति खादिर स्फ्योऽच्छावाकस्य हैनं गोपनायां जहार ... ।

शतपथकाव्य 3, अध्याय 6, ब्राह्मण 2, खण्डिका 12.

सामान्यतः यह बबूल की काष्ठ के समान ही है परन्तु रंग में यह उससे अधिक गूढ़ी तथा अधिक भारी होती है और इसकी वाहिनियों (vessels) में खटीमय (chalky) निक्षेपों की बहुलता होती है। अन्तःरचना में यह उससे इस बात में भिन्न है कि इसमें वाहिनियां अधिक छोटी होती हैं, इसमें परिजलवाहिक जीवितक (paratracheal parenchyma) के भूरे पथ रहते हैं, आवसानिक जीवितक (terminal parenchyma) की तंग रेखाएं स्पष्ट दृष्टिगोचर होती हैं और रश्मियां (rays) अधिक तंग तथा निम्नतर होती हैं।

पीयर्सन और ब्राउन के अनुसार इमारती लकड़ी की दृष्टि से खैर पहली श्रेणी का मूल्यवान् वृक्ष है । इसमें रसकाष्ठ (sap wood) मोटी होती है । इसका रंग पीला-सा सफ़ेद होता है । रसकाष्ठ टिकाऊ नहीं होती । अन्दर की पक्की लकड़ी हलके या गूढ़े लाल रंग की होती है । पड़ी रहने पर यह आबभ्रु-रक्त वर्ण में या लगभग काले रंग में परिणत हो जाती है । यह कठोर, दृढ़ और टिकाऊ काष्ठ है । पुराने मन्दिरों में सैकड़ों वर्षों तक इस काष्ठ के बने रहने के अनेक अभिलेख मिल जाते हैं । बन्दरगाहों में भी यह बहुत अच्छी चली है ।

खैर की काष्ठ सामान्यतः अच्छी सूखती है परन्तु धीरे-धीरे संशुष्क होती है । सम्भव हो तो गीली काष्ठ को ही रूपान्तरित कर लेना चाहिए क्योंकि सूखी लकड़ी इतनी अधिक कठोर हो जाती है कि उसे आरे से चीरना कठिन होता है । इस लकड़ी में एक दोष यह है कि सिरों पर यह फट जाती है या तिड़क जाया करती है । यह दोष मोटे तख़्तों और कड़ियों में विशेष रूप से देखा जाता है । इसलिए यह सलाह दी जाती है कि इस काष्ठ को या तो 2.5 सेण्टीमीटर के फट्टों में या कड़ियों में रूपान्तरित कर लिया जाय और लगभग एक साल तक संशुष्क होने दिया जाय आपाक-संशोषण (kiln seasoning) में कोई शिकायत पेश नहीं आती ।

इस काष्ठ को आरे से चीरना और मशीनों से काटना कुछ कठिन होता है, विशेषकर जब लकड़ी बहुत पुरानी और सूखी हो । मशीनों द्वारा या ख़राद द्वारा इस पर काम करने के लिए मज़बूत औज़ारों की आवश्यकता होती है । इसी लकड़ी पर पौलिश अत्यधिक अच्छी चढ़ती है और सफ़ाई बहुत बढ़िया आती है ।

खेती के उपकरणों, औज़ारों के हत्थों, भाले, नेज़े, तलवार और कृपाण की मूठों, धनुषों, धान कूटने के मूसलों, तम्बू गाड़ने की खूंटियों, बांसुरियों, हुक्के के गड़गड़ों, तेल निकालने और गन्ना पेरने के कोल्हुओं, क्रेशरों, कुओं, नौकाओं, गाड़ियों के पहियों के आरों तथा नाभियों आदि के बनाने में खैर की लकड़ी का व्यापक उपयोग होता है । खेतीबाड़ी के काम में जहां कड़ी लकड़ी की आवश्यकता पड़ती है वहां किसान खैर का उपयोग करता है । हल में सबसे महत्त्वपूर्ण भाग पाथा है जो धरती को फाड़ता है, यह खैर का बनता है । पानी से भरी धान की क्यारियों के गाहन के लिए बनाये जाने वाले उपकरण की किल्लियों में खदिर काष्ठ लगती है । गाड़ी का ऊंटना खैर से बनता है ।

म्यांमार में यह छत की कड़ियों और घर की बल्लियों के लिए बरती जाती है । ज़मीन में गाड़ी जाने वाली बल्लियों के रूप में यह भरुच में बहुत उपादेय समझी जाती है । रेल की पटरियों के स्लीपरों के लिए यह अच्छी सिद्ध हुई है । कोलार स्वर्ण क्षेत्रों में पास की ज़मीन को धसकने से रोकने के उद्देश्य से कूपकों और जलदरियों के पार्श्वों में खैर की लकड़ी की टेकनें खड़ी कर देते हैं । खैर की प्रति घन मीटर लकड़ी का

भार 1,008 से 1,040 किलोग्राम होता है। खैर की लकड़ी की मांग अच्छी है।

ईंधन

जहां खैर के जंगल होते हैं वहां लोग इसे जलाने के काम लाते हैं। कत्था निकालने के लिए क्योंकि इसकी मांग अधिक है और उसमें दाम अधिक मिल जाते हैं इसलिए ईंधन के लिए इसका प्रयोग अभीष्ट नहीं है। हां, सारकाष्ठ-रहित पतली टहनियों को जलाने में बरता जा सकता है। उत्तर भारत में इसका कोयला बनाया जाता है और इस प्रयोजन के लिए सर्वोत्तम समझे जाने वाली लकड़ियों में यह एक मानी जाती है। उच्चताप पैदा करने के लिए इसकी बहुत प्रशंसा की जाती है। इसीलिए सुनार ईंधन के लिए इसे पसन्द करते हैं।

लाख

वैदिक काल में खैर के वृक्ष लाक्षाकीट के उत्तम पोषिता-पादप समझे जाते थे। जैविकी के आधुनिक विद्वान् इस तथ्य की पुष्टि करते हैं कि खैर पर लाख का कीड़ा पलता है। प्रतीत होता है कि प्रकृति में इस बात का पर्यवेक्षण सबसे पूर्व अथर्ववेद, काण्ड 5, सूक्त 4; 5 के अथर्वा नामक एक ऋषि ने किया था।

यह बात ध्यान देने की है कि जुलाई में ही खैर के पेड़ पर लाख के कीड़े को छोड़ देना चाहिए, क्योंकि सरदियों की समाप्ति और गर्मियों के आरम्भिक महीनों में लाख की फ़सल पैदा करने के लिए रस में पर्याप्त जीवनी-शक्ति नहीं रहती। यदि पलाश या बेर के वृक्षों पर होने वाले संजातक (brood) को खैर के ऊपर छोड़ा जाय तो अक्तूबर या नवम्बर में फ़सल मिल जाती है और यह गुणों में शुद्ध पलाश की लाख या शुद्ध बेर की लाख जैसी ही होती है। परन्तु जुलाई में यदि कोशाम्र [*Schleichera oleosa* (Lour.) Oken.] के संजातक में खैर को आक्रान्त कर दिया गया है तो सर्वोत्तम परिणाम प्राप्त होते हैं और फ़सल जनवरी-फ़रवरी में तैयार हो जाती है। संजातक बहुत अच्छी तरह बढ़ते हैं और प्राप्त लाख की पपड़ी गुणों तथा परिमाण में कुसुम की पपड़ी के समान होती है। लाख के कीड़े की जो सन्तति खैर के वृक्ष पर पैदा हुई है उसे फिर कुसुम पर छोड़ा जा सकता है। यह सुझाव दिया जाता है कि जहां खैर और कुसुम एक ही वन में पैदा होते हों वहां लाक्षा-कीट के संजातकों की अदला-बदली करते रहना चाहिए। इसका परिणाम यह होता है कि लाख की एक अत्यन्त स्वस्थ और सहिष्णु क़िस्म पैदा हो जाती है।

आयुर्वेद में उपयोग

खैर कसैला, अरुचि दूर करने वाला, आहार पचाने वाला तथा शीतल है। वात, पित्त और कफ को साम्यावस्था में रखता है। बढ़ी हुई चर्बी को घटाता है। खांसी, ज्वर, पाण्डु, प्रमेह और आमवात में दिया जाता है। मुख के रोगों में लाभदायक है, दांतों तथा मसूड़ों को दृढ़ करता है। यह ख़ून को साफ़ करता है और रंग निखारता है। खुजली, व्रण, कुष्ठ, शोथ और फुलबहरी में प्रयोग किया जाता है। कुष्ठ के कृमियों को नष्ट करता है। खैर की गोंद मधुर, बल्य और शुक्रवर्धक है :

खदिरः स्याद्रसे तिक्तो हिमः पित्तकफास्रनुत् ।
कुष्ठामकासकण्डूतिकृमिदोषहरः स्मृतः ॥
खदिरः कृमिकुष्ठघ्नः कफरेतोविशोषणः ।

धन्वन्तरिनिघण्टु, गुडूच्यादिवर्ग 1; 26-27.

खदिरस्तु रसे तिक्तः शीलः पित्तकफापहः ।
पाचनः कुष्ठकासास्रशोफकण्डूव्रणापहः ॥

राजनिघण्टु, शाल्मल्यादिवर्ग 8; 23.

खदिरः शीतलो दन्त्यः कृमिमेहज्वरव्रणान् ।
श्वित्रशोथामपित्तास्रपाण्डुकुष्ठकफाञ्जयेत् ॥
निर्यासस्तस्य मधुरो बल्यः शुक्रविवर्द्धनः ।
सारस्तु विशदो बल्यो मुखरोगकफास्रजित् ॥

मदनपालनिघण्टु, वटादिवर्ग 5; 30-31.

खदिरः शीतलस्तिक्तः कषायः कफपित्तहा ॥
दन्त्यो हन्ति कृमिश्वित्रकुष्ठकण्डूज्वरव्रणान् ।
शोफाममेहमेदोऽस्रकासारोचकपाण्डुताः ॥

कैयदेवनिघण्टु, ओषधिवर्ग 1;823-824.

खदिरः शीतलो दन्त्यः कण्डूकासारुचिप्रणुत् ॥
तिक्तः कषायो मेदोघ्नः कृमिमेहज्वरव्रणान् ।
श्वित्रशोथामपित्तास्रपाण्डुकुष्टकफान् हरेत् ॥

भावप्रकाशनिघण्टु, वटादिवर्ग 5; 31-32.

चिकित्सा की भारतीय पद्धति आयुर्वेद में खैर वृक्ष के विदिध अंग-प्रत्यंग अत्यन्त प्रचीनकाल से विभिन्न रोगों के निवारण में काम आ रहे हैं। यहां हम इनके उपयोग दे रहे हैं :

मुख के रोग

मसूड़ों में ज़ख़्म हों और इसके कारण वे छिद्रित (स्पञ्ज) के समान लुचलुचे बन गए हों तो कत्थे के सुषव निष्कर्ष (टिंक्चर कैटेचु) को फुरेरी पर लगाकर लेप कर देते हैं। ज़रा-से कत्थे को पानी में घोलकर पायोरिया के रोगी को कुल्ले कराये जाते हैं। खैर की छाल का या अन्दर की लकड़ी का काढ़ा पीने से और उसके कुल्ले करने से मसूड़ों से ख़ून का आना बन्द हो जाता है। हलकी-सी भूनी हुई सुपारी के साथ कत्थे का बहुत सूक्ष्म चूर्ण देहाती लोग छिद्रिष्ट मसूड़ों में प्रयुक्त करते हैं। इसका निरन्तर उपयोग नहीं करना चाहिए क्योंकि अधिक देर तक इसका प्रयोग दांतों को काला कर देता है। बादाम के छिलके, अख़रोट के छिलके, बोल और सुपारी को हांडी में बन्द करके जला देते हैं। इसमें कत्था मिलाकर बारीक पीस लेते हैं। घरेलू दन्तमंजन के रूप में इसे इस्तेमाल किया जाता है।

कत्थे को पानी में पकाकर लेई जैसा गाढ़ा बना लें। इसमें बारीक पिसी हुई सुपारी, जायफल और कपूर मिलाकर खरल में रगड़ लें। चने के बराबर गोलियां बना लें। मसूड़े, जीभ और दांतों के रोगों में इसे मुंह में रखते हैं।

अन्न-प्रणाली के विकारों में

स्रावों को सुखाने की कत्थे की क्रिया आमाशय पर भी होती है जिससे कत्था खाने वाले के आमाशय का पाचन रस कम परिमाण में निकलता है। अन्य ग्राही द्रव्यों के समान प्रबल ग्राही औषधि के रूप में यह श्लैष्मिक आवरण के शिथिल होने के कारण उत्पन्न अतिसार (दस्तों) में दिया जाता है। आंतों के स्रावों को सुखाकर यह मल को गाढ़ा करता है जिससे पतला मल बंधकर आने लगता है। इस गुण के कारण इसे संग्रहणी, अतिसार आदि अवस्थाओं में लाभ के साथ प्रयुक्त किया जाता है। दस्तों को रोकने के लिए युवाओं को सामान्य चूर्ण रूप की मात्रा में मधु के साथ चटाया जाता है। पेचिश में इसकी बड़ी मात्रा देने की सलाह दी जाती है।

अन्न-प्रणाली में विकारों के कारण मतली, जी घबराना आदि लक्षण हों तो स्वादु और सुगन्धित द्रव्यों के साथ मिलाकर देहाती लोग कत्थे का प्रयोग करते हैं। खट्टे डकार आते हों तो कत्था लाभ के साथ दिया जाता है।

खांसी में

कत्था अच्छा संग्राहक है। इसकी क्रिया श्लैष्मिक आवरण (म्यूकस मेम्ब्रेन) पर तथा रक्तवाहिनियों पर होती है। इससे बलगम में कमी होती है और छोटी-छोटी रक्तवाहिनियों का संकोच होता है। तरुणों के कफ विकार में जब बलगम बहुत पड़ता हो,

बलगम पतला हो, शरीर फीका पड़ गया हो और हलका-हलका ज्वर रहता हो तब कत्थे और बोल को सम भाग में लेकर बनाई गोलियां देने से लाभ होता है। कत्थे की डली को मुख में रखकर चूसने से काग की शिथिलता के कारण उत्पन्न सूखी खांसी में लाभ होता है।

अधिक या दुर्गन्धित लालास्राव में, गल शुण्डिकाओं (टौन्सिलों) के बढ़ जाने में, काग के शिथिल होने में, वाचिक तन्त्रियों (वोकल कौर्ड्स) के क्षोभ में और इसके कारण उठने वाली कष्टदायक खांसी में कत्थे का एक छोटा टुकड़ा मुख में रखकर धीरे-धीरे घुलने दिया जाय तो यह एक उत्तम औषध का काम करता है। स्वरभंग में कत्थे के ज़रा-से टुकड़े को मुख में रखकर चूसा जाता है। श्वास प्रणाली के कष्टों में कत्थे को मिश्री और हल्दी के साथ प्रयोग किया जाता है। खांसी में कत्थे के चूर्ण को महर्षि चरक मदिरा के साथ या दही के पानी के साथ खिलाना लाभदायक समझते हैं। यह अच्छे कफनिस्सारक का कार्य करता है।

ख़ून बन्द करने के लिए

बलगम के साथ रोगी ख़ून भी थूकता हो तो कोंकण में खैर की छाल के ताज़े रस के साथ हींग का सेवन करते हैं। श्वास संहति के किसी अंग से ख़ून आने पर यह औषध देने की सिफ़ारिश की जाती है। शरीर के किसी भाग से ख़ून बहने की अवस्थाओं (रक्तपित्त) में चरक खैर के फूलों के चूर्ण को शहद के साथ चटाते हैं। खैर की सार-काष्ठ विटामिन वी का महत्त्वपूर्ण स्रोत होता है। स्कर्वी रोग में कत्था उपयोगी पदार्थ माना जाता है। इस रोग में शरीर पर छोटे-बड़े नीले धब्बे पड़ जाते हैं, अंगों में वेदनाएं होती हैं और प्रायः सभी श्लैष्मिक आवरणों से रक्तस्राव होने लगता है।

स्त्रियों के रोगों में

प्रसव के बाद तीव्र रक्तस्राव को रोकने के लिए खैर की मध्यकाष्ठ का काढ़ा बहुत उपयोगी होता है। गर्भाशय की शिथिलता के कारण उत्पन्न प्रदर, रक्तस्राव और योनि शैथिल्य में कत्थे और बोल के समभाग से बनाई गोलियां लाभदायक होती हैं। प्रसव के बाद स्त्रियों को शक्ति पहुंचाने के लिए और दुग्धस्राव को बढ़ाने के लिए कत्थे और बेल का मिश्रण दिया जाता है। श्वेत-प्रदर और निर्बलताजन्य रक्त-प्रदर में कत्थे के जलीय घोल का सूचीवेध दिया जाता है।

मूत्र तथा प्रजनन-संहति के रोग

पेशाब को कम करने वाली 10 ओषधियों में चरक ने खैर को गिनाया है। खैर के सार-काष्ठ के काढ़े में शहद मिलाकर गोविन्ददास क्षौद्रमेह (डायबिटीज़) में पीने को देते हैं। खैर और विट खदिर की पक्की लकड़ी की क़तरनों को सुपारी के साथ पकाकर काढ़ा बना लेते हैं। क्षौद्रमेह के रोगी को यह पिलाया जाता है।

मूत्रमार्ग से पीप जाने की अवस्थाओं, सूज़ाक व पूयमेह में खैर का काढ़ा दिया जाता है। खैर के पुष्पित शिखरों को ज़रा-से जीरे के साथ दौरी में ठंडाई की तरह रगड़ लेते हैं। ज़रा-सा पानी डालकर कपड़े में छान लेते हैं। दूध में मिलाकर इस पेय को पूयमेह में लाभ के साथ दिया जाता है।

कत्थे में पुंस्त्वहर गुण की अधिकता मानी जाती है। कहा जाता है कि अधिक मात्रा में उपयोग करने से यह जननशक्ति को क्षीण कर देता है। 605 से 1,210 मिलीग्राम की मात्रा में इसके चूर्ण को पानी के साथ हिन्दू विधवाएं कामेच्छा को दबाने के उद्देश्य से खाती देखी गई हैं।

गुदा के रोग

बवासीर के मस्सों को कत्थे के जलीय घोल से धोया जाता है। गुदभ्रंश (गुदा का बाहर आना) और बवासीर के उभरे हुए मस्सों में सूअर की चरबी या वैज़लीन के साथ मिलाकर बारीक पिसे हुए कत्थे की मरहम का लेप बहुत लाभ करता है। कत्थे के फाण्ट से या खैर के काढ़े से धोना और सेंक करना भी लाभप्रद होता है।

शार्ङ्गधर और गोविन्ददास ने भगन्दर में इसका उपयोग इस प्रकार बताया है : खैर की सार-काष्ठ की क़तरनों में त्रिफला मिलाकर काढ़ा बना लें। इसमें वायविडंग के चूर्ण की चुटकी देकर भैंस का घी मिलाकर पी जाये। गुदा के कैंसर में कत्थे को जली हुई सुपारी के साथ पीसकर लेप किया जाता है।

आंख और कान के रोग

आंखों की सोज़ और आंखों के ज़ख़्मों में कत्थे को पानी में घोलकर आंख में टपकाते हैं।

कान से पीप आती हो तो कत्थे को पानी में घोलकर पिचकारी करते हैं। फिर फुरेरी से साफ़ करके सुखा लेते हैं और कत्थे का बारीक चूर्ण छिड़क देते हैं। कहते हैं कि इस उपचार से अच्छा लाभ होता है।

बुख़ारों में

खैर विषमज्वर (मलेरिया) को रोकने वाला कहा जाता है। सतत ज्वर में यह उपयोगी बताया जाता है। जीर्णज्वर में खैर की छाल और चिरायते का काढ़ा सेवन करने से बढ़ी हुई तिल्ली कम होती है और शरीर को बल मिलता है।

त्वचा के रोगों और ज़ख़्मों में

भारतीय वैद्य खैर को त्वचा के रोगों में बहुत प्रयुक्त करते हैं। इसे खिलाया भी जाता है और बाहरी प्रयोग भी किया जाता है। शोथयुक्त भागों को और व्रणों को कत्थे के काढ़े से धोया जाता है। गरम काढ़े से धोने पर सोज़ पटक जाती है। त्वचा के रोगों में ज़ख़्म हो जाने पर पीप और ख़ून आता हो तो खैर की छाल का काढ़ा पिलाते हैं और इसी से व्रणों को धोते हैं। घावों से बहते हुए ख़ून को रोकने के लिए उन पर पिसा हुआ कत्था छिड़कते हैं। ग्राही होने से यह रक्त शमन का कार्य करता है और संज्ञास्थापन करता है। स्तन व्रणों में कत्थे का लेप उपयोगी होता है। पुराने व्रण, जिनमें स्राव बहुत गन्दा और दुर्गन्धित हो, कत्थे के बारीक चूर्ण तथा सूअर की चरबी या मोम और तेल मिलाकर बनाये हुए मरहम के लगाने से बहुत शीघ्र अच्छे हो जाते हैं। व्रण बहुत कठोर हों, पुराने हों और उनमें बहुत-से नवीन तन्तुओं की वृद्धि हो गई हो तो इस मरहम में अत्यल्प परिमाण में नीला थोथा भी मिला लिया जाता है।

गोविन्ददास के अनुसार खैर की लकड़ी, त्रिफला, नीम की छाल, पटोलपत्र, गिलोय और बांसे की छाल का काढ़ा खसरा, मसूरिका, कुष्ठ, विसर्प, विस्फोट तथा कण्डू को नष्ट करता है।

त्वचा के सभी प्रकार के विकारों को नष्ट करने के लिए चक्रपाणिदत्त बताते हैं कि खैर के जल का रोगी को ख़ूब प्रयोग कराना चाहिए। उसकी खाने-पीने की सभी चीज़ें खैर के पानी से बनानी चाहिए। उसके शरीर पर लगाये जाने वाले प्रलेप और उबटन इसी पानी से तैयार किये जाने चाहिए और इसी से उसे स्नान कराना चाहिए (चक्रदत्त, कुष्ठ चिकित्सा; 92)।

कैंसर और फिरंग में

पीले कत्थे का कैंसर में प्रयोग किया जाता है। पहले इसे पानी में नरम करके कल्क बना लिया जाता है और तब आक्रान्त भाग पर कुछ समय तक निरंतर लेप करना पड़ता है। कत्थे के बहुत सूक्ष्म चूर्ण को घी में मिलाकर बनाए हुए मरहम का भी कैंसर पर लेप करते हैं। पूर्वीय अफ़्रीका में कत्थे और नीले थोथे को अण्डे की ज़र्दी में पीसकर कैंसर पर प्रायः लेप करते हैं।

पंजाब में मरहम के रूप में कत्थे का प्रयोग खुजली, फिरंग (आतशक, सिफ़लिस) और दाह पर किया जाता है। प्राथमिक फिरंग व्रण में कत्थे का स्थानीय उपयोग लाभप्रद कहा जाता है।

कुष्ठ में

आयुर्वेद के प्राचीन विद्वानों ने कुष्ठ और त्वचा के रोगों में खैर को बहुत उपयोगी बताया है। चरक ने कुष्ठ को हरने वाली 10 चीज़ों में खैर को गिनाया है। इस सूची में सबसे पहले खैर का नाम लेते हैं। वे कहते हैं कि खैर के मध्यकाष्ठ से बनाया काढ़ा कुष्ठ रोगी को पिलाने से तथा इसी से स्नान कराने से लाभ होता है। स्नान, पान व लेप द्वारा गोमूत्र के साथ खैर का प्रयोग कुष्ठ के कृमियों को नष्ट करता है। कुष्ठ रोगी के अन्न-पान के विधानों में, परिषेक में, धूपन में और प्रदेह में खैर का प्रयोग होता है। खैर की अन्तर्दारू का कषाय कुष्ठ में लगातार दीर्घकाल तक पीने के लिए देना चाहिए। कुष्ठ-व्रणों को इस कषाय से साफ़ करके खदिर-काष्ठ का सूक्ष्म चूर्ण उन पर छिड़क देना चाहिए या काष्ठ को सिल के ऊपर चन्दन की तरह घिसकर लेप करना चाहिए। खैर के तेल से कुष्ठ रोगी की प्रतिदिन मालिश की जाती है।

तेल बनाने के लिए खैर के 4 किलोग्राम मध्यकाष्ठ को 64 लीटर पानी में पकाएं। 8 लीटर काढ़ा बचने पर उतार लें और छानकर फोक फेंक दें। आधा किलोग्राम खैर की लकड़ी के बुरादे को सिल पर पीसकर चटनी-सी बना लें। इसको और 2 किलोग्राम तिल के तेल को काढ़े में मिलाकर हलकी आंच पर पकाएं। पानी उड़ जाने पर उतार लें और छानकर शीशियों में भर लें। यह तेल मालिश के लिए उपयोगी होता है। खैर का घी भी इसी तरीके से बनाया जाता है। प्रतिदिन प्रातःकाल 12 ग्राम की मात्रा में यह घी सेवन कराया जाता है। कफज, पित्तज और वातज कुष्ठों में भी इस घृत का सेवन करते रहने और तेल की मालिश करते रहने से लाभ होता है। रक्तपित्त प्रधान कुष्ठों में खदिर घृत का उपयोग रोग को जीतने में मदद करता है। चक्रपाणिदत्त कुष्ठ में खैर का प्रयोग इस प्रकार लिखते हैं : ताज़े काटे हुए खैर के पेड़ की मोटी जड़ों में छिद्र करके उन्हें घड़े के अन्दर डाल दें। घड़े का मुख अच्छी तरह बन्द कर दें। वृक्ष के ऊपर के भाग पर आग जलायें। गरमी पाकर वृक्ष के अन्दर का रस जड़ों में किए गए छिद्रों में से टपक-टपक कर घड़े में इकट्ठा हो जाएगा। चक्रपाणि कहते हैं कि इस रस में समान भाग आंवले का रस तथा घी और शहद डालकर सेवन करने से कुष्ठ रोग दूर हो जाता है। रसायन के समान यह औषध रोगी के शरीर को बल प्रदान करती है।

कुष्ठ रोग में जब खैर से बनाये औषध द्रव्यों के द्वारा चिकित्सा की जा रही हो तो रोगी को तिक्त रस वाले पथ्य का विशेष रूप से प्रयोग करना हितकर होता है।

सफ़ेद दाग़ों में

कुष्ठ रोग के निवारण के लिए जो उपचार किया जाता है वह सब सफ़ेद दाग़ों (श्वित्र कुष्ठ) में हितकर है, ऐसा चरक का मत है। कुष्ठनाशक ओषधियों के साथ खदिरोदक मिलाकर श्वित्र कुष्ठ में दिया जाता है। प्यास लगने पर रोगी को खदिरोदक ही दिया जाय तो अच्छा है। खदिरोदक बनाने के लिए खैर के मध्यकाष्ठ के छोटे-छोटे टुकड़ों को पानी में भिगो देते हैं और वह पानी रोगी को देते हैं। खैर की लाल लकड़ी का बरतन बना लिया जाता है, उसमें रखे हुए पानी को भी खदिरोदक कहते हैं। चक्रपाणिदत्त का अनुभव है कि खैर के मध्यकाष्ठ और आंवले को एक साथ उबालकर बनाये काढ़े में बावची का चूर्ण डालकर सेवन करने से शंख और चांद के समान सफ़ेद चमकने वाले दाग़ भी दूर हो जाते हैं (चक्रदत्त, कुष्ठ चिकित्सा; 60)।

तीन

गाइनोकार्डिआ

जिनोकार्दिआ ओदोराता आर. ब्राऊन
Gynocardia odorata R. Brown
कुल बिक्सासी Bixaceae

पौधे का स्वरूप : यह 12 से 15 मीटर ऊंचा, सदाहरा वृक्ष है। पत्ते 12 से 15 सेण्टीमीटर लम्बे, 4 से 9 सेण्टीमीटर चौड़े होते हैं। फूल अद्विलिंगी (dioecious), हलके पीले, मीठी गन्ध वाले, कक्ष पूलों (axillary fascicles) में रहते हैं।

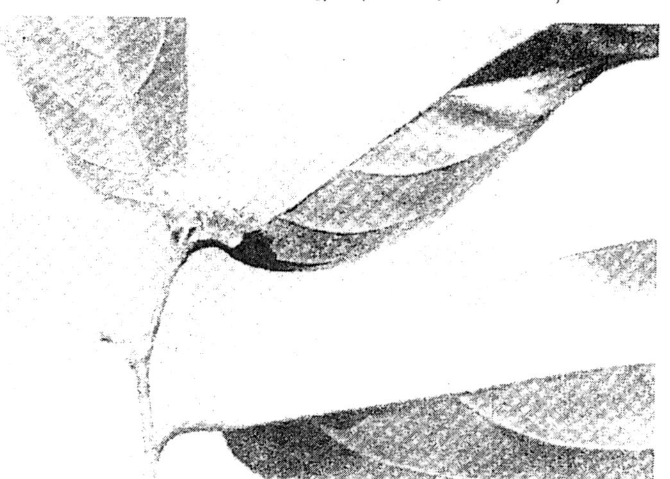

चित्र 7 गाइनोकार्डिआ का फूल

ये बड़े गुच्छों में लगते हैं। लगभग 40 फूलों से मिलकर एक बड़ा गुच्छा बनता है। तने और शाखाओं में ही फूल निकलते हैं। फूलों की चाह में मधुमक्खियों द्वारा ये फूल ख़ूब व्यस्त रहते हैं। एक फूल का व्यास 1.25 से 3.75 सेण्टीमीटर होता है। पुष्पकोष (calyx) 5 पालियों वाला (lobed), चर्मश तथा शरावक-आकृति वाला (saucer-shaped) होता है। दल (petals) 5 होते हैं। नर पुष्पों में लगभग 100 परागदण्ड होते हैं।

सूत्र (filaments) ऊर्णावल (wooly) होते हैं। मादा फूलों में 10-15 वन्ध्यकेशर (staminodes) होते हैं। कुक्षिवृन्त (styles) पांच होते हैं।

7.5 से 12.5 सेण्टीमीटर व्यास का मण्डलाकार (globose) फल तने और मुख्य शाखाओं पर लगता है। इसका छिलका मोटा, कठोर, बाहर से सूक्ष्म वातरन्ध्री (minutely lenticelled) होता है। प्रत्येक फल में 3 या 5 बीज, क़रीब 2.5 सेण्टीमीटर या कुछ

चित्र 8 गाइनोकार्डिआ का फलदार तना

कम, पिचके होने से सामान्यतः अनियमित पृष्ठ के होते हैं। बीजों के ऊपर का छिलका आधूसर-वभ्रु (greyish-brown), खुरदरा, कठोर और भंगुर होता है। बीजों के अन्दर तैलीय श्विति होती है। बीजों की लम्बाई 3.125 सेण्टीमीटर, चौड़ाई 2 से 2.5 सेण्टीमीटर और ऊंचाई 1 से 2 सेण्टीमीटर होती है। 5 बीजों का भार 30 ग्राम होता है। फल

का व्यासार्द्ध 8.5 सेण्टीमीटर और गोलाई 25 सेण्टीमीटर होती है। वन-अनुसन्धानशाला, देहरादून की वनस्पति वाटिका में *जिनोकार्दिआ ओदोराता* आर. ब्राउन के दो पेड़ हैं। एक पेड़ फूलता तो ख़ूब है परन्तु फलता नहीं। दूसरे पेड़ पर ख़ूब फल लगते हैं।

प्राप्ति-स्थान

जिनोकार्दिआ ओदोराता आर. ब्राउन हिमालय के अधोभाग में उगता है। सिक्किम, असम, ख़ासी पर्वतश्रेणी, चटगांव और पूर्वी बंगाल में देशज वृक्ष है। इसका विस्तार रंगून तक चला गया है। बेअरिंग (1875) के अनुसार दक्षिण भारत में यह (*Gynocardia odorata* R. Brown) कम पाया जाता है।

कृषि

सिंगापुर की वनस्पति-वाटिका में इसका पौधा 1891 में लगाया गया था परन्तु देर तक जीवित नहीं रहा। 1921 में पुनः बीज बोए गए। बर्किल के 1935 के विवरण के अनुसार यह उग तो रहा है परन्तु इसे उन्नयन करना ज़रा कठिन सिद्ध हुआ है।

विविध भाषाओं और स्थानों में नाम

अंग्रेज़ी : चौलमुग्रा (chaulmugra)।

फ़ारसी : विरंज मोगरा।

बंगाली : चावल मुंगरी, चोल मुगरा, चाउल मुगरा, चावल मोगरा।

म्यांमार : कलंजो, कलवसो।

लेटिन : ग्रीक शब्द गाइने (gyne) का अर्थ है स्त्री और कार्दिआ (kardia) का अर्थ है हृदय।

हिन्दी : चावल मुंगरी, चोल मुगरा, चाउल मुगरा, चावल मोगरा, चालमुग्रा।

कुल : बिक्सासी (Bixaceae) के अन्तर्गत जिनोकार्दिआ गण (genus) में यह एक ही पौधा (species) है।

भेदक पहचान

जिनोकार्दिआ ओदोराता आर. ब्राउन के फल तथा बीज स्वरूप में *ताराक्तोजेनोस कुर्जीई* आर. ब्राउन के फलों तथा बीजों के बहुत समान होते हैं। सम्भवतः यही कारण है कि इतने दीर्घकाल तक यह संभ्रम चलता रहा। इसमें भेदक पहचान यह है कि *ताराक्तोजेनोस कुर्जीई* आर. ब्राउन के बीजों में भ्रूण मूल (radicle) आवसानिक (terminal) होती है जबकि *जिनोकार्दिआ* के बीजों में यह पार्श्वीय होती है। दोनों ही बिक्सासी कुल के पौधे हैं।

पुराना विश्वास

पुराने साहित्य में विश्वास किया जाता था कि चालमुग्रा तेल *जिनोकार्दिआ ओदोराता* आर. ब्राउन के बीजों से व्युत्पन्न होता है। 1901 में प्रेन ने दिखाया था कि असली चालमुग्रा तेल असम और म्यांमार में उगने वाले एक वृक्ष *ताराक्तोजेनोस कुर्जीई* आर. ब्राउन के बीजों से प्राप्त किया जाता है। इसके बावजूद भी चिकित्सा साहित्य में चालमुग्रा तेल, गाइनोकार्डिआ तेल, और हीडनोकार्पस तेल, ये तीनों शब्द आपस में पर्यायवाची शब्दों के समान बरते जा रहे थे। प्रस्तुत पुस्तक में त्वचा के रोगों में तथा कुष्ठ में गाइनोकार्डिआ तेल की जो उपयोगिता प्रतिपादित की गई है वह चालमुग्रा और तुवरक की समझनी चाहिए।

उपयोग

फल का गूदा श्लिषिवत् (gelatinous) और सुरभित है (बुलेटिन नं. 1057), यूनाइटेड स्टेट्स डिपार्टमेण्ट ऑफ़ एग्रिकल्चर, (1922, पृष्ठ 23)। कहते हैं कि बन्दर इसके बहुत शौक़ीन हैं; परन्तु कहा जाता है कि मछलियों को यह विषाक्त कर देता है। सिक्किम में बीजों की गिरी मत्स्यविष के लिए काम में लायी जाती है।

असम में कभी-कभी स्थानीय लोग बीजों से तेल निकालते हैं। चिकित्सा में इसके गुणधर्म, मात्रा उपयोग आदि तुवरक और चालमुग्रा के समान समझे जाते हैं। परन्तु अनेक अधिकारियों ने गाइनोकार्डिआ को प्रभावशली नहीं पाया।

रासायनिक संघटन

बीजों से शीत निष्पीडन द्वारा 30 से 35 प्रतिशत एक स्थिर तेल निकलता है। छिलके उतारे हुए बीजों से लगभग 65 प्रतिशत तेल निकलता है। इसे गाइनोकार्डिआ तेल कहते हैं। ताज़े तेल का रंग हलका भूरा (light brown) या आबभ्रु-पीत (brown-ish-yellow) होता है। इसमें अरुचिकर विशिष्ट कुछ-कुछ उग्र तथा ज़रा अरुचिकर स्वाद होता है। आपेक्षिक गुरुत्व 30 अंश शतांश पर 0.95 होता है। यह ईथर, क्लोरोफ़ौर्म और एल्कौहल में विलेय है। इसका मुख्य संघटन गाइनोकार्डिक अम्ल है जो दाहक स्वाद वाला, पीला, तैलीय पदार्थ है और यह तेल का क्रियाशील तत्त्व है। तेल में जो दाहक स्वाद है वह इसी अम्ल के कारण है। पामिटिक (palmitic), हाइपोजेइक (hypogaeic) और कोक्सिनिक (coccinic) अम्ल भी तेल में पाए जाते हैं। डेविड हूपर ने विशुद्ध तेल में उपस्थित अम्ल का अनुपात अधिक पाया था जबकि स्टीरिक (stearic)अम्ल अनुपस्थित था।

जे. सी. घोष (1940) ने दिखाया है कि गाइनोकार्डिक अम्ल एक विशुद्ध अम्ल नहीं है, परन्तु कई अम्लों का मिश्रण है जिसमे पामिटिक अम्ल का बड़ा अनुपात होता है।

पावर और बैरोक्लिफ़ (1905) ने दिखाया है कि *जिनोकार्दिआ ओदोराता* आर. ब्राउन के अभिनव बीजों से निष्पीड़ित तेल चालमुग्रा तेल से भौतिक प्रकृति और रासायनिक

चित्र 9 गाइनोकार्डिआ का फल

संघटन दोनों में ही पूर्णतया भिन्न है। गाइनोकार्डिआ तेल सामान्य तापमान पर पांडुर-पीत द्रव होता है जिसमें अलसी के तेल के सदृश गन्ध आती है। यह काशिता (optical-activity) से पूर्णतया रहित होता है। इसके संघटक निम्नलिखित हैं :

1 लिनोलिक अम्ल (linolic acid) या उसी शृंखला के समाजेय (isomerides)।
2 पामिटिक अम्ल, बड़े परिमाण में।
3 लिनोलिनिक (linolenic) और आइसो-लिनोलिनिक अम्ल (iso-linolenic acids)।
4 ओलीक अम्ल (oleic acid)।
5 गाइनोकार्डीन (gynocardin) — यह स्फटिकमय, श्यामजनक मधुमेय (crys talline cyanogenetic glucoside) है।

चालमुग्रा तेल का प्रभाव जिन विशिष्ट अननुविद्ध अम्लों पर निर्भर करता है वे गाइनोकार्डिआ तेल में विद्यमान नहीं होते।

इस तथ्य को दृष्टि में रखते हुए यह दुर्भाग्यपूर्ण है कि चालमुग्रा तेल का स्रोत 1898 की ब्रिटेनीय भेषजसंहिता में, 1910 में प्रकाशित विलियम व्हिटला के मैटीरिया मेडिका में, हेलबाइट (1914) के मैटीरिया मेडिका में तथा अन्य अनेक अधिकारपूर्ण

ग्रंथों में *जिनोकार्दिआ ओदोराता* आर. ब्राउन लिखा गया है।

बेअरिंग (1875) का अनुभव था कि बाज़ार में मिलने वाला चालमुग्रा का तेल सामान्यतः अशुद्ध होता है। इसलिए अन्तःप्रयोग के लिए आपत्तिजनक है। कनाईलाल

चित्र 10 गाइनोकार्डिआ के कटे फल का भीतरी भाग और बीज

दे ने दिखाया था कि कलकत्ता के बाज़ार में चालमुग्रा (*जिनोकार्दिआ*) का जो तेल मिलता है उसका रंग कुछ गूढ़ा होता है और वह होता भी गाढ़ा है। यह उष्ण निष्पीड़न से निकाला गया होता है। सामान्यतः यह मिलावट वाला होता है और इसमें स्निग्ध घटकों का दानेदार निक्षेप नीचे बैठा होता है।

मात्रा : तेल 5 से 10 बूंद क्रमशः बढ़ाते हुए 30 से 60 बूंद तक। इसे कैप्सूलों में देना उत्तम रहता है।

गाइनोकार्डिक अम्ल 16 से 32 मिलीग्राम की मात्रा में अन्तःप्रयोग किया जा सकता है। दिन में 3 बार 16 मिलीग्राम से आरम्भ करके दिन में 3 बार 195 मिलीग्राम तक पहुंचा देते हैं। इसे कैप्सूलों में या गोली बनाकर देते हैं।

कार्य

अन्तःप्रयोग में यह आमाशय-आन्त्र का क्षोभक है। कुष्ठ आदि रोगों में दी जाने वाली बड़ी मात्राओं को सहन करने के लिए आमाशय को अभ्यास कराना होता है। बाह्य प्रयोग में तेल प्रबल चर्मरक्तकर (rubefacient) है और साधारण त्वचा पर लगाने में बड़ी वेदना पैदा कर सकता है।

सेवन विधि

बाहर लगाने के साथ-साथ खाने के लिए भी दें तो अपने रसायन कार्य के कारण इसका प्रभाव सामान्यतः बढ़ जाता है। इमल्शन में, दूध में या कौडलिवर औयल में 5 से 6 बूंद की मात्रा से देना शुरू करते हैं। कुछ दिनों बाद उत्तरोत्तर बढ़ाते हुए 10 बूंद कर देते हैं। इतनी मात्रा सहन कर लेने के बाद फिर बढाते हैं। इस प्रकार धीरे-धीरे 40 बूंद तक ले आते हैं। इसके प्रयोग काल में नमक छोड़ देना चाहिए।

त्वचा के रोग

बेअरिंग (1875), विलियम ह्विटला (1910), रौबर्ट हचिसन (1948) आदि अनेक पाश्चात्य कर्माभ्यासियों ने गाइनोकार्डिआ तेल को चालमुग्रा तेल के नाम से वर्णन किया है और उसके गुणों में भेद नहीं दिखाया। त्वचा के रोगों में ये गाइनोकार्डिआ तेल की सफलता का उल्लेख करते हैं। इनके वर्णनों से पता चलता है कि लंदन के बहुत से चिकित्सालयों में भी इसे आजमाया गया है। सोरायसिस, तीव्र तथा पुरातन एग्ज़िमा, चर्मयक्ष्मा (lupus), कुष्ठ और इसी तरह के रोगों में तेल उपयोगी बाह्य उद्दीपन प्रयोग है। चर्मयक्ष्मा, उपदंशीय उद्भेदन, बहुत पुराने सोरायसिस के लिए एक मरहम इस्तेमाल की जाती है जो वास व 28 मिलीलीटर लेनोलिन में 1.8 मिलीलीटर चालमुग्रा तेल मिलाकर वनाई जाती है।

त्वचा के रोगों में अंग्वेण्टम गाइनोकार्डि नामक मरहम बरती जाती है। एक भाग गाइनोकार्डिआ तेल, 4 भाग हार्ड पैराफ़ीन और 5 भाग सौफ़्ट पैराफ़ीन मिलाकर यह बनाई जाती है।

कुष्ठ

कुष्ठ में गाइनोकार्डिआ अत्युत्तम प्रभाव के साथ प्रयोग किया जाता रहा है। इस कुत्सित रोग के निराकरण के लिए तेल की यद्यपि देर से बड़ी ख्याति है परन्तु कुछ चिकित्सकों का मत है कि कुष्ठ को यह निश्चित रूप से निर्मूल नहीं करता। बहुत से समझते हैं कि यह इस रोग का विधारण करता है। नीम तेल या गुर्जन तेल के साथ मिलाकर यह कुष्ठ तथा त्वचा के अनेक रोगों पर लगाया जाता है।

कुष्ठ में मैग्नीशियम गाइनोकार्डेट कुछ सफलता के साथ बहुत पहले परखा जा चुका है। कहते हैं कि तेल की अपेक्षा मैग्नीशियम लवण अधिक अनुकूल पड़ता है और इसका प्रयोग करने में लाभ भी तेल के समान ही है। मैग्नीशियम गाइनोकार्डेट एक दानेदार चूर्ण होता है और 65 से 115 मिलीग्राम की मात्रा में दिया जाता है।

वसा

वसा के साथ तैयार किया गया मरहम अत्युत्तम बाह्य लेप होता है। कुष्ठ की विभिन्न अवस्थाओं में एक भाग तेल को 2 भाग सूकर-वसा में मिलाकर तैयार किया गया मरहम उत्कृष्ट लेप होता है।

इस प्रकार के विवरणों में गाइनोकार्डिआ तेल या बीजों से चालमुग्रा या तुवरक का ग्रहण करना चाहिए क्योंकि हमने पहले भी स्पष्ट किया है कि लेखकों के प्रमाद से इन क्रियाशील पौधों को गाइनोकार्डिआ नाम दिया जाता रहा है। गाइनोकार्डिआ में तो कुष्ठघ्न तत्त्व विद्यमान ही नहीं हैं, इसलिए इसे कोढ़ में देना निरर्थक है।

क्षय, गठिया, आमवात में

उरःक्षय में यह सफलता के साथ इस्तेमाल किया गया है। खाने के लिए तो देते हैं और छाती पर भी लगाते हैं, अन्त्रयुज क्षय (tabes mesenterica) में और उदर गुहा की क्षयी ग्रंथियों में पेट पर तेल को मलते हैं।

आमवात और आमवातिक गठिया में तेल का स्थानीय व्यवहार उद्दीपन तेल का काम करता है। चिरस्थायी आमवात और आमवातिक सन्धिकोप में जोड़ों पर त्वचा के ऊपर लगाते हैं।

चार

गोरख इमली

अदानसोनिआ दिजिताता लिनिअस

Adansonia digitata Linn.

कुल बोम्बाकासी Bombacaceae

स्वरूप : यह विलक्षण-आकृति का लगभग इक्कीस मीटर तक ऊंचा, पर्णपाती वृक्ष है। इसका घेरा सत्ताईस मीटर तक हो जाता है। काण्ड छोटा और शाखाएं मोटी तथा

चित्र 11 गोरख इमली के वृक्ष के आगे लोग

फैली हुई होती हैं। फूल एकाकी, सफ़ेद, व्यास में लगभग 15 सेण्टीमीटर होते हैं। फल घिया के समान, 20 से 30 सेण्टीमीटर लम्बा, 10 सेण्टीमीटर व्यास का, कठीला और धूसर वर्ण होता है।

भारत में आगमन

यह उष्ण कटिबन्धी अफ्रीका का मूल निवासी है। सम्भवतः अरब व्यापारी इस

वृक्ष को भारत में लाए थे। उत्तर प्रदेश, बिहार, मुम्बई और तमिलनाडु में यह कहीं-कहीं दिखाई दे जाता है। आन्ध्र प्रदेश में आम मिल जाता है।

आयु–छः हज़ार साल

प्राकृतिक आवास में यह सबसे बड़े वृक्षों में से एक है। विश्व के सबसे दीर्घजीवी वृक्षों में है, जो लगभग छह हज़ार साल तक जीवित रहते हैं। आयु बढ़ने के साथ-साथ ही इनका तना क्षरित होने लगता है और बीच में से खोखला होकर जलकुण्ड के रूप में बदल जाता है, जिसमें साढ़े चार हज़ार लीटर पानी जमा किया जा सकता है। कभी-कभी खोखला तना छोटे आश्रय के रूप में भी प्रयोग किया जाता है। अफ़्रीका में कुछ कबीले अपने प्रियजनों और वीर पुरुषों के शव कोटर में ममीकरण के लिए भी रख छोड़ते हैं।

मुरादों को पूरी करने वाला कल्पवृक्ष

प्रयाग के झूसी क्षेत्र में संगम के पास गंगा के किनारे गोरख इमली का एक पेड़ खड़ा है। इसे वहां कल्पवृक्ष कहते हैं। 1988-89 के कुंभ मेले की डौक्युमेंटरी बनाने के दौरान मुझे इसे अध्ययन करने का मौक़ा मिला था।

इसका तना खोखला था। उसके काण्ड के निचले भाग में गुफ़ाएं बनी हुई थीं जो काण्ड के आरपार चली गई थीं। वृक्ष के गिर्द बहुत-से साधुओं ने डेरा डाला हुआ था। तीन महीने तक चलने वाले कुम्भ-मेले में वे यहां कल्पवास करते रहे थे।

अन्धड़ों में इस कल्पवृक्ष की बड़ी-बड़ी शाखाएं टूटती रहती हैं। इसलिए यह छोटा बन गया है; अधिक लोगों को अपनी छत्रच्छाया से सुख तो नहीं दे पाता हां, अपने आध्यात्मिक परिमण्डल में आश्रय लेने वाले श्रद्धालुओं के लिए मंगलकारी है। भले ही वे वैष्णव हों, शिवभक्त हों, तान्त्रिक हों या मुस्लिम हों।

पेड़ के बायीं तरफ़ एक तम्बू के नीचे क़रीब पन्द्रह साधु ठहरे हुए थे। उनका हाथी पास ही बंधा था। उनसे दस कदम आगे इटावा से आएं छह रामभक्त साधुओं का ग्रुप था। पांच क़दम जगह छोड़कर कलकत्ता के प्रसिद्ध कालीघाट मन्दिर से आए एक तान्त्रिक साधु ने छोटी-सी छोलदारी में अपने कर्मकाण्ड का सामान सजाया हुआ था। इस जवान तान्त्रिक के साथ युवा चेला भी था।

साधु ने मुझे अपना नाम अनिल चन्द्र दास बताया था। यह अपने को नाग विषाक्त तान्त्रिक बताता था। उसका कहना था कि न जाने कितनी बार उसे सांप काट चुका है। उसकी देह नाग के विष-प्रतिरोधी तत्त्वों से संपृक्त है। वह सर्पदंश से इम्पून हो चुका है।

अनिल की वेश-भूषा तथा बनाव-सिंगार विलक्षण और आकर्षक थी। चमकीले, गूढ़े-लाल रंग का ढीला चोग़ा कन्धों से झूलता हुआ टखनों को चूमता था। काली मूंछ-दाढ़ी

और कन्धे तथा पीठ पर बेपरवाही से गिरती हुई जेट काली लटाएं उसके रूप-यौवन को निखारती थीं।

बायें कन्धे पर भैंस के सींग से बना विगुल लटक रहा था। तान्त्रिक पूजा में यह शंखनाद जैसा गम्भीर घोष करने के काम आता है। यह 35 सेण्टीमीटर लम्बा था, इसका आधार लम्बगोल था जिसकी लम्बाई 10 सेण्टीमीटर और चौड़ाई 5 सेण्टीमीटर थी। सींग से बना होने से इसका नाम सिंगा था।

अनिक ने दाहिनी कलाई में गेंडे की खाल का कंगन पहन रखा था और दूसरी कलाई में गेंडे की हड्डी का। अनिल मसानी साधु था, श्मशान में धूनी लगाता था। उसके अनुमान में भारत के श्मशानों में डेरा डाले हुए मसानी साधुओं की संख्या लगभग तीन सौ होगी।

गुफ़ाओं में चार साधु

गुफ़ाओं के अन्दर चार साधु सोते थे। ब्राह्म मुहूर्त्त में स्नान आदि से निवृत्त होकर वे उनके अन्दर पद्मासन में आबद्ध होकर जप, ध्यान, प्राणायाम करते थे। एक साधु जगन्नाथ घाट, हावड़ा, कलकत्ता से आया था। तीन साधु फ़तेहपुर (उत्तर प्रदेश) के

चित्र 12 गुफ़ाओं में साधु

रहने वाले थे। पन्द्रह जनवरी से बीस फ़रवरी तक इन साधुओं का कल्पवृक्ष की गुफ़ा में डेरा रहा था।

मिट्टी के ऊपर कल्पवृक्ष की तीन मोटी जड़ें फैल गई हैं। एक पूरब की ओर, दूसरी उत्तर की ओर तथा तीसरी दक्षिण की ओर। मैंने इनके नाप लिए थे, जो इस प्रकार हैं: दक्षिण और पूरब दिशा वाली जड़ें अठारह मीटर लम्बी तथा लगभग दो मीटर गोल हैं। उत्तर दिशा वाली जड़ की लम्बाई साढ़े चार मीटर और गोलाई डेढ़ मीटर है।

मुस्लिम समाज में इस कल्पवृक्ष की बहुत मान्यता है। उनका विश्वास है कि अरब के एक फ़कीर ने दातून करके उसे यहां गाड़ दिया था। उसी से यह पेड़ यहां उग आया।

साल में दो बार यहां मेला भरता है। एक मेला बकर ईद के चांद की पहली तारीख़ से शुरू होता है। छह दिन चलता है। छह तारीख़ की शाम को ख़त्म हो जाता है। समापन का कार्यक्रम दोपहर दो-तीन बजे शुरू होता है। गंगा जल से कल्पवृक्ष को स्नान कराया जाता है। श्रद्धालु बालटियां भर-भरकर गंगा से जल लाते हैं। वृक्ष के सेवक पेड़ के ऊपर तक पानी फेंककर उसे नहलाते हैं। इस प्रक्रिया को गुसल कहते हैं। गुसल में तीन घण्टे लग जाते हैं। तब छह बजे मेला ख़त्म होता है।

दूसरा मेला 'तेरह तेजी के चांद का मेला' कहलाता है। यह साल के आख़िरी बुध को भरता है। सुबह से शाम तक रहता है। यह बड़ा तगड़ा मेला होता है। इसमें दूर-दूर से भी लोग आते हैं। लेकिन ज़्यादातर इलाहाबाद की नई झूसी और पुरानी झूसी से ग़रीब लोग बाल-बच्चों के साथ शामिल होते हैं।

कल्पतरु पर लगने वाले ये मेले यद्यपि मुस्लिम समाज के मेले हैं परन्तु यहां मध्यम वर्ग के हिन्दू तथा प्रयाग के पण्डे भी नज़र आते हैं।

सुख-समृद्धि के लिए पूजा

श्रद्धालुओं का विश्वास है कि कल्पतरु में एक सिद्ध पीर रहता है। उसकी पूजा करने से सुख-समृद्धि मिलती है। शारीरिक कष्टों और मानसिक व्याधियों से छुटकारा होता है। आम श्रद्धालु पीर को फूल, बताशे, कुरमा, बेदाना, बून्दी, लड्डू, मिठाइयां, पैसे, रुपये भेंट करता है। हर मेले में 3-4 सौ रुपये के लगभग चढ़ावा आ जाता है। मेले में अधिकतर ग़रीब लोग आते हैं। इसलिए पीर की भेंट में दस, बीस या पचास पैसे के सिक्के ही दिखाई देते हैं।

झूसी के 8-10 मुस्लिम घर सिद्ध पीर के सेवक हैं। वे चढ़ावे को बांट लेते हैं। ड्यूटी पर तैनात पुलिस के सिपाही को भी चढ़ावे में से हिस्सा दिया जाता है।

जिन लोगों की विशेष मनौती होती है वे वृक्ष के तने के चारों ओर कपड़ा लपेटते हैं। इसे साफ़ा कहते हैं। यह करीब बीस मीटर लम्बा होता है। हर मेले में दो-ढाई सौ साफ़े चढ़ जाते हैं।

विविध भाषाओं और स्थानों में नाम

अंग्रेजी : अफ्रीकन कालाबाश (African calabash), क्रीम औफ़ टार्टार ट्री (cream of tartar tree), बाओबाब ट्री (baobab tree), मंकी ब्रेड ट्री (monkey bread tree) सावर गोर्ड (sour gourd)।
कन्नड़ : अनेहुनेसे, बृह्लिका, भग्गिवाआमु।
गुजराती : आम्बली, गोरका।
तमिल : अनई पुलि आमरम, पापड़ा फुलिआ।
तेलुगु : ब्रह्मा आम्लिका, मग्गिवा आमु, सीमा चिन्त काया।
बंगाली : गोरकामली।
मराठी : गोरख चिंच।

संस्कृत में नाम और पर्याय के अर्थ

विदेशों से आए इस वृक्ष को आयुर्वेद में अपना लिया गया था। कश्मीर के पण्डित-राज नरहरि ने बारहवीं सदी में वनस्पतियों के गुण-धर्म प्रतिपादित करने वाला एक ग्रन्थ राजनिघण्टु लिखा था जिसमें अनेक ऐसी वनस्पतियों का समावेश किया था जो अन्य ग्रन्थों में नहीं मिलतीं। इसमें इस वृक्ष के निम्नलिखित आठ नाम मिलते हैं :

गन्ध बहुला : प्रचुर (बहुत) सुगन्ध (गन्ध) वाला।
गोपाली : धूप, बारिश से बचने के लिए गाय (गो) आदि पशुओं को आश्रय देने वाला (पाली)।
गोरक्षी : ढोरों (गो) का संरक्षण करने वाला (रक्षी)।
चित्रला : फूल के विविध अंग अनेक रंगों वाले–चितकबरे–होते हैं।
दीर्घ दण्डी : लम्बे (दीर्घ) पुष्पदण्ड वाला (दण्डी)।
पञ्च पर्णिका : पांच (पञ्च) पत्रकों (पर्णिका) वाला।
सर्पदण्डी : लटकते हुए लम्बे पुष्पदण्ड (दण्डी) मानों सांप (सर्प) लटक रहे हों।
सुदण्डिका : लम्बे लटकते हुए बहुत-से पुष्पदण्ड (दण्डिका) सुंदर (सु) लगते हैं।

गोरक्षी सर्पदण्डी च दीर्घदण्डी सुदण्डिका।
चित्रला गन्धबहुला गोपाली पञ्चपर्णिका॥

राजनिघण्टु, पर्पटादिवर्ग 5; 94.

इन नामों के अलावा इसके रावणाम्लिका (रावण की इमली) और गोरक्ष चिञ्चा नाम भी आयुर्वेद में मिलते हैं।

उपयोग

पत्ते स्तम्भक, स्वेदकारी, टैनिक तथा ज्वरहर हैं। कर्णशूल और नेत्राभिष्यंद (नेत्र रोग) में ये लोशन के रूप में प्रयोग किए जाते हैं। श्वास व पाचन संबंधी विकारों में फूलों व पत्तों के फाण्ट का उपयोग किया जाता है। फल का गूदा विटामिन-सी का महत्त्वपूर्ण स्रोत है। यह प्रति 100 ग्राम में 175.0 से 445.4 मिलीग्राम होती है। गूदे से एक शीतल पेय का निर्माण किया जाता है। यह बुख़ार नें स्वेदक के रूप में; अतिसार और पेचिश में तथा रक्तनिष्ठीवन में औषधि के रूप में दिया जाता है। सूखा गूदा पानी के साथ देने से पुराने दमे में, एलर्जीजन्य त्वचा के कोप की गंभीर खुजली में और छपाकी में आराम देता है। बीज ज्वरहर और पेचिश में लाभकारी है। बीजों का चूर्ण बच्चों व शिशुओं को हिचकियों में दिया जाता है। भुने हुए बीजों का चूर्ण दन्तशूल और सूजी हुई दाढ़ों पर लगाया जाता है।

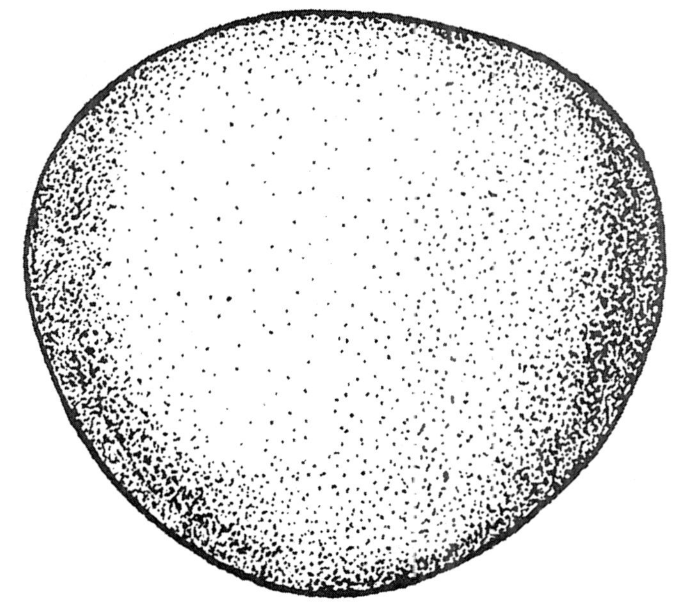

चित्र 13 गोरख इमली का बीज

नए पत्ते खाने-योग्य होते हैं और सूप बनाने में सब्ज़ी के रूप में प्रयोग किए जाते हैं। ताज़े, कोमल पत्ते साग का उत्तम विकल्प हैं। कुछ स्थानों पर, वृक्ष पर कभी-कभी फूल नहीं लगने देते और हमेशा ही कोमल पत्तों के लिए छांटते रहते हैं।

फल में 45 प्रतिशत बाहरी कवच, 15 प्रतिशत गूदा और 40 प्रतिशत बीज होते हैं। गूदा नींबू जैसे स्वाद वाला और खाद्य है।

बीजों में 55.46 प्रतिशत बीजावरण और 44.54 प्रतिशत मृदु, तैलीय गिरी होती है। बीज भूनकर या भिगोकर और फ़र्मेण्ट कर खाए जाते हैं। स्वाद में बादाम-सदृश होते हैं। सूखी गिरियों में प्रचुर परिमाण में प्रोटीन होती है।

गिरियों में 12 से 15 प्रतिशत स्वच्छ, लेसदार, सुनहरा-पीला तेल होता है। यह भोजन पकाने में भी प्रयोग किया जाता है।

लकड़ी की राख लवण की तरह प्रयोग की जाती है। बीजावरण कुओं से पानी निकालने और ईंधन के काम आते हैं। आवरण की राख में 47 प्रतिशत पोटाश होता है और वह खाद के रूप में प्रयोग हो सकती है। जड़ में लाल-रञ्जक होता है।

आयुर्वेद में उपयोग

पंडितराज नरहरि ने गोरक्षी को मधुर, तिक्तरसयुक्त और शीतल बताया है। यह दाह व पित्तजन्य विकारों को नष्ट करती है। विस्फोट, वमन, अतिसार और ज्वर का नाश करती है।

गोरक्षी मधुरा तिक्ता शिशिरा दाहपित्तनुत्।
विस्फोटवान्त्यतीसारज्वरदोषविनाशनीः॥

राजनिघण्टु, पर्पटादिवर्ग 5; 9[illegible]

जड़ें छियानवे मीटर लम्बी

फ्रांसीसी अन्वेषक और वनस्पतिशास्त्री माइकेल एडंसन ने 1774 में अफ्रीका में गोरख इमली के एक विशाल पेड़ की जड़ों को नापा था। इसका तना 3-4 मीटर ऊंचा और गोलाई 23 मीटर थी। इसकी मूसला जड़ 35 मीटर गहरी धंस गई थी। दूसरी जड़ों में से कुछ विशाल जड़ें ज़मीन के साथ-साथ 96 मीटर तक फैली हुई थीं।

एडंसन के अनुमान के अनुसार

- 8.83 मीटर ऊंचे, 1.21 मीटर व्यास के तने वाले वृक्ष की आयु 100 साल होती है।
- 17.50 मीटर ऊंचे, 4.26 मीटर व्यास के तने वाले वृक्ष की आयु 1,000 साल होती है।
- 19.20 मीटर ऊंचे, 5.40 मीटर व्यास के तने वाले वृक्ष की आयु 2,400 साल होती है।

- 22 मीटर ऊंचे, 9.14 मीटर व्यास के तने वाले वृक्ष की आयु 5,150 साल होती है।

इस नाप के गोरख इमली के वृक्ष अफ्रीका में आम मिलते हैं, पर कहीं-कहीं 15 से 27 मीटर व्यास के तने वाले वृक्ष भी मिल जाते हैं, इनका घेरा 46 से 77 मीटर हो जाता है। एडंसन ने इनकी आयु हज़ारों साल बताई है। हम्बोल्ट ने इन्हें धरती का प्राचीनतम सजीव स्मारक बताया है।

विक्टोरिया प्रपात के ऊपर एक द्वीप में उगे ऐसे विशाल वृक्ष को मिशनरी व अन्वेषक डेविड लिविंगस्टन ने अचरज से देखा था। उन्होंने उसकी कोटर पर चाकू से अपना नाम कुरेद दिया। उस वृक्ष को उन्होंने विश्व का आठवां आश्चर्य बताया। क़रीब सौ साल बाद लिविंगस्टन के नाम वाला वह वृक्ष मिल गया और उसे राष्ट्रीय स्मारक घोषित कर दिया। इस वृक्ष के खोखले भाग में कोई 30 आदमी जमा हो सकते हैं।

तने की खोल में पूरा परिवार रहता है

कुछ पक्षी वृक्ष के तने में या डाल में चोंच से छेदकर खोल बना लेते हैं। यह उनका घर होता है। इसमें वे अण्डे-बच्चे देते हैं। अफ्रीका में गोरख इमली के तने

चित्र 14 गोरख इमली के तने की खोल में परिवार

को खोखला करके उसमें पूरा परिवार रहता है।

सहारा में चलने वाले काफ़िलों के मार्ग में जगह-जगह ये वृक्ष मिलते हैं। इन्हें अन्दर से कुरेदकर खोखला बना लेते हैं। इसमें वर्षा का पानी जमा कर लेते हैं। एक कुण्ड में क़रीब 5,000 लीटर पानी आ जाता है। वृक्ष के मालिक मुसाफ़िरों को यह पानी बेचते हैं। जलकुण्ड बनाने के लिए इतना बड़ा भाग खोद लेने पर भी वृक्ष के अस्तित्व पर विपरीत प्रभाव नहीं पड़ता। वृक्ष बाकायदा उगता रहता है।

तने की खोल—जेलघर

औस्ट्रेलिया के रेगिस्तान के उत्तर-पश्चिमी भाग में भी बाओबाव का वृक्ष पाया जाता है। यहां के डर्बी शहर में 2,000 साल पुराने ऐसे एक विशाल वृक्ष को शहर के जेलख़ाने के रूप में इस्तेमाल किया जाता था।

समुद्र में लम्बे सफ़र करने के कारण नाविकों को त्वचा के तथा अन्य रोग लग जाते थे। उनसे छुटकारा पाने के लिए इसके फलों का उपयोग लाभदायक होता था। इसलिए नाविक अपने जहाज़ों में इसके फल भरकर ले जाते थे।

नर-नारायण की जोड़ी

राजस्थान में कहीं-कहीं कल्पवृक्ष के पेड़ मिलते हैं। कुछ जगह ये जोड़ों में उगाए जाते हैं। शक़्ल-सूरत से इनकी उम्र सैकड़ों साल प्रतीत होती है। इन्हें किसने रोपा? रोपने का उद्देश्य क्या था? ये कहां से लाए गए थे? ऐसी जिज्ञासाओं का समाधान नहीं हो पाता।

अजमेर से 22 किलोमीटर दूर अहमदाबाद राजमार्ग पर मांगलियावास नाम का एक गांव है। इसमें एक बड़े तालाब के किनारे गोरख इमली के दो वृक्ष उगे हैं। लोग इन्हें कल्पवृक्ष कहते हैं और नर-नारायण की जोड़ी बताते हैं। हरियाली अमावस को यहां हर साल बड़ा मेला भरता है। तीस से चालीस हज़ार लोग कल्पवृक्षों की पूजा करने आते हैं। वे अनेक प्रकार की मनौतियां करते हैं।

गांव वालों की मान्यता है कि पाण्डवों ने वनवासकाल में स्वर्ग से लाकर इन्हें यहां रोपा था। एक अन्य किंवदन्ती के अनुसार किसी जैन मुनि ने आकाश में विचरते हुए गन्धर्व से अपनी अलौकिक शक्ति द्वारा छीनकर इन्हें यहां लगवाया था। लोगों का विश्वास है कि दुनियां में इन वृक्षों जैसा कोई और वृक्ष नहीं हैं।

इन वृक्षों पर वर्षा ॠतु में फूल आते हैं जो सांझ के बाद रात-रात में खिलते हैं। अगले दिन सूरज उगने पर फूल फीके पड़ जाते हैं और मुरझा जाते हैं, रंग मैला हो जाता है और गिर जाते हैं। इनमें फल नहीं बन पाते। लोग कहते हैं कि इन्द्रलोक से लाया गया भूलोक में फल नहीं देता।

जोधपुर के पास भी गोरख इमली के दो पेड़ हैं। बांसवाड़ा में दो थे, अव एक रह गया है। उत्तर प्रदेश के वाराबंकी ज़िले के बरोलिया गांव में उगे गोरख इमली के

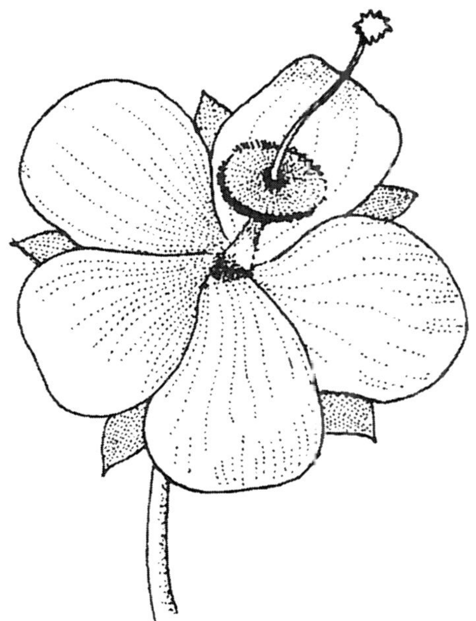

चित्र 15 गोरख इमली का फूल

पेड़ का नाम लोग पारिजात बताते हैं। वहां अधिष्ठित बावा के अनुसार यह इन्द्र के नन्दनवन से लाया गया था। छह हज़ार साल पुराना है, ऐसा वृक्ष दुनियां में और कोई नहीं है। इस वृक्ष की पूजा की जाती है।

झूसी के कल्पवृक्ष की आयु 3,200 साल

झूसी (प्रयाग) वाले पेड़ का व्यास लगभग छह मीटर है। एडंसन के हिसाव से अन्दाज़ लगाया जाय तो इसकी उम्र कम-से-कम 3,200 साल होगी।

यह वृक्ष आम नहीं मिलता। इसका रूप अजीब-सा है। विलक्षणता और दुर्लभता के कारण यह रहस्यपूर्ण वन गया। उत्तर भारत में जहां-कहीं भी ये इक्का-दुक्का पेड़ उगे हैं, उनके वारे में कोई नहीं जानता कि ये किसने उगाये और कव उगाये ? ऐसी जिज्ञासाओं को शान्त करने के लिए बुद्धिमानों ने इन्हें स्वर्गलोक या इन्द्रलोक से आये वृक्ष कहना शुरू किया। कुछ जगहों पर इन्हें कल्पवृक्ष कहते हैं।

लेकिन, अधिक जगहों में इन्हें गोरख इमली, गोरख चिञ्च, विलायती इमली और खुरासानी इमली कहते हैं। इमली के वृक्ष-पत्ते, फूल, फल–के साथ इस वृक्ष की कुछ भी समानता नहीं है।

गोरख इमली नाम क्यों ?

इमली के पेड़ के तने की गोलाई 7 मीटर और गोरख इमली के तने की गोलाई 70 मीटर होती है। इमली के पत्ते असमपक्षाकार होते हैं जिनमें 8 से 30 मिलीमीटर लम्बे और 5 से 10 मिलीमीटर चौड़े पर्णकों के 10 से 20 जोड़े लगते हैं जबकि गोरख इमली में 5 सेण्टीमीटर चौड़े और 12.5 सेण्टीमीटर लम्बे उंगलियों के सदृश 3 से 7 पर्णक लगते हैं। इमली के फूल छोटे, आपीत और गोरख इमली के फूल सफ़ेद, 15 सेण्टीमीटर व्यास के होते हैं। इमली की फली 7.5 से 20 सेण्टीमीटर लम्बी, क़रीब 2.5 सेण्टीमीटर चौड़ी और एक सेण्टीमिटर मोटी होती है जबकि गोरख इमली का फल घिये-सदृश 20 से 30 सेंटीमीटर लम्बा और 10 सेण्टीमीटर व्यास का होता है। इमली केसलपिनिआसी (caesalpiniaceae) कुल का वृक्ष है और गोरख इमली बोम्बेकासी (Bomba caceae) कुल का।

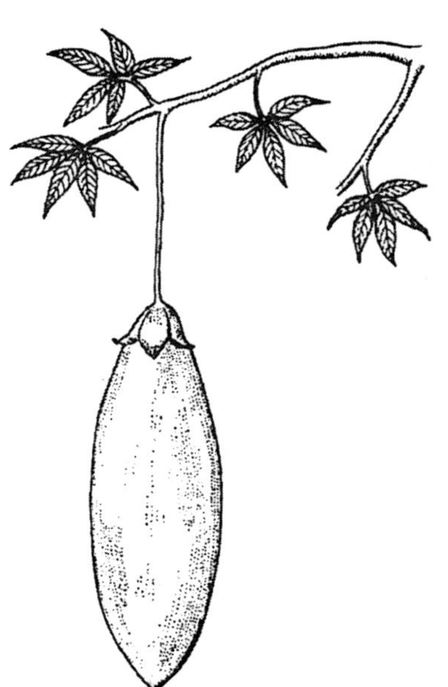

चित्र 16 फलदार शाखिका

यहां मैंने दोनों वृक्षों में कुछ ही अन्तर दिखाए हैं। इनमें कुछ भी साम्यता नहीं है। फिर भी अफ्रीकी मूल के इस वृक्ष का गोरख इमली नाम कैसे लोकप्रिय हो गया ?

नाथ सम्प्रदाय के प्रवर्तक गुरु गोरखनाथ से इस वृक्ष का कुछ सम्बन्ध हो सकता है। ये साधु कनफटे बाबा कहलाते हैं। कोई-कोई नाथ अलंकरण के लिए कान में गोरख इमली के बीजों के कुण्डल धारण करते देखे गए हैं। यह बीज चिकना, चमकीला, काला और चपटे-गोल ठीपे जैसा होता है। नाथ पन्थ की परम्परा के अनुसार कनफटे बाबा को गेण्डे के सींग या मोटी खाल से बना छल्ला कान में पहनना होता है, पर वह अत्यन्त दुर्लभ है।

तेलुगु में इस वृक्ष का नाम ब्रह्माम्लिका है। इसका अर्थ ब्रह्मा की इमली (अम्लिका) है। इससे प्रतीत होता है कि दक्षिण में भी कुछ मान्यता थी कि यह वृक्ष किसी दूसरे लोक से आया है जहां ब्रह्मा का निवास है।

कल्पवृक्ष के नीचे इन्द्रसभा

एलौरा की गुफ़ा 32 में इन्द्रसभा का चित्र है। इन्द्राणी सिंह के आसन पर बैठी है। गोद में शिशु है। आगे-पीछे बांदियां खड़ी हैं। इनके पीछे एक वृक्ष है। उस पर दो बड़े-बड़े फल दिखाए गए हैं, बाक़ी सात-आठ छोटे फलों के गुच्छे हैं, बीच में एक छोटा-सा बन्दर फल तोड़ने की मुद्रा में बनाया है।

वन अनुसन्धान संस्थान, देहरादून में कृष्ण मनमोहन वैद फ़ौरेस्ट-बौटनिस्ट थे। उन्होंने कल्पवृक्ष, गोरख इमली आदि नामों से विख्यात वृक्षों का सूक्ष्म अध्ययन किया था। उनका मत है कि एलौरा की इन्द्रसभा वाला वृक्ष गोरख इमली है। अजन्ता-एलौरा के इलाक़े में गांव या मन्दिर में ये इक्का-दुक्का वृक्ष दिखाई दे जाते हैं। इसी इलाक़े में ज़िला बुलढाना के कारवंद में एक प्राचीन महादेव मन्दिर के गिर्द ऐसे दो वृक्ष हैं। पहले कभी यहां सात वृक्ष हुआ करते थे।

इन्द्र, कृष्ण, सरस्वती और दूसरे देवी-देवताओं की प्राचीन मूर्तियों में फलों से लदा एक पेड़ दिखाया जाता है। कृष्ण मनमोहन के अनुसार यह अफ़्रीकी कल्पवृक्ष है।

पांच

चालमुग्रा

हीदनोकार्पुस कुर्जीई (किंग) वारबुर्ग
Hydnocarpus kurzii (King) Warburg
कुल फ़्लाकोउर्तिआसी **Flacourtiaceae**

चालमुग्रा एक सर्वनाम है जो तुवरकादि गण के बहुत से वृक्षों के लिए तथा *जिनोकार्दिआ ओदोराता* आर. ब्राउन के लिए सामान्य रूप से प्रयुक्त हो रहा है। किसी एक जाति के लिए चालमुग्रा नाम निश्चित नहीं है। तुवरक एक निश्चित वृक्ष को कहते हैं जो इसी गण की एक जाति है। इस जाति का तुवरक नामकरण महर्षि सुश्रुत ने किया था। कोई सोलहवीं शती से तुवरक को भी चालमुग्रा कहने लगे। चालमुग्रा नाम अतिशय लोकप्रिय हुआ और बंगाली, हिन्दी आदि भाषाओं में तथा यूनानी, एलोपैथी आदि चिकित्सा पद्धतियों में उन सब जातियों को चालमुग्रा कहने लगे जिनमें से तुवरक तेल के सदृश तेल प्राप्त होता था।

कुष्ठ तथा चर्मरोगों की चिकित्सा की दृष्टि से ये सभी जातियां महत्त्वपूर्ण समझी जाती रही हैं।

तुवरकादि गण

वनस्पतिशास्त्र के आधुनिक विद्वान् तुवरकादि गण को *हीदनोकार्पुस* (*Hydnocarpus*) गण कहते हैं। ग्रीक में *हिड्नोस* (*hydnos*) का अर्थ है कन्द और *कार्पोस* (*carpos*) का अर्थ है फल। खर तथा कठोर फलों के कारण यह नाम पड़ा है। बिक्सासी (Bixaceae) कुल के अन्तर्गत *हीदनोकार्पुस* गेर्तनर (*Hydnocarpus* Gaertner) गण (genus) में लगभग 25 जातियां (species) हैं। ये सभी वृक्ष होते हैं। मलय प्रायद्वीप में उपलब्ध 7 जातियों को रिकौर्ड किया गया है। इन सबका अधिक अध्ययन करने की आवश्यकता है।

पौधे का स्वरूप

सदाहरा यह वृक्ष 12 से 15 मीटर ऊंचा चला जाता है। पत्ते प्रासवत् (लैन्शिओलेट) या दीर्घवृत्त-प्रासवत् (ओब्लौंग-लैन्शिओलेट), 17.50 से 20 सेण्टीमीटर लम्बे होते हैं। फूल हलके पीले, गन्ध रहित होते हैं।

वृक्ष के चिकने तनों और मुख्य शाखाओं पर चौकलेट-ब्राउन रंग के चिकने पृष्ठ वाले बहुत कठोर फल लगते हैं जिनका आकार सन्तरे के बराबर होता है। इन वृक्षों

चित्र 17 चालमुग्रा की पुष्पित शाखा

का फल बदरी (berry) है। ये गोल, सामान्यतः अनेक बीजों वाले और कठोर छिलके वाले होते हैं। बीज गूदे में न्याविष्ट होते हैं। बीजों में तैतीय श्विति (एल्ब्युमिन) विद्यमान होती है। इस गण के फल शाखाओं या तनों पर पैदा होते हैं और पर्णावली के वितान के नीचे पकते हैं। ये वृक्ष क्योंकि वर्षा वाले वनों में उगते हैं इसलिए वहां काफ़ी नमी रहती है। बड़े, कठोर ये फल भूमि पर गिरते हैं और जानवरों द्वारा तोड़ दिए जाते हैं। जानवर फल का गूदा खाते हैं और बीजों को बिखेर देते हैं। यह फल कठिनता

से काटा जा सकता है। फलों का व्यास 6.25 से 7.50 सेण्टीमीटर होता है। इनके सफ़ेद, कठोर गूदे में लगभग 2.5 सेण्टीमीटर लम्बे गड्ढेदार, अनियमित आकार के 12 से 30 बीज न्याविष्ट होते हैं। सफ़ेद गिरी वाले इन बीजों से तेल निपीड़ा जाता है। इसी तेल को चालमुग्रे का तेल कहते हैं। कच्चे बीज बहुत नरम, फलूदे जैसे होते हैं। *हीदनोकार्पुस* के बीजों का छिलका इतना भंगुर होता है कि व्यापारिक स्थानान्तरण में सुगमता से टूट जाता है।

एक मूल्यवान् उपज के कारण यद्यपि यह वृक्ष महत्त्वपूर्ण है तथापि वन-कृषि की दृष्टि से इसका अध्ययन नहीं किया गया। प्राप्त विवरणों के अनुसार यह असम में प्रतिवर्ष सम्यक्तया बीज धारण नहीं करता। अतिशय तैलीय बीज अपने उगने की शक्ति जल्दी ही भूल जाते हैं।

प्राप्ति-स्थान

इस गण के पौधे गरम एशिया, दक्षिण-पूर्वीय एशिया और मलेशिया में पाये जाते हैं। पूर्वीय बंगाल और म्यांमार के ऊपरी भाग में यह बहुतायत से पाया जाता है। पेगु, योमा और मर्तबान के पूर्वीय तथा दक्षिणी ढालों के साथ-साथ और सिलहट, चिटागौंग आदि के वनों में यह फैला हुआ है। सिंगापुर की वनस्पति-वाटिका में यह 1921 में लाया गया था। वहां इसकी वृद्धि सन्तोषजनक रूप से हो रही है।

कृषि

चालमुग्रा तेल का स्रोत होने से अच्छे बीजों के शुद्ध प्रदाय के लिए इसकी कृषि करना अभीष्ट है। मलय के राजकीय कृषि-विभाग ने जब डौक्टर जे. एफ. रौफ़ को कम्बोडिया और म्यांमार में इसके बीज इकट्ठा करने भेजा था, तब 1921 में इसकी व्यापक खेती की जाने लगी थी।

विविध भाषाओं में नाम

हिन्दी तथा अंग्रेज़ी में चालमुग्रा और बंगाली में चाउलमुग्रा कहते हैं। वेब्स्टर, चेम्बर आदि कोशों में इस शब्द की निष्पत्ति बंगला से बताई गई है। चौल या चाउल का अर्थ है चावल। वेब्स्टर (जिल्द 1, पृष्ठ 456) में मुग्रा को एक तन्तुमय पौधा बताया है जिसका वनस्पतिशास्त्रीय नाम *सांसेविएरिआ ज़ेइलानिका* विल्डेनो (*Sansevieria zeylanica* Willd.) है।

गैथरकोल और बर्थ (1932) ने बताया है कि चालमुग्रा म्यांमार का नाम है। मुझे यह ठीक प्रतीत नहीं होता। रौक (1922) और बर्किल (1935) की रचनाओं

से भी इस बात की पुष्टि नहीं होती। इन दोनों अन्वेषकों ने दिखाया है कि म्यांमार के लोग इस जाति को अतिशय साधारण रूप से कलव (kalaw) कहते हैं। परन्तु अकेली यही जाति नहीं है जिसे यह नाम दिया जाता है। वृक्ष को म्यांमार में कलवबिन और फलों को कलवथी कहते हैं। मलय नाम पर विचार करते हुए बर्किल ने दिखाया है कि म्यांमार नाम मलय में कुलाउ (kulau) के रूप में पहुंचा जो अन्य जातियों के लिए प्रयुक्त होता है।

ताराक्तोजेनोस ग्रीक से बना है। इसका अर्थ है कन्फ्यूज़्ड। यह इस तथ्य की ओर संकेत करता है कि यह गण (genus) आरम्भ में *हीदनोकार्पुस* गण से कन्फ्यूज़्ड हो गया था। सल्पिज़ कुर्ज़ नामक वनस्पतिशास्त्री के सम्मान में यह नाम पड़ा था।

इसका असमिया नाम लेमताम, आराकानीज़ नाम तोङ्-पुङ्, मिकिर नाम थिवोङ्थार, कोचीन नाम सेर-बुलिबाफङ् और मिरि नाम सीरी एसिंग है। मराठी में चालमुग्रा को कडु-क्वत्य और तमिल में निरडिमुटु कहते हैं।

ऐलोपैथी के चिकित्सा ग्रन्थों में वनस्पति (बोटनिकल) नाम के सम्बन्ध में बहुत सम्भ्रम रहा है। वर्गीकृत वनस्पति (सिस्टेमैटिक बौटनी) में आजकल इसे *हीदनोकार्पुस कुर्ज़ीई* (किंग) वारबुर्ग [*Hydnocarpus kurzii* (King)Warb.] कहते हैं। इसके पुराने नाम थे *ताराक्तोजेनोस कुर्ज़ीई* किंग (*Taraktogenos kurzii* King) और *जिनोकार्दिआ प्राइनिई* देस्प्रेज़.(*Gynocardia prainii* Desprez.)।

इतिहास

प्राचीनकाल में, बुद्ध के समय से पूर्व, उत्तर भारत में एक राजा शासन करता था। इसका नाम ओक्-स-ग-रित (Ok-sa-ga-rit) था। इस राजा के 5 पुत्र और 5 कन्याएं थीं। दूसरी रानी से एक पुत्र था। यह छठा पुत्र यद्यपि सबसे छोटा था परन्तु राजा ने उसे अपना उत्तराधिकारी घोषित कर दिया। इससे इन पांचों राजकुमारों ने घर-बार त्याग दिया। इनकी बहनों ने भी स्वेच्छा से वैसा ही किया। अपनी सबसे बड़ी बहन पिया को सब बहुत आदर और श्रद्धा से देखते थे। उसे कोढ़ हो गया। उसका दिल न दुखे इसलिए वे उसे कुछ कहते न थे। वन-विहार के बहाने एक दिन उसके भाई-बहन उसे जंगल में ले गए। एक गुफ़ा के पास उन्होंने सब प्रकार की खाद्य सामग्री के साथ उसे छोड़ दिया। गुफ़ा का द्वार बहुत संकरा था और वह सब तरह से सुरक्षित था।

उसी काल में राम नाम का, बनारस का एक भूतपूर्व राजा भी उन्हीं जंगलों में रह रहा था। बनारस में वह कोढ़ से आक्रान्त हो गया था। राज-वैद्य जब उसे ठीक न कर सके तब वह राज-पाट छोड़कर यहां आ गया। जंगल के कन्द, मूल, फल खाकर वह गुज़र करता। उसके भोजन के पदार्थों में कलव वृक्ष के फल और पत्ते मुख्य थे। कुछ काल बाद वह पूर्णतः ठीक हो गया और अपने महलों के भोग-विलासी जीवन से

भी अधिक स्वस्थ और शक्ति-सम्पन्न अनुभव करने लगा। एक बड़े वृक्ष की खोह को ही वह घर बनाकर रहता था।

पिया की गुफ़ा के पास से गुज़रते हुए किसी शेर को एक दिन मनुष्य की गन्ध आ गई। गुफ़ा में घुसने के लिए उसने घोर प्रयत्न किए। डर के मारे पिया ज़ोर से चीखने-पुकारने लगी। वृक्ष की खोह में बैठे राम ने उस आवाज़ को सुनकर उसकी दिशा का अनुमान कर लिया। अगले दिन वह आर्त्तनाद करने वाले व्यक्ति की खोज में चला। गुफ़ा तलाश करने पर वह चिल्लाया, गुफ़ा में कौन है ? मनुष्य की आवाज़ सुनकर पिया ने उत्तर दिया और अपनी हालत का वर्णन किया। राम ने उसे बाहर आने को कहा, परन्तु स्त्रीसुलभ लज्जा और शील के कारण उसने इनकार कर दिया। राम ज़बरदस्ती गुफ़ा में घुस गया और उसे अपने खोखले पेड़ पर ले गया। उसने उसे कलव वृक्ष के फल, जड़ें और पत्ते खिलाना शुरू किया। उसे भी तो इनसे आश्चर्यजनक लाभ हुआ था। पिया जल्द ही रोगमुक्त हो गई। राम ने उसे अपनी पत्नी बना लिया। पिया ने 16 प्रसवों में 32 बच्चों को जन्म दिया।

एक दिन बनारस का एक शिकारी उधर आ निकला। उसने पहचान लिया कि ये तो बनारस के भूतपूर्व राजा हैं। इतने सारे छोटे कुमारों को देखकर उसने पूछा कि ये कौन हैं ? राम ने सब बता दिया।

बनारस लौटने पर शिकारी ने राजा को सारी कहानी सुनाई। वह राजा राम का ही बेटा था। बड़े दलबल और साज-सामान के साथ वह राम के पास आया और महलों में वापस चलने की प्रार्थना की। राम ने यह कहकर मना कर दिया कि मैं यहां नया नगर बसा लूंगा। अपने आदमियों से इन सब कलव तरुओं को साफ़ करा दो। नया शहर कल नगर कहलाने लगा क्योंकि वह उस जगह पर बसाया गया था जहां किसी समय कलव तरु उगे हुए थे। इस स्थान पर शेर अपना शिकार खाया करते थे, इसलिये यह व्याघ्राप्त नाम से भी प्रसिद्ध हो गया। राम का बेटा वापस बनारस लौट गया।

कलव वृक्ष में कोढ़ के आरोग्यकारी गुणों को म्यांमार के लोग इस कथा द्वारा बताया करते हैं। भारत के प्राचीन साहित्य में, मैं इस कथा को अभी नहीं खोज पाया हूं। जोसेफ़ एफ़ रौक ने कलव वृक्ष (*ताराक्तोजेनोस कुर्ज़ीई* किंग, असली चालमुग्रा) के सम्बन्ध में उपर्युक्त कथा का अंग्रेज़ी अनुवाद उद्धृत करते हुए बताया है कि यह कथा महावंश (Mahawin) में वर्णित है जिसमें बुद्ध और उनके बोधिसत्वों का इतिहास है।

अत्यन्त प्राचीन समय से *हीदनोकार्पुस* के बीज पूर्व में कुष्ठ तथा दूसरे चर्मरोगों की चिकित्सा में बरते जा रहे हैं। 20 या अधिक सदियों पहले के आयुर्वैदिक साहित्य में स्पष्ट वर्णन मिलता है कि *हीदनोकार्पुस* की जाति तुवरक के तेल तथा कच्चे बीजों के प्रयोग से कुष्ठ रोगियों की हालत में बड़ा सुधार पाया गया था। यूनानी भेषज द्रव्य

(मैटीरिया मेडिका) की सबसे पुरानी पुस्तकों में से एक पुस्तक मख्ज़न-उल-अद्विया में बीजों के उपयोग का ज़िक्र चालमुग्री के नाम से मिलता है। देशीय भेषज में इसके तेल को घी के साथ मिलाकर मुख द्वारा दिया जाता था। घी के साथ मिलाने से प्राप्त मिश्रण आबभ्रु-पीत (brownish-yellow) रंग का और मृदु मरहम जैसा गाढ़ा होता है।

उन्नीसवीं शती के उत्तरार्द्ध से पूर्व विदेशी चिकित्सकों द्वारा *हीदनोकार्पुस* का उपयोग किए जाने के बहुत कम उल्लेख मिलते हैं। पश्चात्य भेषज में यह हाल ही के वर्षों में कुष्ट रोग की चिकित्सा के लिए अत्यन्त उपयोगी उपचार स्वीकार किया गया है। कर्नल चोपड़ा के अनुसार यह दिखाने के लिए विवरण उपलब्ध है कि बीजों से निस्सारित तेल कुष्ठ की चिकित्सा में तथा वहुत से त्वग्रोगों के घरेलू उपचार के रूप में 1595 से प्रयोग में आने लगा था। रूहीड (1686-1703, होर्टस मालाबारिकस) का **मोरट्टी** के नाम से *हीदनोकार्पुस* के बीजों के प्रयोग का उल्लेख किया है। *हीदनोकार्पुस वेनेनाता* गेर्तनर और *हीदनोकार्पुस विग्तिआना* ब्लूम के लिए यह मलयालम नाम है। रौक्सबुर्ग ने 1819 में इसी से सम्बद्ध कुष्ठफल *जिनोकार्दिआ ओदोराता* आर. ब्राउन के बीजों का तत्सम उपयोग लिखा है। एन्सले ने 1826 में तुवरक *हीदनोकार्पुस विग्तिआना* ब्लूम में ये गुण बताए हैं। इसके कुछ समय पीछे भारत में यूरोपियन सर्जनों ने इसके प्रभावों का अध्ययन किया। इस ओषध के द्वारा उत्पन्न लाभप्रद प्रभावों को पाश्चात्य कर्माभ्यासियों ने शीघ्रता से अधिमूल्यित किया और हमारे देश में अंग्रेज़ी शासन के बहुत प्रारम्भिक दिनों में इसे प्रयोग करना शुरू कर दिया था। 1854 में मोऊत (Mouat) ने कुष्ट के एक रोगी में सुधार का विवरण दिया है जिसे चालमुग्रा मुख द्वारा दिया गया था और उस पर इसका स्थानीय प्रयोग भी किया था। 1864 में चालमुग्रा के आरोग्यकारी प्रभाव इतने सम्यक् ज्ञात हो गए थे कि यह भारत की भेषजसंहिता (फ़ार्माकोपिआ औफ़ इण्डिया) में स्वीकृत कर लिया गया था। इस संहिता में मुख्य निर्मिति एक मरहम है जिसे वनाने के लिए निर्देश है कि चूर्णित गिरियों को असंयुत स्नेहलेप (अंग्वेण्टम सिम्प्लेक्स) में मिलाना चाहिए। 1904 में फ्रेडरिक बी. पावर और उनके सहकर्मियों ने चालमुग्रा तेल की विस्तृत केमिस्ट्री प्रकाशित की। नव वैज्ञानिक जगत् का ध्यान इस उपयोगी ओषध की ओर आकृष्ट हुआ।

कैण्टन के एक मिश्नरी डौक्टर हौब्सन ने चीन में कोढ़ के आरम्भिक अवस्था के रोगियों में आरोग्यता का पर्यवेक्षण किया। इस उदाहरण में कहा जाता है कि भारतीय बीजों से आरोग्य लाभ हुआ था। भारत के समान चीन में भी प्राचीन समय से *हीदनोकार्पुस* के बीज कोढ़ की चिकित्सा में वरते जाते रहे हैं। ये बीज दक्षिण से आते थे। चीन में काम करने वाले विदेशियों का ध्यान इनकी ओर अठारहवीं शती के मध्य में खिंचा। तातारिनो पहला व्यक्ति था जिसने 1856 में चीनी भाषा के एक नाम से अपने 'कैटलौग औफ़ चाइनीज़ मेडिसिन्स' (चीन की दवाओं की सूची) में इनका उल्लेख किया। परन्तु इसने इसके अभिज्ञान का कोई प्रयत्न नहीं किया। 1850 और 1855 में एडिनवर्घ मेडिकल

जर्नल में बीजों की ओर ध्यान खींचा गया : 1855 में ओ. शौनेस्सी (O.Shaughnessy) ने अपने बंगाल डिस्पेन्सरी (वंगदेशीय औषध निकाय) में इनका नाम दिया। 1858 में ग्रैण्ज नामक एक चिकित्सक ने तेल को परीक्षणात्मक रीति से पेरिस में प्रयोग किया। रौक्सबुर्ग़ ने लिखा था कि बंगाल में भेषजीय उपयोग में आने वाले बीज तुवरक (*जिनोकार्दिआ ओदोराता* आर. ब्राउन) के होते हैं। इससे प्रभावित होकर 1862 में हैन्बरी ने सुझाव दिया कि कम्बोडिया से चीन में आयातित बीज चालमुग्रा की एक जाति तुवरक, भारतीय *जिनोकार्दिआ ओदोराता* आर. ब्राउन से समीपतः सम्बद्ध होंगे। चीन के भेषज द्रव्य पर अपने कार्य को उसने संवर्धित किया और 1876 में संगृहीत 'साइन्स पेपर्स' प्रकट हुए। इसमें, इस ओषध पर कोई अधिक सूचना नहीं सम्मिलित हुई।

1879 में सम्भवतः चालमुग्रा या *हीदनोकार्पुस कुर्जीई* (किंग) वारबुर्ग़ के बीज, परन्तु ग़लती से तुवरक *जिनोकार्दिआ ओदोराता* आर. ब्राउन के लेबल लगे हुए, रसायनतः परीक्षा किए गए और उनमें प्राप्त स्नेहाम्लों को गाइनोकार्डिक अम्ल नाम दिया गया। 1881 में डौक्टर कौटल ने लंदन में तेल से निर्मित इस 'गाइनोकार्डिक अम्ल' को परीक्षणतः कोढ़, सोरायसिस, प्रपामा (एग्ज़िमा), ल्यूपस आदि में प्रयोग किया। अन्य डौक्टरों ने उनका अनुगमन किया। बाद में पावर और गौरनौल ने अम्लों को ठीक-ठीक पृथक् किया और उनको चालमुग्रिक तथा हीदनोकार्पिक नाम दिया।

उन्नीसवीं शती के अन्तिम वर्षों में देस्प्रेज़ ने पेरिस में ओषध पर काम किया। इन्होंने भारतीय बीज प्रयुक्त किए और ले चालमुग्रा (Le chaulmoogra) 1900 में प्रकाशित किया। जिन बीजों पर इन्होंने काम किया वे चालमुग्रा *हीदनोकार्पुस कुर्ज़ीई* आर. ब्राउन के सिद्ध होते हैं परन्तु इन्होंने इनको *जिनोकार्दिआ प्राइनिई* (*Gynocardia prainii*) नाम दिया है। साथ ही *जिनोकार्दिआ ओदोराता* के फलों का सन्तोषप्रद चित्रण किया। इन्होंने मालूम कर लिया था कि कलकत्ता में चालमुग्रा के दो प्रकार के बीज हैं, जिनमें *जिनोकार्दिआ ओदोराता* आर. ब्राउन के चिटागौंग से आते हैं। *जिनोकार्दिआ प्राइनिई, हीदनोकार्पुस कुर्ज़ीई,* के मुम्बई, लंदन, पेरिस और हेम्बर्ग को जाते हैं। सर डेविड प्रेन ने तुरन्त ही निरूपण किया कि देस्प्रेज का *जिनोकार्दिआ प्राइनिई* आर. ब्राउन ही *ताराक्तोजेनोस कुर्ज़ीई* वारबुर्ग़ है।

आधुनिक समय में संयुक्त राज्य के कृषि-विभाग के बुलेटिन संख्या 1057 (वाशिंगटन, 24 अप्रैल, 1922) में डेविड फ़ेयर चाइल्ड का चालमुग्रा पर एक लेख है। विदेशी बीज और पौधों के अमेरिका आगमन के सम्बन्ध में अनुसन्धान करने वाले कार्यालय के ये अध्यक्ष थे। इन्होंने दिखाया है कि यद्यपि भारतवासी चालमुग्रा तेल को सैकड़ों सालों से कोढ़ की चिकित्सा में बरत रहे हैं परन्तु सर्वसाधारण ने तो हाल ही से इसमें अभिरुचि लेनी शुरू की है। इसका कारण यह है कि हवाई द्वीपों में डौक्टर हौलमैन, डान और मैक्डोनल्ड को इस तेल के कुछ तत्त्वों द्वारा इस रोग की चिकित्सा में सफलता मिली

थी। इससे प्रभावित होकर यह आवश्यक समझा गया कि चालमुग्रा के बीजों का वास्तविक स्रोत खोजा जाए। इस विभाग की ओर से तब प्रोफ़ेसर रौक ने इसकी वानस्पतिक खोज शुरू की। उनकी खोजें बहुत प्रामाणिक हैं और सर्वाधिक मान्य हैं। मूल स्रोत जानने के लिए रौक स्वयं म्यांमार, कम्बोडिया और भारत के गहन जंगलों में गए। इस पौधे के लम्बे इतिहास में पहली बार उन्होंने चालमुग्रा और उसके भेदों तथा जातियों के फ़ोटो लिए, इनका संग्रह किया और इनके बारे में प्रामाणिक जानकारी एकत्रित की। उनके निबन्ध से मैंने इस पुस्तक में भरपूर सहायता ली है।

अन्वेषकों की भूलों का सिलसिला

डौक्टर विलियम रौक्सबुर्ग ने 1814 में अपने हौर्ट्स बेंगालेन्सिस में कलव [चालमुग्रा, *ताराक्तोजेनोस कुर्ज़ीई* (किंग) रौक्सबुर्ग] के बीजों को चालमुग्रा *ओदोराता* के बीज सूचित किया था। लगभग 100 साल तक यह मान्यता स्वीकार की जाती रही। चालमुग्रा तेल का स्रोत यह वृक्ष स्वीकार किया जाता रहा। 1819 में आर. ब्राउन (प्लाण्ट्स औफ़ दि कोस्ट औफ़ कोरोमण्डल सिलेक्टेड फ्रौम ड्रग्स एण्ड ड्रिस्क्रिप्शन्स प्रेज़ेण्टेड टु दि ईस्ट इण्डिया कम्पनी, जिल्द 3, पृष्ठ 95, लण्डन) ने पौधे को *जिनोकार्दिआ ओदोराता* आर. ब्राउन नाम के अन्तर्गत वर्णन किया है। रौक्सबुर्ग के चालमुग्रा *ओदोराता* नाम को इसने अमान्य कर दिया। ओ. वारबुर्ग (1894, पृष्ठ 22, चित्र संख्या 6) ने *ताराक्तोजेनोस कुर्ज़ीई* वार्ब. के बीजों को *जिनोकार्दिआ ओदोराता* आर. ब्राउन (*Gynocardia odorata* R. Brown) के रूप में चित्रित किया।

एम. जी. देस्प्रेज़ नामक एक फ्रेंच फ़ार्मासिस्ट ने पहले-पहल यह खोजा कि ये बीज (जिन्हें अब *हीदनोकार्पुस कुर्ज़ीई* के बीज समझा जाता है) *जिनोकार्दिआ ओदोराता* के नहीं हैं। उसने निर्धारित किया कि ये इस गण की दूसरी जाति के हैं। भारत के वानस्पतिक पर्यवेक्षण (बोटनिकल सर्वे) के संचालक कर्नल डेविड प्रेन के सम्मान में उसने *जिनोकार्दिआ प्राइनिई* (*Gynocardia prainii*) नाम दिया। यह भी एक भूल थी क्योंकि भारत के बाज़ारों में चालमुग्रा बीजों के नाम से बिकने वाले बीज *जिनोकार्दिआ* के नहीं थे। इनका अभिज्ञान (identity) खोजना तो स्वयं कर्नल प्रेन के लिए बचा हुआ था।

1898 में ए. बोरीस ने एक निबन्ध की प्रस्तावना में कुष्ठ निवारक उपयोगिता दर्शाते हुए इस तेल को जिनोकार्दिआ चालमुग्रा तेल नाम दिया था और *जिनोकार्दिआ ओदोराता* के बीजों से इसका निस्सरण बताया था। इस ओषध को फ्रांस में सर्वप्रथम ले जाने वाले बोरीस ही थे। अपने निबन्ध के चौथे पृष्ठ पर बीजों के सम्बन्ध में वे कहते हैं कि इनमें भरपूर तैलीय श्विति (एल्ब्युमिन) है जिसमें चपटे पर्ण सदृश हृदयाकार बीजपत्रों (foliaceous cordate cotyledons) का एक युगल रहता है जिसकी मूलिका (radicle) स्थूल होती है। यह एकदम दिखाता है कि बोरीस के पास चालमुग्रा *हीदनोकार्पुस*

कुर्ज़ीई (किंग) वारबुर्ग के बीज थे; क्योंकि तुवरक *जिनोकार्दिआ ओदोराता* आर. ब्राउन के बीजों में बीजपत्र पर्ण सदृश हृदयाकार नहीं होते और इनमें मूलिका आधार लग्न (basal) के वजाय पार्श्वीय (lateral) होती है।

1899 में देस्प्रेज ने खोजा कि प्रयुक्त किए गए बीज तुवरक *जिनोकार्दिआ ओदोराता* आर. ब्राउन के नहीं हैं।

असली पेड़ का पता लगा

चालमुग्रा तेल के वास्तविक स्रोत के सम्बन्ध में रहस्य को उजागर करने का अधिक श्रेय जौर्ज वाट को दिया जाना चाहिए, वे भारत की आर्थिक उपजों के प्रतिवेदक थे। चालमुग्रा तेल का स्रोत समझकर वाट ने चिटागौंग मण्डल (डिविज़न) के वन संरक्षक (कन्ज़र्वेटर औफ़ फ़ौरेस्ट्स) द्वारा कुछ पौधों को इकट्ठा करवाया। ये चिटागौंग के गिरि प्रदेशों में कस्सालौंग के वनों से संग्रह किए गए थे। वाट ने इन्हें कर्नल प्रेन को भेज दिया। 28 जून, 1900 के पत्र में उन्होंने वाट को लिखा, "चिटागौंग से आपकी यह महान् उपलब्धि है। कलकत्ता के बाज़ार, पेरिस तथा लंदन के भेषज व्यापारियों के ये असल चालमुग्रा बीज हैं। निश्चय ही यह *जिनोकार्दिआ* नहीं है। मेरा विश्वास है कि यह एक *हीदनोकार्पुस* है। पेरिस में मेरे मित्रों का भी यही कहना है।

कर्नल प्रेन ने अन्ततोगत्वा इसका उस जाति के साथ एकात्म्य निर्धारित किया जो पौधा एस. कुर्ज़ ने पेगू (म्यांमार) से इकट्ठा किया था। कुर्ज़ इसे भूल से *हीदनोकार्पुस हेतेरोफ़ील्ला* ब्लूम (*Hydnocarpus heterophylla* Blume) मान रहे थे, यह जाति जावा में पायी जाती है। परन्तु, सर जौर्ज किंग (जिसने *हीदनोकार्पुस* और *ताराक्तोजेनोस* की जातियों पर कार्य किया है) ने इसे 1980 में *ताराक्तोजेनोस* की एक जाति के रूप में वर्णन किया और संग्रहकर्ता की प्रतिष्ठा में उसने इसे *ताराक्तोजेनोस कुर्ज़ीई* किंग नाम दिया। इस प्रकार असली चालमुग्रा तेल का स्रोत स्थापित कर लिया गया।

बीज संग्रह में सावधानी

संग्रह करने वाले स्थानीय लोगों द्वारा इकट्ठा करने से पूर्व ही बहुत-से बीज दुर्वासित हो जाते हैं। कुछ बीज संग्रहकर्त्ताओं के असावधान हाथों में दुर्वासित हो जाते हैं। फल की परिपक्वता पर बीजों को गूदे से मुक्त करके और सुखाकर इस हानि से पूर्णतया बचा जा सकता है। इन बीजों की यदि खेती की जाएं तो इन सब सावधानियों का ध्यान रखना सुगम होता है। परन्तु बाज़ार के लिए प्रदाय (supply) अब भी वन-स्रोतों से प्राप्त होती है। तेल के मुख्य निर्माता कलकत्ता और चिटागौंग में छोटे कारख़ानों के स्वामी हैं। तेल निकालते हुए ये सावधान रहते हैं। संभवतः इनके बीजों में दूसरे बीजों की ज़रा-सी मिलावट रहती है, परन्तु मुख्य परिमाण चालमुग्रा [*हीदनोकार्पुस कुर्ज़ीई* (किंग)

वारबुर्ग] का ही होता है। ब्रिटेनीय भेषजसंहिता (ब्रिटिश फ़ार्माकोपिया) ने चालमुग्रा तेल की परिभाषा में भी इसे *ताराक्तोजेनोस कुर्ज़ीई* किंग का तेल बताया है। अन्यत्र दिखाया

चित्र 18 चालमुग्रा की फलदार शाखा

है कि यही वृक्ष *हीदनोकार्पुस कुर्ज़ीई* (किंग) वारबुर्ग है।

सुरक्षित रखना

अच्छी तरह बन्द आधानों में प्रकाश से बचाकर तेल को ठण्डे स्थान पर रखना चाहिए।

चालमुग्रा तेल (gynocardia oil) 1914 के ब्रिटेनीय भेषजसंहिता (ब्रिटिश फ़ार्माकोपिया) में अधिकृत (official) है। यह भारतीय भेषज-सूची में भी सम्मिलित है। एन्साइक्लोपीडिया मेडिका (जिल्द 2, 1915) में इसका स्रोत *ताराक्तोजेनोस कुर्ज़ीई* किंग (*Taraktogenos kurzii* King) के बीज बताए हैं जिनसे यह निपीड़ा जाता है।

रासायनिक संघटन

शायद सभी बीजों में एक या अधिक तेल पाए जाते हैं। ये निश्चित और विशिष्ट तेल दिलचस्प हैं जो विक्सासी कुल के प्राकृत गुण धर्म के अनुरूप हैं। ये तेल दूसरे गण के पौधों में भी पाए गए हैं। उदाहरण के लिए, पश्चिमी अफ्रीका के औन्कोबा (onc-oba) गण की जातियों में और मलय की *पान्गिउम एदुले* (*Pangium edule*) नाम की जाति में तत्सदृश तेलों का पता चला है।

इन तेलों में चालमुग्रिक और हिदनोकार्पिक अम्लों के मधुरेय (ग्लिसराइड्स) का बड़ा परिमाण होने का वैशिष्ट्य है। ये दोनों संयुक्त (कम्पाउण्ड्स) इन जातियों में पाए जाते हैं। चालमुग्रा [*हीदनोकार्पुस कुर्ज़ीई* (किंग) वारबुर्ग], *हीदनोकार्पुस आल्पीना* वाइट, तफिंगा *हीदनोकार्पुस आवेल्मिन्तिका* पियरे, जंगली वादाम *हीदनोकार्पुस वेनेनाता* गेर्तनर, तुवरक (*हीदनोकार्पुस विग्तिआना* ब्लूम)। फिलीपाइन के *हीदनोकार्पुस आल्काले* मेरिल (*Hydnocarpus alcalae* Merrill) में कुछ अन्तर में चालमुग्रिक अम्ल का प्रभूत परिमाण होता है, परन्तु हीदनोकार्पिक अम्ल स्वल्प या सर्वथा नहीं होता।

ताराक्तोजेनोस हास्करी (*Taraktogenos* Hasskari) नामक गणों को पहले तुवरकादि गण (हीदनोकार्पुस) से पृथक् किया जाता था, विभेद का आधार था फूलों में भागों की संख्या। परन्तु इन भेदों की उपयोगिता देर तक नहीं मानी जा सकी। इसी प्रकार *आस्तेरिआस्तिग्मा* बेड्डोम (*Asteriastigma* Beddome) नामक गण भी भिन्न नहीं माना जा सकता। इस पुस्तक में तीनों गण एक ही समझे गए हैं।

सामान्य तापक्रम पर चालमुग्रा तेल द्रव रूप में रहता है। इसका रंग पाण्डुर-पीत से आरक्त-वभ्रु और स्वाद कुछ उग्र होता है। निस्सारण की विभिन्न रीतियों के अनुसार बीज 30 से 40 प्रतिशत तेल देते हैं। आम्भस् दबाव (hydraulic pressure) से केवल 30.9 प्रतिशत होता है, परंतु दक्षु निस्सार (ether extraction) रीति द्वारा परिमाण बढ़कर 38.1 प्रतिशत पहुंच जाता है। दोनों रीतियों से प्राप्त तेलों के गुण इस प्रकार हैं :

	निष्पीड़ित तेल	ईथर द्वारा निस्सारित तेल
द्रवांक (melting point)	22-23° शतांश	22-23° शतांश
आपेक्षिक गुरुत्व, 25° शतांश पर	0.951	0.952
अम्लीय अर्हा (acid value)	23.9	9.5
साबुनीकरण अर्हा (saponification value)	213.0	208.0
जाम्बुकी अर्हा (iodine value)	103.2	104.4
आपेक्षिक आवर्त (specific rotation)	+52.0°	+51.3°

पावर और उनके सहायकों (1904) ने चालमुग्रा तेल की रसायन (केमिस्ट्री) पर बड़े विस्तार से काम किया। उन्होंने पाया कि तेल नें दो या अधिक नए स्नेहाम्लों (fatty acids) के मुख्यतः मधुर प्रलवण (glyceryl esters) विद्यमान होते हैं। पृथक् किए गए नए अम्ल पूर्वज्ञात स्नेह अम्लों से भिन्न हैं। ये अम्ल काशितावान् (optically active) होने और दक्षावर्त (dextro rotatory) होने में अनन्य हैं। अन्वेषकों ने इनका नाम चालमुग्रिक और हिड्नोकार्पिक अम्ल रखा। यह सम्भव है कि इन अम्लों में जो रोगाणुओं को नष्ट करने के तथा भेषजीय विशिष्ट गुण विद्यमान हैं वे किसी रूप में इनके व्यूहाण्वीय घटक (molecular constitution) से सम्बद्ध हों।

इन दो अम्लों के अतिरिक्त चालमुग्रा तेल में तालिक (palmitic) अम्ल का अल्प परिमाण होता है। रेनशौल और डीन (1924) ने एक अन्य अत्यधिक अननुविद्ध (unsaturated) अम्ल पाया है जिसकी जम्बुकी संख्या (iodine number) 168.3 है। ताज़े बीजों में उदश्यामिक (hydrocyanic) अम्ल होता है जो गिरियों का लगभग 0.036 प्रतिशत होता है। बाद के अनुसंधान दिखाते हैं कि तेल में टेराक्टोजेनिक (taraktogenic) अम्ल, आइसोगैडोलीक (isogadoleic) अम्ल और सम्भवतः भूमुद्गिक (arachidic) अम्ल भी उपस्थित है।

ख़राब तेल

बाज़ार में बिकने वाला तेल प्रायः दुर्वासित और गहरा-भूरा होता है। प्रायः पुराने बीजों से निकाला गया होने से यह चिकित्सा गुणों से शून्य होता है।

विष

तुवरकादि (हीदनोकार्पुस) के तेलों में मनुष्यो के विषाक्त होने के उदाहरण रिकॉर्ड में हैं। जर्मनी में एक घटना हुई थी। प्रतीत होता है कि खोजने पर ये दक्षिण भारत के बीज पता चले थे। इसलिए ये तुवरक (*हीदनोकार्पुस विग्तिआना* या *हीदनोकार्पुस वेनेनाता* गेर्तनर) के रहे होंगे। विषैला पदार्थ क्या है, यह बिना निश्चित परिणाम तक पहुंचे विवादास्पद रहा। फिर भी कहा जाता है कि कई जातियों के बीजों को मछलियां खाती हैं। *हीदनोकार्पुस हेतेरोफ़ील्ला* ब्लूम (*Hydrocarpus heterophylla* Blume) के बीज चारे (bait) के रूप में प्रयोग करने का विवरण प्राप्त हुआ है।

उपयोग

तुवरकादि (हीदनोकार्पुस) गण के तेल पशु-चिकित्सा में काठी के घावों को ठीक करने के लिए और प्रलेपों के लिए प्रयुक्त होते हैं।

खली

भेषजीय तेल के निस्सारण के बाद खली खाद के काम आती है। तुवरक (*हीदनोकार्पुस विग्तिआना* ब्लूम) की खली नारियल के भ्रमरों (बीटल्स) का निग्रहण करने के साधन के रूप में आजमाई गई है। उनके छिद्रों में इनका निग (प्लग) दे देते हैं। तुवरक और चालमुग्रा (हीदनोकार्पुस) की विविध जातियों की खली को पहचानने की विधियां मैथीवाट (Tran. Lab. Mat. Med. Paris, 20, 1929, 6th part) ने दी हैं।

कुछ जातियों की लकड़ी उपयोगी है। इस गण की अनेक अन्य स्थानीय जातियां अब परीक्षणों के लिए बोई जा रही हैं।

सिक्किम के पहाड़ी कबीले चालमुग्रा (*ताराक्तोजेनोस कुर्ज़ीई*) के फल के गूदे को मछलियों को विषाक्त करने के लिए प्रयोग करते हैं। पानी के साथ उबालने के बाद वे कभी-कभी गूदे को भोजन के रूप में इस्तेमाल करते हैं। रौक (1922) कहते हैं कि भालू फल के गूदे के बहुत शौक़ीन हैं। जंगली सूअर बीजों को खा जाते हैं। जो सूअर इन बीजों को आहार बना रहे हैं उनके मांस को खाना अच्छा नहीं है, क्योंकि यह मतली और वमन पैदा करता है। इसी तरह जिस मछली को ये बीज खिलाए गए हैं वह नहीं खानी चाहिए।

चिकित्सा में

ज्वरहर : इस वृक्ष की छाल, ज्वरहर के रूप में बरती जाती है। इसमें टैनिन का बड़ा परिमाण रहता है। इससे बनाए गए फाण्ट में कड़वे बादामों के उत्पत्त तेल की गन्ध आती है।

कुष्ठ

कुष्ठ की अत्यन्त मूल्यवान् अगद है। चिकित्सा-क्रम लगातार 5 बरस या अधिक देर तक ज़ारी रखते हुए मुख द्वारा और अधश्चर्म द्वारा दवा देनी चाहिए। कुष्ठ की बढ़ी हुई ग्रंथिमय अवस्थाओं में 3 से 5 घन शतिमान (c.c.) की मात्राओं में तेल पेश्यन्तः दिया जाना चाहिए। सूचिवेध हर 3 दिन के बाद लगाने चाहिए। रोगी सहन कर सके तो यह क्रम 5 महीने से अधिक देर तक चलाना चाहिए। यूनानी में चालमुग्रा तीसरे दर्ज़े में गर्म और ख़ुश्क है। अन्तः और बाह्य प्रयोग में कुष्ठ, क्षय, सोरायसिस, अड़ियल प्रपामा और दूसरे त्वचा के रोग, पुराना आमवात तथा गठिया और तपेदिक में इसकी सिफ़ारिश की जाती है। चालमुग्रा के भेषजीय उपयोग तुवरक के समान हैं।

छह

तुवरक

हीदनोकार्पुस लाउरिफ़ोलिआ (डेन्स्टेट) स्लूमर
Hydnocarpus laurifolia (Dennst.) Sleumer
कुल फ़्लाकोउर्तिआसी Flacourtiaceae

पौधे का स्वरूप : सुन्दर, छायादार पर्णावली का यह सदाहरा, 9 से 15 मीटर ऊंचा वृक्ष है। छाल भूरी और किंचित खर होती है। तकड़ी श्वेताभ (whitish) होती है। पत्ते 10 से 15 सेण्टीमीटर लम्बे, सीताफल के पत्ते जैसे, चिकने और चमकदार होते हैं। सफ़ेद गुच्छों के फूल, फ़रवरी-मार्च में निकलते हैं। मई और जून में फल पकते हैं। फल गोल, लगभग सेब जितना या कैथ जितना बड़ा, 5 से 10 सेण्टीमीटर व्यास का होता है। इसका छिलका मोटा, कठोर, चूचुक रूप (mammillate) खर और भूरा होता है। कच्चे फल का छिलका हरा होता है फल के अन्दर श्वेत रंग का स्वल्प गूदा होता है जो बीजों के गूदे के साथ दृढ़ता से चिपका रहता है। लगभग 2.5 सेण्टीमीटर लम्बे, 10 से 20 बीज गूदे में न्याविष्ट रहते हैं। 25 से 30 बीजों का भार 28 ग्राम होता है। फल का छिलका उतारने पर बीज-चोल की बाहरी सतह दिखती है। बीज-चोल काला, पतला होता है और उसकी बाहरी सतह खुरदरी होती है। इस पर लम्बाई के रुख़ उथले गड्ढे पड़े होते हैं। कवच के अन्दर प्रचुर तैलीय श्विति (एल्ब्युमिन) रहती है जिसमें दो बड़े, सादे, हृदयाकृति, पत्रसम (leafy) बीजपत्र (कौटिलीडन्स) रखे रहते हैं। चालमुग्रा [*ताराक्तोजेनोस कुर्ज़ीई* (किंग) वारबुर्ग] में भी ऐसा ही होता है। ताज़े बीजों में इस श्विति का रंग सफ़ेद होता है, परन्तु सूखे बीजों में यह गहरे बभ्रु वर्ण में परिणत हो जाता है। इसकी गन्ध चालमुग्रा से मिलती है।

प्राप्ति-स्थान

तुवरक के बड़े, सुन्दर वृक्ष प्रायद्वीप के पश्चिम भाग में आम मिलते हैं। उष्ण प्रदेशीय (tropical) वनों में पश्चिमीय घाटों के साथ-साथ कोंकण से दक्षिण की ओर तथा घाटों के नीचे कनारा और मलाबार में, आर्द्र स्थानों में विशेषतः पानी के पास पाये जाते हैं। यह एक प्रदेशीय (endemic) वृक्ष है त्रावनकोर में 610 मीटर की ऊंचाई पर बहुत रोपा जाता है।

प्राकृत-वास में प्रकेवल (absolute) अधिकतम छाया तापमान 35.5° से 37.5° सेण्टीग्रेड तक और प्रकेवल न्यूनतम लगभग 60° होता है। वहां सामान्य वर्षापात (normal rainfall) 225 से 460 सेण्टीमीटर या अधिक भी होता है।

सुश्रुत तथा उसके टीकाकार डल्हण ने और बाद में कैयदेव (1450 ईस्वी) ने भी पश्चिम समुद्र के समीप की भूमि में तुवरक के वृक्षों का मिलना बताया था :

वृक्षस्तुवरको नाम पश्चिमार्णवतीरजः।

कैयदेवनिघण्टु, ओषधिवर्ग 1; 503.

कृषि

बीजों के उगने की शक्ति देर तक नहीं बनी रहती। भूमि पर गिरने के बाद बरसात में ये जल्दी ही अंकुरित हो जाते हैं। तुवरक के बीजों का अंकुरण उपरिभूमिक (epigeons) है। बीज फटने के साथ शार्ङ्ग बीज-चोल (horny-testa) फटता है जिससे मृदु, आश्वेत श्विति का उच्छाटन हो जाता है। बीज-पत्रों (cotyledons) को यह स्थिति इस प्रकार समावृत किए रहती है जैसे कि थैले में रखी हुई हो। अधिमूल (taproot) कुछ समय तक कुछ सेण्टीमीटर लम्बी विकसित हो चुकी होती है। बीज-चोल भूमि में छूट जाता है, जबकि श्विति ऊपर ले जाई जाती है और बीज-पत्रों के साथ गिर जाती है।

डल्हण और कैयदेव (1450 ईस्वी पश्चात्) का वर्णन कुछ भ्रामक प्रतीत होता है, क्योंकि उन्होंने तुवरक के पत्तों और फलों की तुलना मटर के पत्तों तथा फलों से की है। पत्तों का आकार इन्होंने मौलश्री जैसा लिखा है :

पत्रैस्तु केसराकारैः कलायसदृशैः फलैः॥
कलायसंमितफलः कलायसदृशच्छदः॥

कैयदेवनिघण्टु, ओषधिवर्ग 1; 502, 503.

जौर्जी, बक्र्ली और गुन ले टीक (1935) ने रिकौर्ड किया है कि *हीदनोकार्पुस आन्तेल्मिन्तिका* पियरे के बीजों में लगभग दुगुना तेल होता है। दूसरी जाति की तुलना में इस जाति से हीदनोकार्पुस अम्ल और उसके साथ चालमुग्रिक अम्ल कहीं शुद्धतर अवस्था में प्राप्त किए जा सकते हैं। इसलिए हम अन्वेषकों के विचार में इस जाति को रोपण में प्राथमिकता दी जानी चाहिए।

भारत में चिकित्सोपयोगी तेल के मुख्य स्रोत *हीदनोकार्पुस विग्तिआना* ब्लूम (तुवरक) और *ताराक्तोजेनोस कुर्ज़ीई* (किंग) वारबुर्ग (चालमुग्रा) हैं। तुवरक सारे दक्षिण भारत में बगीचों के अन्दर तथा पहुंचने योग्य स्थानों में उगता है जिसमें बीज सर्वथा ताज़े प्राप्त किए जा सकते हैं। दूसरी ओर चालमुग्रा दूरदराज़ के स्थानों में उगता है जहां

बरसात में इसके बीज सुगमता से इकट्ठे नहीं किए जा सकते; बरसात में ही फल गिरते हैं। परिणामतः निष्पीड़न के लिए अभिनव बीज प्राप्त करना सुगम नहीं होता। इसलिए तुवरक से व्युत्पन्न तेल दूसरे की तुलना में अधिक पसन्द किया जाता है। मलय प्रायद्वीप में यह वृक्ष झट उग आता है।

विविध भाषाओं और स्थानों में नाम

कश्मीर : गरुड़ फल।
तमिल : मखत्तायि, निरडिमुट्टु, पेट्टि, मखेट्टि।
तेलुगु : अडविबादामु, निरडी विट्टुलु (बीज)।
दक्षिण : जंगली बादाम (बीज)।
मराठी : कडुकवीठ, कडुकवटी, कोवटी, कडुक्वट।
मलयालम : कोडि, मरवेट्टि, नीरवेट्टि।
मुम्बई : कौटी, कोवटी, कव।
संस्कृत : कटुकपित्थ, टिंत्रिकं, तुन्बर, तुम्बरक, तुवर, तुवरक।
हिन्दी : कोवटी।

मजूमदार (1948), घोष (1940) आदि ने सुश्रुत के तुवरक के साथ *हीदनोकार्पुस विग्तिआना* ब्लूम का एकात्म्य दिखाया है।

बीज संग्रह

सुश्रुत कहते हैं कि पश्चिमी समुद्र के किनारे की भूमि में पैदा हुए तुवरक के जिन वृक्षों के पत्तों को समुद्र की लहरों की वायु कंपाती रहती है उनके ख़ूब पके हुए फल वर्षाऋतु के आरंभ में इकट्ठा कर लें। पिछले पृष्ठों में हमने दिखाया है कि आधुनिक अन्वेषक भी सुश्रुत से सहमत हैं और चिकित्सा के लिए उत्कृष्ट तेल प्राप्त करने के निमित्त इसी समय बीजों को इकट्ठा करने पर बल देते हैं :

योगेनानेन मतिमान् साधयेदपि कुष्ठिनम्।
वृक्षास्तुवरका ये स्युः पश्चिमार्णवभूमिषु॥
वीचीतरङ्गविक्षेपमारुतोद्धूतपल्लवाः।
तेषां फलानि गृह्णीयात् सुपक्वान्यम्बुदागमे॥

सुश्रुतसंहिता, चिकित्सास्थान, अध्याय 13; 20-21.

व्यापार

एडगर थर्स्टन (1893) के अनुसार कलकत्ते में चालमुग्रा के बीजों का मूल्य सामान्यतः 5 से 7 रुपए प्रति 40 किलोग्राम रहता था। मंडियों में बीज वर्षा की समाप्ति पर आते थे। जुलाई में बीजों की कमी हो जाने से दाम 13 रुपए प्रति 40 किलोग्राम तक चढ़

चित्र 18 तुवरक की फलदार शाखा

जाता था। थोक में तेल का दाम 60 से 70 रुपए प्रति 40 किलोग्राम था। फुटकर बिक्री 2.5 से 3 रुपए प्रति 450 ग्राम थी। मुम्बई के सम्बन्ध में डिमक ने लिखा था कि बीज कलकत्ता से आते हैं और 15 रुपए प्रति 40 किलोग्राम पड़ते हैं। यूरोपियन हौस्पिटलों में उन दिनों एक ठेकेदार तेल दिया करता था, वह कलकत्ता से मंगाए बीजों को पेरकर तेल निकालता था।

तेल निकालना

पाश्चात्य चिकित्सा में ओलियम हिड्नोकार्पि नाम से जो तेल बरता जाता है वह *हीदनोकार्पुस विग्तिआना* ब्लूम (तुवरक) के अभिनव पक्व बीजों से शीत निष्पीड़ित होता है। बीजों में से गिरियों को निकालकर साफ़ कर लेते हैं। सुश्रुत ने तेल निकालने की दो विधियां लिखी हैं। पहली विधि में गिरियों को कूटकर तिलों की तरह कोल्हू में पेर लेते हैं। शुष्क निष्पीड़न की यह विधि सरल है:

मज्जां तेभ्योऽपि संहत्य शोषयित्वा विचूर्ण्य च।
तिलवत् पीडयेद् द्रोण्यां स्रावयेद्वा कुसुम्भवत् ॥
तत्तैलं संहृतं भूयः पचेदातोयसंक्षयात्।
अवतार्य करीषे च पक्षमात्रं निधापयेत् ॥

सुश्रुतसंहिता, चिकित्सास्थान, अध्याय 13; 22-23.

दूसरी विधि कुछ पेचीदा है। इसमें गिरियों के चूरे को पहले पानी में पकाते हैं। ऊपर आया हुआ तेल नितारकर इकट्ठा करते जाते हैं। इसमें पानी का कुछ अंश भी साथ आ जाता है। आग पर रखकर उसे उड़ा देते हैं। दोनों ही तरीक़ों से प्राप्त तेल को घड़े में बन्द करके कंडों के चूर्ण की खत्ती में 15 दिन रखना चाहिए। बाद में निकालकर, छानकर शीशियों में भरना चाहिए। सम्यक्तया बन्द आधान में प्रकाश से बचाकर तेल को ठंडे स्थान पर रखना चाहिए। इस तेल को तीन गुने खैर की लकड़ी के काढ़े में पकाकर पहले की तरह ही 15 दिन रख छोड़ें तो यह विशेष गुणकारी हो जाता है:

पञ्चभिर्दिवसैरेवं सर्वकुष्ठैर्विमुच्यते।
तदेव खदिरक्वाथे त्रिगुणे साधु साधितम् ॥
निहितं पूर्ववत् पक्षात् पिबेन्मासमतन्द्रितः।
तेनाभ्यक्तशरीरश्च कुर्वीताहारमीरितम् ॥

सुश्रुतसंहिता, चिकित्सास्थान, अध्याय 13; 29-30.

प्रकृति

तुवरक तेल (ओलियम हिड्नोकार्पि) आपीत (yellowish) तथा आबभ्रू-पीत (brownish-yellow) रंग का तेल है या मृदु क्रीम वर्ण स्नेह है। इसकी गन्ध हलकी और विशिष्ट होती है तथा स्वाद कुछ उग्र होता है। शीत एल्कोहल (सुषव) (90 प्रतिशत) में अंशतः अविलेय है, परन्तु गरम सुषव (90 प्रतिशत) में लगभग पूर्णतः विलेय है। ईथर के साथ, क्लोरोफ़ौर्म के साथ और कार्बन-डाइ-सल्फ़ाइड के साथ मिल जाता है।

मिलावट

बाज़ार में उपलब्ध तेल बहुधा गाइनोकार्डिआ तेल और अलसी तेल के साथ मिला होता है। आरम्भिक वर्षों में कुष्ठ की चिकित्सा में लगे हुए विभिन्न कर्मियों द्वारा प्राप्त परिणामों में जो बहुत विभेद दीखता था वह सम्भवतः बुरी तरह व्यामिश्रित इन तेलों के कारण था, जिन हीन मिश्रित तेलों में उन्हें परीक्षण करने पड़े थे। चालमुग्रा तेल महंगा था और फुटकर विक्रेता को इसमें सस्ते तेल मिलाने का बड़ा प्रलोभन रहता था।

शुद्धता की परख

तेल की प्रकृति के बारे में जब कोई सन्देह हो तव उसकी शुद्धता की परख कर लेना अच्छा रहता है। सब परीक्षाओं में अभिस्पन्दित प्रकाश (polarized light) का आपेक्षिक आवर्त सम्भवतः सर्वोत्तम देशक (इण्डिकेशन) है। *हीदनोकार्पुस विग्तिआना* ब्लूम (तुवरक) के तेल का आपेक्षिक आवर्त 57.7° है और ता-फ़ेंग-त्ज़ु (*हीदनोकार्पुस आन्तेल्मिन्तिका* पियरे) के तेल का 52.5° है।

1932 के ब्रिटिश फ़ार्माकोपिया में तेल की विशुद्धता की परख यह बताई है : आपेक्षिक गुरुत्व (25°/ 25°) 0.950 से 0.969; द्रावण बिन्दु 20° से 25°। आपेक्षिक आवर्तन जानने के लिए 10 ग्राम तेल को क्लोरोफ़ौर्म में प्रविलीन करते हैं; इसी विलायक से जब इसे मिलीलीटर तक मन्द कर लेते हैं तब इसका आपेक्षिक आवर्तन +53° से कम नहीं होना चाहिए। 40° पर रिफ़्रेक्टिव इण्डेक्स 1.472 से 1.476 होनी चाहिए। अम्ल अर्हा (acid value) 25 से अधिक नहीं होनी चाहिए। साबुनीकरण अर्हा 198 से 204 और जाम्बुकी अर्हा 97 से 103 होनी चाहिए।

इसके अलावा, अपनी उच्चतर आवर्त अर्हा (rotatory value) के कारण तुवरक (हीदनोकार्पुस) तेल श्रेष्ठ माना जाता है। चालमुग्रा तेल की अपेक्षा इसकी आवर्त अर्हा 5.5 अंश उच्चतर है। दोनों तेलों में से तुवरक तेल अधिक शक्तिशाली है।

तेल को मन्त्र-पूत करने की विधि

निम्नलिखित मन्त्र से अभिमन्त्रित करके सुश्रुत इस तेल को देना प्रशस्त समझते हैं :

सारवान् मज्जा वाले, अत्यन्त क्रियाशील ओ ! तुवरक के तेल ! तुम इस रोगी के रस, रक्त आदि सब धातुओं को शुद्ध करो। शंख, चक्र और गदा को हाथ में धारण करने वाले अच्युत रूप विष्णु भगवान् तुम्हें यह आज्ञा दे रहे हैं :

मज्जसार महावीर्य सर्वान् धातून् विशोधय।
शङ्खचक्रगदापाणिस्त्वामाज्ञापयतेऽच्युतः॥

सुश्रुतसंहिता, चिकित्सास्थान, अध्याय 13; 26.

तुवरक की महत्ता

भिलावे के समान गुणकारी बताते हुए सुश्रुत ने तुवरक तेल के गुण इस प्रकार लिखे हैं : गरम, शुरू में मीठा, कसैला पर बाद में तिक्त लगता है। वायु और कफ के विकारों को नष्ट करता है। वमन और विरेचन द्वारा मार्गों से दोषों को निकालता है। कुष्ठ आदि त्वचा के रोगों और कृमियों को नष्ट करता है। शरीर में चर्बी के बढ़ जाने में और पेशाब के रोगों में लाभदायक है:

तुवरकभल्लातकतैले उष्णे मधुरकषाये तिक्तानुरसे वातकफकुष्ठ-
मेदोमेहकृमिप्रशमने उभयतोभागदोषहरे च।

सुश्रुतसंहिता, सूत्रस्थान, अध्याय 45; 122.

आरुष्करं तौवरकं कषायं कटुपाकि च॥
उष्णं क्रिमिज्वरानाहमेहोदावर्त्तनाशनम्।

सुश्रुतसंहिता, सूत्रस्थान, अध्याय 46; 195, 196.

कैयदेव ने भी तुवरक के गुण भिलावे के समान बतलाए हैं। तेल को वे कसैला और विपाक में कटु बताते हैं। साथ ही वे इसे निम्नलिखित रोगों में हितकर मानते हैं : बुख़ार, अफ़ारा, बवासीर, ज़ख़्म और सोज :

पत्रैस्तु केसराकारैः कलायसदृशैः फलैः॥
वृक्षस्तुवरको नाम पश्चिमार्णवतीरजः।
कलायसंमितफलः कलायसदृशच्छदः॥
गुणैररुष्करसमो वृक्षस्तुवरकः स्मृतः।
तौवरं कटुकं पाके कषायोष्णं कफापहम्।
कृमिकुष्ठज्वरानाहमेहार्शोव्रणशोफजित्।

कैयदेवनिघण्टु, ओषधिवर्ग 1; 502-505.

भावमिश्र ने तैलप्रकरण में तुवरी तैल के नाम से जिस तैल के गुण लिखे हैं वे भी इसी तेल के प्रतीत होते हैं। वे इसे तीक्ष्ण, हलका, ग्राही, अग्निदीपक, रुधिरस्राव को रोकने वाला, विषनाशक, खुजली तथा चकत्ते वाले त्वचा के रोगों को ठीक करने वाला मानते हैं :

तीक्ष्णोष्णं तुवरीतैलं लघु ग्राहि कफास्रजित्।
वह्निकृद्विषहृत्कण्डूकुष्ठकोठकृमिप्रणुत्॥
मेदोदोषापहं चापि व्रणशोथहरं परम्॥

भावप्रकाशनिघण्टु, तैलवर्ग 19;16.

मात्रा

तेल–मुख द्वारा 5 से 15 बूंद, क्रमशः बढ़ाते हुए 60 बूंद तक। अधस्त्वक् या पेश्यन्तः 20 बूंद से बढ़ाते हुए 75 बूंद तक। बीज : 363 मिलीग्राम से उत्तरोत्तर बढ़ाते हुए 1,456 मिलीग्राम।

अनुपान, पथ्य

यह तेल मक्खन, घी या मलाई में मिलाकर देना चाहिए। पी. डब्ल्यू. स्क्वायर के अनुसार 5 से 10 बूंद की मात्रा में क्रमशः बढ़ाते हुए 30 से 60 बूंद तक प्रतिदिन 3 या 4 बार खाने के बाद दूध में या कीकर की गोंद में प्रनिलम्ब (emulsion) में अथवा कैप्सूलों में देना चाहिए।

इसके सेवनकाल में रोगी को केवल दूध और मीठे फलों के पथ्य पर रखा जाए तो विशेष लाभ होता है। डौक्टर बेअरिंग (1875) के अनुसार इस दवा का प्रयोग करते हुए भोजन में घी, मक्खन तथा अन्य स्निग्ध पदार्थों को बढ़ाना चाहिए और मछली के जिगर के तेल के साथ मिलाकर देने में अधिक लाभ होता है। प्रयोग काल में नमक बिल्कुल छोड़ना होता है। खट्टे पदार्थ, मसाले, मिठाइयां और गुड़ को त्यागना चाहिए।

कार्य : बाह्यतः

अक्षत त्वचा पर मलने से चालमुग्रा और तुवरक तेल चर्मरक्तकर (rubeciaent) हैं। परन्तु कच्चे पृष्ठ पर लगाने से बड़ा क्षोभ करते हैं।

अन्तरतः

ये आमाशय-आन्त्र के क्षोभक हैं, विशेषतः बड़ी मात्राओं में। दोनों तेल कृमिघ्न, कण्डूघ्न, त्वक् दोषहर, व्रणशोधन, व्रणरोपण, वेदनास्थापन और रक्तशोधन के रूप में चिकित्सा में बरते जाते हैं।

उपयोग

चालमुग्रा तेल में स्वतः शाकाणुनाशक (बैक्टीरिसाइडल) गुण बहुत कम हैं क्योंकि यह सुगमता से शाकाणुओं की कोशाभित्ति के अन्दर प्रवेश नहीं पा सकता। तथापि इसमें शाकाणुस्थापक (bacteriostatic) प्रभाव निश्चित विद्यमान है। यह बात इस तथ्य से सिद्ध होती है कि जब यक्ष्मा दण्डाणु (tubercle) जैसे अम्ल-स्थिर (acid-fast) दण्डाणुओं के संवर्धांश (culture media) में दो प्रतिशत तेल मिलाया जाता है तब यह उनके संवर्धन को रोक देता है। दूसरी ओर, तेल के व्युत्पन्न पदार्थ अधिक क्रियाशील हैं। सम्पूर्ण

स्नेहाम्लों के सोडियम लवणों —चालमुग्रेट्स —में यक्ष्म दंडाणु के विरुद्ध शाकाणुनाशक और शाकाणुस्थापक क्रियाशीलता उच्च अंश में विद्यमान पाई गई जबकि परीक्षणों में चालमुग्रेट्स एक लाख में एक जैसे मन्द अवमिश्रणों में दिए गए थे। कहा जाता है यह प्रभाव इसकी अपनी ही विशेषता है क्योंकि कौड-लिवर औयल आदि सदृश तेलों में पाए जाने वाले गाढ़-सम्बद्ध स्नेहाम्लों में भी यह प्रभव नहीं देखा जाता। कहा जाता है कि चालमुग्रा तेल के किसी भी एसिड सोडियम सौल्ट्स (acid sodium salts) या स्नेहाम्लों के ऐस्टर्स द्वारा गिनिपिगों को 48 घंटे तक अन्तर्विकास (incubation) कर देने से प्रचण्ड यक्ष्म-दंडाणुओं के निलम्बन भी हानि-रहित हो जाते हैं। स्टेफ़िलोकोक्स एल्बस और अन्य सम्बद्ध जीवाणुओं पर प्रलवणों (esters) का कोई विरोधी प्रभाव नहीं पाया गया।

नितान्त कोपी

चाहे जिस मार्ग द्वारा दिया जाए, चालमुग्रा तेल नितान्त कोपी (irritating) है। मुख द्वारा 3 से 4 बूंद दिया गया तेल मतली और वमन पैदा करता है परन्तु इसके प्रति सहिष्णुता विकसित कर लेना सम्भव है जिससे एक ही मात्रा में 15 बूंद तक लिया जा सकता है। न केवल तेल परन्तु स्नेहाम्लों के सोडियम सौल्ट्स तथा प्रलवण भी प्रबल कोपी कार्य करते हैं। ऊतियों में इन दवाओं का सूचिवेध वेदनापूर्ण होता है और स्थानीय अर्बुद बन सकता है।

विष लक्षण

चालमुग्रा के व्युत्पन्नों (डेरिवेटिव्स) को सूचिविद्ध करने से कभी-कभी प्रकट हो जाने वाले विष लक्षणों को वेड़ लारा और निकल्स (1924) ने इस प्रकार अभिलिखित किया है—सूचिवेध के स्थान पर वेदना तथा कठोरता और कदाचित् सिरदर्द, आलस्य, चक्कर आना, ज्वर, अनिद्रा, उदर में वेदना, गरमी की सामान्य संवेदना, छाती में दर्द, श्वासावरोध तथा खांसी की संवेदना और श्वितिमेह (एल्ब्युमिनूरिया)। विलियम वेब (1893) ने निम्नलिखित उपद्रवों का उल्लेख किया है—शरीर में गम्भीर गड़बड़, जैसे जिगर की विकृत दशा और आन्त्रकोप, जिससे आश्लेष्मल और सफ़ेद (waxy) अतिसार लग जाते हैं। शरीर के विभिन्न भागों में सर्पी वेदनाएं प्रकट हो जाती हैं। त्वचा पर, मुख्यतया हाथों पर उत्स्फोट (eruptions) निकल आते हैं। लगभग 10 प्रतिशत रोगियों में चर्म उत्स्फोट या ज्वर प्रकट हो जाता है ये लक्षण यथासमय लुप्त हो जाते हैं।

रीड ने अन्य विष लक्षणों के साथ-साथ निम्नलिखित लक्षणों का उल्लेख किया है। चालमुग्रा तेल या इसके व्युत्पन्नों से ये लक्षण पैदा हो सकते हैं। मतली और वमन — आमाशय पर स्थानीय कोपी कार्य के कारण तो होते ही हैं, परन्तु केन्द्रीय कार्य के कारण भी यह प्रभाव होता है। शोणांशन, वृक्क शोथ, जिगर में वसा-निपावन (fatty infiltration)।

अल्प मात्राओं में निरन्तर देने से कैल्सियम के प्रतिधारण में अनुकूलता मिलती है जबकि बड़ी मात्राएं कैल्सियम के उत्सर्ग को बढ़ा देती हैं और रुधिर में कैल्सियम की कमी कर देती हैं ।

बीज तथा तेल को मुख द्वारा देना

त्वचा के कुछ रोगों में और विशेषतया त्वचा के कुष्ठ व्रणों में चालमुग्रा भारत में देर से प्रयोग किया जा रहा है। मूलतः चालमुग्रा के बीज मुख द्वारा दिए जाते थे, परन्तु यह असन्तोषजनक पाया गया। इसलिए बीजों से निष्पीड़ित तेल बरता जाने लगा। बीज हों या तेल, दोनों को ही मुख द्वारा देने से मतली और वमन पैदा होती है, जिससे ये देर तक ज़ारी नहीं रखे जा सकते। इसलिए इस भेषज को पेशी द्वारा और सिरा द्वारा इंजेक्शन देने लगे। इसे मुख द्वारा देना अधिकतर उपेक्षित हो गया। बाद में कुछ चिकित्सकों ने मुख द्वारा देने की पुनः वकालत की। चिकित्सा केन्द्रों में जो कुष्ठ रोगी नियमित रूप से नहीं पहुंच सकते उनको तो मुख द्वारा देने के लिए विशेष रूप से कहा गया। तब, आमाशय पर तेल के क्षोभक कार्य को वश में करने के प्रयत्न किए गए। इसके लिए केराटिन कोटेड कैप्सूलों (keratin coated capsules) में भरकर या डेन्नी (1929) के सुझाव के अनुसार बेन्ज़ोकेन (benzocaine) से संयुक्त करके देना ठीक समझा गया। ट्रैवर्स (1926) ने फ़ेडरेटेड मलय स्टेट्स में पुरानी चीनी चिकित्सा को पुनः जीवित किया जिसमें ता-फ़ेंग-त्ज़ु (*हीदनोकार्पुस आन्तिल्मिन्तिका*) के पूरे बीजों के चूर्ण को 2 भाग और भारतीय भाग को एक भाग मिलाकर दिया जाता है। बेसन और बैजर (1928) ने प्रलवणों की एक निर्मिति का प्रयोग किया जो बिना असुविधा के मुख द्वारा दी जा सकती है। दे एग्वायर प्यूपो (1926), रौडरिग्वेज़ (1925) और लिंडौव (1927) द्वारा किए गए अनुसंधानों के प्रकाश में यद्यपि यह अस्वीकार नहीं किया जा सकता कि चालमुग्रा का मुख द्वारा देना निश्चित रूप से लाभदायक है तथापि यह अवश्य अनुभव किया जाता है कि इस मार्ग द्वारा बड़ी मात्राओं में इसे देना बहुत कठिन है और इस कारण सफलता के लिए आवश्यक है कि चिकित्सा का क्रम दीर्घकाल तक चलाया जाए। बहुत से उदाहरणों में ऐसा करना असम्भव हो सकता है।

चालमुग्रा तेल (*ओलिउम जिनोकार्दिअम*) और इसी के सदृश तुवरक तेल मुख द्वारा उत्तरोत्तर बढ़ती गई मात्राओं में कुष्ठियों को दिया जाता है। दिन में 3 बार 3 बूंद से आरम्भ करके धीर-धीरे 30 बूंद तक दिन में 3 बार कैप्सूलों में बन्द करके देते हैं।

पेशी द्वारा चालमुग्रा तेल

पेशी द्वारा चालमुग्रा तेल को देना अगला महत्त्वपूर्ण पग था। तेल क्योंकि स्वतः ही बहुत क्षोभक है। मर्कैडो (1914) ने एक ऐसी निर्मिति के उत्पादन का प्रयत्न किया

जो ऊतियों के लिए कम क्षोभक हो। इन्होंने एक ऐसे मिश्रण का प्रयोग किया जिसमें वेदना को मारने के लिए 60 सी.सी.(c.c.) चालमुग्रा तेल में 60 सी.सी. कर्पूरित तेल मिला लिया था और ऐंटिसेप्टिक (antiseptic) के रूप में इसी मिश्रण में 4 ग्राम रिसोर्सीन (resorcin) मिश्रित कर दिया था। हीसेर (1924) ने इस मिश्रण द्वारा कुछ रोगियों की चिकित्सा की और 11.1 प्रतिशत प्रत्यक्ष आरोग्यता का निरूपण किया। हीसेर का योग एक सी. सी. से 3 सी. सी की मात्रा में सप्ताह में एक बार त्वचा के नीचे दिया जाता है। कर्नल चोपड़ा (1933) ने दिखाया कि यह चिकित्सा भी अधिकतर परित्यक्त हो गई क्योंकि इन्जेक्शन के स्थान पर पैदा होने वाली वेदना के कारण रोगी इस इलाज के लिए इनकार कर देता है।

पेशी द्वारा इथाइल ऐस्टर्स

1919 में डीन ने चालमुग्रा के समग्र स्नेहाम्लों से इथाइल ऐस्टर्स तैयार किए। 1920 में कलकत्ता में सम्पन्न कुष्ठ सम्मेलन के विवरण से यह भी स्पष्ट है कि भारत में डीन से स्वतन्त्र रूप से सुधामयी घोष ने इथाइल ऐस्टर्स निर्मित कर लिए थे और इनका प्रयोग करने के लिए उन्होंने रोगर्स को सुझाव दिया था। शुद्ध अम्ल के ऐस्टर्स का इंजेक्शन शरीर की ऊतियों के लिए कुछ क्षोभक सिद्ध हुआ और रोगर्स ने कुछ समय के लिए इसका प्रयोग बन्द कर दिया। मैकडोनल्ड (1920) को अधिक सफलता मिली। इन्होंने सम्पूर्ण तेल के समग्र स्नेहाम्लों के इथाइल ऐस्टर्स में दो प्रतिशत (तोल में) आयोडीन को रसायनतः संयुक्त करके बरता और बहुत से रोगियों की चिकित्सा की। इस विधि द्वारा प्राप्त परिणाम बहुत सन्तोषजनक थे और उनमें न दर्द था, न अर्बुद बनने की शिकायत। भारत में म्यूर ने तुवरक *हीदनोकार्पुस लाउरिफ़लिआ* (डेन्स्ट) स्लेमर के इथाइल ऐस्टर्स को ख़ूब प्रयुक्त किया।

सादा तेल भी प्रभावकारी

चिकित्सा की विभिन्न रीतियों के अध्ययन से यह स्पष्ट है कि कुष्ठ की चिकित्सा में चालमुग्रा और तुवरक तेल वस्तुतः प्रभावकारी हैं। तेल को मुख द्वारा या पेशी द्वारा देने की साधारण विधि की अपेक्षा चिकित्सा के आधुनिक तरीके स्पष्टतया अधिक अच्छे प्रकट होते हैं, जिनमें स्नेहाम्लों के इथाइल ऐस्टर्स या सोडियम लवणों का प्रयोग किया जाता है। फिर भी पहले तरीके चिकित्सीय प्रभाव से शून्य नहीं हैं।

कुष्ठ में सुश्रुत का चिकित्सा-क्रम

बहुत प्राचीन समय में तुवरक के बीजों की गिरी और उससे निकलने वाला तेल आयुर्वैदिक चिकित्सकों द्वारा विभिन्न रोगों में बरता जाता था। सुश्रुत ने गलित कुष्ठ

तक में इसकी बहुत प्रशंसा की थी। ऐसी उपयोगी औषध का चरक ने न जाने क्यों उपयोग नहीं किया। फिर वाग्भट्ट ने अपनी चिकित्सा में इसका प्रयोग लाभदायक पाया। परन्तु, मालूम होता है कि बाद के वैद्यों में इसका व्यवहार सर्वथा लुप्त हो गया था। भावमिश्र यद्यपि अपने समय की चिकित्सा सम्बन्धी नई खोजों से भलीभांति परिचित था तथापि उसने तथा उससे पहले के भी अनेक विद्वानों ने अपने ग्रन्थों में इसका नाम तक नहीं दिया।

एलोपैथी चिकित्सकों को इसका उपयोग मालूम होने पर उन्होंने इसे निर्भर करने योग्य दवा अनुभव किया था। ब्रिटिश एम्पायर लैप्रोसी रिलीफ़ एसोसिएशन ने अपने वार्षिक विवरण में भविष्यवाणी की थी कि तुवरक (*हीदनोकार्पुस*) तेल द्वारा चिकित्सा करने से कुष्ठ को 10 वर्षों में उखाड़ फेंका जाएगा।

कुष्ठ में

आयुर्वेद में कुष्ठ शब्द से त्वचा के रोगों का ग्रहण होता है। भारतीय चिकित्सा साहित्य में सामान्य रूप से 18 प्रकार के कुष्ठ रोगों का उल्लेख मिलता है। इनमें से कम से कम 8 तो आधुनिक विज्ञान में कोढ़ के श्रेणीकरण में नहीं आते और दद्रु, प्रपामा, खर्जु (scabies) आदि त्वग्रोगों में गिने जाते हैं। शेष 10 भेद ऐलोपैथी में वर्णित असल कोढ़ के सम्भवतः अनुरूप हैं, चाहे यह ग्रन्थिमय (ट्यूबर्कुलर) हो, संज्ञाहीनता वाला हो या मिश्रित प्रकार का हो।

सुश्रुत कहते हैं कि कुष्ठ की बहुत ख़राब अवस्थाओं में जब पंचकर्म से शोधन करना भी विफल हो; परन्तु जीने की इच्छा से रोगी श्रद्धापूर्वक इलाज कराना चाहता हो तब बुद्धिमान् वैद्य तुवरक के तेल द्वारा उसकी साधना कराए। सभी प्रकार के कुष्ठों में तुवरक का तेल लाभदायक होता है।

पूर्व कर्म

स्नेहन, स्वेदन और संशोधन से रोगी को मल-रहित करके 12 ग्राम तुवरक का तेल पिलाएं। इससे वमन और विरेचन होकर दोषों का शोधन होगा। आमाशय और आंतों की सफ़ाई हो जाने के बाद शाम को स्नेह और लवण रहित ठंडी यवागू पिलाएं। इस विधान से 5 दिन तक तेल पिलाएं। पथ्य से रहें। क्रोधादि आवेशों को त्याग दें। तुवरक तेल द्वारा इस प्राथमिक शोधन के बाद 15 दिन तक तुवरक देना बन्द रखें। इन दिनों रोगी को मूंग का रसा और भात खिलाएं :

तेनास्योर्ध्वमधश्चापि दोषा यान्त्यसकृत्ततः।
अस्नेहलवणां सायं यवागूं शीतलां पिबेत्॥

फ़ोटो-1 : अर्जुन का वृक्ष

फ़ोटो-2 : अर्जुन की पुष्पित शाखा

फ़ोटो-3 : गोरख इमली

फ़ोटो-4 : पतझड़ में अर्जुन का वृक्ष

पञ्चाहं प्रपिबेत्तैलमनेन विधिना नरः ।
पक्षं परिहरेच्चापि मुद्गयूषौदनाशनः ॥

सुश्रुतसंहिता, चिकित्सास्थान, अध्याय 13; 27-28.

सोलहवें दिन एक ही समय भोजन कराएं। उस लघु कोष्ठ वाले को सत्रहवें दिन से बल के अनुसार मन्त्र से पवित्र किए हुए तुवरक तेल की प्रारम्भिक मात्रा दें। प्रयोग आरम्भ करने से पूर्व समय की अनुकूलता देख लेनी चाहिए। सामान्यतः शुक्ल पक्ष अधिक उपयुक्त समझा जाता है :

स्निग्धः स्विन्नो हृतमलः पक्षादूर्ध्वं प्रयत्नवान् ।
चतुर्थभक्तान्तरितः शुक्लादौ दिवसे शुभे ॥
मन्त्रपूतस्य तैलस्य पिबेन्मात्रां यथाबलम् ।
तत्र मन्त्रं प्रवक्ष्यामि येनेदनभिमन्त्र्यते ॥

सुश्रुतसंहिता, चिकित्सास्थान, अध्याय 13; 24-25.

रोगी खदिर क्वाथ से पकाए हुए तुवरक तेल को सावधान होकर नित्य पिये और शरीर पर इसकी मालिश भी करे। भिलावे के सेवन के प्रकरण में कहे गए भोजन का सेवन करे। इस चिकित्सा से कुष्ठ के ऐसे रोगी भी ठीक हो जाते हैं जिनका शरीर फट गया हो और उसे कृमियों ने खा लिया हो, जिनकी आंखें लाल हों और जिनका स्वरयन्त्र रोग से आक्रान्त हो गया हो :

भिन्नस्वरं रक्तनेत्रं विशीर्णं कृमिभक्षितम् ।
अनेनाशु प्रयोगेण साधयेत् कुष्ठिनं नरम् ॥

सुश्रुतसंहिता, चिकित्सास्थान, अध्याय 13; 31.

सुश्रुत ने तो यहां तक लिख डाला है कि खदिर से सिद्ध यह तुवरक तेल शहद और घी मिलाकर खेर के अनुपान से लें और पक्षियों के मांस के शोरवे के भोजन पर रहें तो 200 वर्ष की आयु हो जाती है। इस उपचार के साथ ही 50 दिन तक इस तेल का नस्य भी लें तो शरीर पुष्ट होकर और धारणा-शक्ति पूर्ण होकर 300 बरस तक जीने की क्षमता हो जाती है :

सर्पिर्मधुयुतं पीतं तदेव खदिराम्बुना ।
पक्षिमांसरसाहारं करोति द्विशतायुषम् ॥
तदेव नस्ये पञ्चाशद्दिवसानुपयोजितम् ।
वपुष्मन्तं श्रुतिधरं करोति त्रिशतायुषम् ॥

सुश्रुतसंहिता, चिकित्सास्थान, अध्याय 13; 32-33.

सुश्रुत का यह वर्णन अतिशयोक्तिपूर्ण है। हमारी सम्मति में इससे केवल यही

समझना चाहिए कि खदिर क्वाथ के साथ संस्कार करके प्रयोग करने से तुवरक तेल का प्रभाव बढ़ जाता है। इसका कारण सम्भवतः यह है कि तेल से मिला हुआ यह ग्राही (एस्ट्रिंजेंट) क्रियाशील पदार्थ प्रभाव को त्वरित कर देता है। कुष्ठ दण्डाणु वसावान् (फ़ैटी) है। यदि ग्राही कषाय दण्डाणु की श्विति (एल्ब्युमिन) के साथ संयुक्त हो जाए और उसे अपनी वसा से वंचित कर दे तो प्रभाव स्पष्ट है।

गिरियों का प्रयोग

तेल सुलभ न हो तो गिरियों को सफल परिमाणों के साथ दिया जा सकता है। कुष्ठ और मधुमेह को नष्ट करने के लिए सुश्रुत तुवरक को परम उत्कृष्ट द्रव्य बताते हैं। अत्यन्त शक्तिशाली गिरियों को समुचित मात्रा में सेवन किया जाए तो ये मनुष्य की देह को शुद्ध कर देती हैं। वाग्भट्ट कुष्ठ रोगी को रसायन की विधि से गिरियों का सेवन करने की सिफ़ारिश करते हैं।

सामान्यतः बीजों को पीसकर 364 मिलीग्राम की गोलियां बना लेते हैं और दिन में 3 बार खिलाते हैं। उत्तरोत्तर बढ़ाकर इस परिमाण से 3-4 गुणा अधिक देने लगते हैं। कुछ वैद्य तो तब तक मात्रा बढ़ाते जाते हैं जब तक कि रोगी सहन कर ले। मतली आदि लक्षण पैदा होने पर मात्रा बढ़ाई नहीं जाती। सहने योग्य मात्रा तक पहुंचकर उसी पर स्थिर रहा जाता है। वेअरिंग (1875) लिखते हैं कि दवा खिलाने का यह सर्वोत्तम तरीक़ा है।

वाकुची, चित्रक, हल्दी, विडंग, तुवरक की गिरी, भिलावा और त्रिफला को कूटकर थोड़े गुड़ के साथ गोलियां बना लें। सब प्रकार के कुष्ठों में इन गोलियों को वाग्भट्ट खाने को देते हैं।

कर्मों के फलों के कारण होने वाले मेदोगत कुष्ठ को सुश्रुत ने उन लोगों के लिए याप्य बताया है जो पथ्य पर रह सकते हैं और चिकित्सा के लिए ख़र्च कर सकते हैं। इस कुष्ठ में शोधन और शिरोमोक्ष के अतिरिक्त रोगी को तुवरक का प्रयोग भी करना चाहिए :

तुवरकभल्लातकतैले उष्णे मधुरकषाये तिक्तानुरसे वातकफकुष्ठमेदो मेहकृमिप्रशमने उभयतोभागदोषहरे च।

सुश्रुतसंहिता, सूत्रस्थान, अध्याय 45; 122.

वर्षों तक इलाज करना चाहिए

डेविड कैम्पबेल (1934), कश्नी (1941) और अन्य लेखकों ने दिखाया है कि कोढ़ में चालमुग्रा या तुवरक के उपचारों का मूल्यांकन कठिन है। इसके 2 कारण हैं:

एक तो यह कि स्वभावतः ही यह रोग अतिशय चिरस्थायी प्रकृति का है तथा बीसियों बरस तक खिंच जाता है और दूसरे, यह तथ्य के अनेक उदाहरणों में रोग का स्वतः परिहार भी एक साधारण बात है —समुत्थान के कभी-कभी ऐसे उदाहरण भी देखे जाते हैं जिनमें कोई विशेष चिकित्सा नहीं की गई होती । संसार के विविध भागों में कार्य कर रहीं कुष्ट संस्थाओं के विवरण ने एक बात तो निस्संदेह प्रतिपादित कर दी है कि इन नवीन रीतियों अर्थात् चालमुग्रा और तुवरक तेल से व्युत्पन्नों के प्रयोग कतिपय उदाहरणों में रोग के अवरोध में विलक्षण प्रभाव रखते हैं और प्रारम्भावस्था के रोगियों में सम्भवतः आरोग्य भी करते हैं । संक्रान्त होने के पहले 6 महीने के भीतर ही यह इलाज कर लिया जाए तो रोगियों के पर्याप्त अनुपात को आरोग्य लाभ होता है । जबकि पुराने रोगियों में रोग का निवारण तो हो जाता है परन्तु आरोग्यता की प्रतिशतकता अल्प है । चिकित्सा अवश्य महीनों या सालों तक भी जारी रखनी चाहिए । ट्रिनिडाड कुष्ठालय (1889) में ऐसे रोगियों का विवरण मिलता है जिन्होंने लगातार 7 साल तक चालमुग्रा तेल का सेवन किया था । इन्हें अभी और अधिक समय तक इसके प्रयोग की आवश्यकता थी । कुष्ठ की चिकित्सा में चालमुग्रा और तुवरक के व्युत्पन्नों का स्थान अब सल्फोन्स (sulphones) ले रहे हैं । इन्हें मुख द्वारा बड़ी सुगमता से दिया जा सकता है ।

विविध रोगों की चिकित्सा में

त्वचा के रोग : चालमुग्रा और तुवरक की गिरियां त्वचा के रोगों में लाभ के साथ खिलाई जाती हैं । कुछ अड़ियल त्वग्रोगों मे बीजों को पीसकर घी में मिलाकर लेप करना बड़ा उपयोगी होता है । बीजों का चूर्ण कज्जली, मनःशिला आदि द्रव्यों को मिलाकर तमिलनाडु के वैद्य तुवरकादि लेप बनाते हैं जो त्वचा के अनेक रोगों में मरहम की तरह लगाया जाता है ।

क्षयी ग्रंथियां और व्रण

क्षयी कृमियों के कारण पैदा होने वाले व्रणों, नाड़ीव्रणों, अस्थिव्रणों और गण्डमाला आदि में यह तेल खाने और लगाने को दिया जाता है । क्षयी ग्रंथियों में चालमुग्रा के बीज लाभदायक परिमाणों के साथ खिलाए जाते हैं ।

फिरंग

फिरंग से संजटिल कुष्ठ में एक निर्मिति अवेनाइल दी जाती है । यह निर्मिति पारद-धूप संयुत तुवरक तेल (hydnocarpus oil with mercury-benzyl compound) है ।

आमवात

चालमुग्रा, तुवरक और *जिनोकार्दिआ* के बीज और तेल आमवात में खिलाने और स्थानीय प्रयोग करने से लाभ होता है।

शिराओं के फैल जाने में

सोडियम गाइनोकार्डेट का 5 प्रतिशत विलयन या चालमुग्रा तेल के क्षारातु साबुन का विलयन अपस्फीत-नीलाओं (varicose vein) में घनास्रता (थ्रौम्बोसिस) पैदा करने के लिए जारट्य कर्त्ता के रूप में प्रयुक्त होता है। इस प्रयोजन के लिए यह सोडियम मौर्हूएट के 5 प्रतिशत विलयन से उत्कृष्ट कहा जाता है। चालमुग्रा तेल के विलयन का 2 सी.सी. (2 c.c.) सूचिवेध देने से शिरा में लगभग 5 शतिमान की दूरी पर घनास्रता पैदा हो जाती है (ओश्नर)।

आंखों के रोगों में

बन्द सकोरों में गिरी को इस प्रकार जलाएं कि धुआं बाहर न निकले। प्राप्त भस्म में तिल का तेल, सैन्धव नमक और सुरमा मिलाकर अंजन बनाएं। इसे आंजने से शुक्लगत नेत्ररोग (पैल्ल्य), रतौंधी, काचक, नीली (कृष्णगत रोग) तथा तिमिर नष्ट होते हैं।

स्त्रियों के लिए

प्रसव के बाद बीजों का फाण्ट अपक्षालक प्रसेक (detergent douche) के रूप में बरता जाता है।

जातियां

हीदनोकार्पुस गण में लगभग 25 जातियां हैं जो पूर्वीय भारत से सुमात्रा और जावा तक देशीय हैं।

सात

भिलावा

सेमेकार्पुस अनाकार्दिउम लिनिअस
Semecarpus anacardium Linn.
कुल अनाकार्दिआसी Anarcardiaceae

पौधे का स्वरूप : यह मध्यम आकार का वृक्ष है, जिसमें से उग्र रस का काला निस्यंदन होता है। इसकी छाल खुरदरी, गहरे रंग की होती है और अनियमित टुकड़ों में उतरती रहती है।

पत्ते

बहुत बड़े, 18 से 60 सेण्टीमीटर लम्बे तथा 10 से 30 सेण्टीमीटर चौड़े और शाखाओं के सिरों पर संकुलित होते हैं। पत्राग्र तथा पत्राधार गोल होते हैं। पत्तों का ऊपर का पृष्ठ चमकीला तथा निचला पृष्ठ सफ़ेद और प्रायः रोमकावृत रहता है। मुख्य नाड़ी के 15 से 25 जोड़े होते हैं। पत्रवृन्त 1.2 से 3.8 सेण्टीमीटर लम्बे होते हैं। फ़रवरी-मार्च में पुराने पत्ते गिर जाते हैं। नये पत्ते मई में निकलते हैं।

फूल

भिलावे पर एकलिंगी तथा उभयलिंगी दोनों प्रकार के फूल लगते हैं जो प्रायः वृन्तविहीन होते हैं। फूल सफ़ेद-पीले-हरे-से वर्ण के होते हैं। शाखाओं के सिरों पर रोमकावृत (pubescent) बड़े संयुक्त एकवर्ध्यक्ष (panicles) पर गुच्छों में, मई से सितम्बर तक खिलते रहते हैं। 4 से 5 मिलीमीटर लम्बे, 2 मिलीमीटर चौड़े पुष्पदलों (petals) की संख्या 5 होती है। डिम्बाशय घने रोओं से आवृत्त रहता है। नर-पुष्प पृथक् वृक्ष पर उगते हैं। उभयलिंगी फूलों से ये छोटे होते हैं।

फल

अष्ठिफल (drupe) 2.5 सेण्टीमीटर लम्बा, तिरछा मुड़ा हुआ, हृदयाकार, दोनों पार्श्वों से चपटा, चिकना, चमकदार, कच्ची अवस्था में हरा और पकने पर काला होता है। कच्ची अवस्था में हरा तथा कठोर वृन्तफल (hypocarp) पकने पर नारंगी रंग

के नरम गूदेदार फल में परिणत हो जाता है। भिलावे की मूर्धा पर यह टोपी के रूप में चढ़ा होता है। दिसम्बर से मई तक फल पकते रहते हैं। इन दिनों वृक्ष पत्रविहीन रहता है। रुंड-मुंड शाख़ाओं के हिलाने से फल नीचे टपक पड़ते हैं।

बीज

बीज का आवरण या कवच 2 पत्तरों (lamina) से मिलकर बना होता है। अन्दर की पत्तर कठोर होती है। बाहर की पत्तर इतनी कठोर न होकर चर्मश होती है। इन

चित्र 19 भिलावा की फलदार शाखा

दोनों पत्तरों के बीच में वे कोष्ठ होते हैं जिनमें काला, दाहक रेज़िनी (resinous) रस रहता है जिसने भिलावे को चिरकाल से प्रसिद्ध कर रखा है। कच्चे भिलावों में यह रस हलके दूधिया रंग का होता है। पूर्णतः पक जाने पर काला हो जाता है।

गोंद

छाल में किये गये घावों से मैली दीखने वाली, भूरी-सी, मृदु गोंद प्राप्त होती है। यह मुख में रखने से धीरे-धीरे घुल जाती है। इसका कोई विशेष स्वाद नहीं होता।

अधिक फल प्राप्त करना

बहुत छोटी आयु में ही यह वृक्ष फल देना शुरू कर देता है। 1 वर्ष की आयु के स्थूण-प्ररोहों में लगे बीजों की परीक्षा की गई और उन्हें उर्वित पाया गया। 2-3 वर्ष की आयु के स्थूल-प्ररोहों को ख़ूब फल धारण करते हुए देखा गया है। इसलिए, यदि व्यापार में फलों की मांग अधिक हो तो स्थूण वन-पद्धति से पैदा करके मांग की पूर्ति के प्रयत्न किये जा सकते हैं।

मौसम का प्रभाव

भिलावे के नये पौधे अधिकतर पाले को सहन नहीं कर पाते। परन्तु, पाले के बुरे प्रभाव से स्वस्थ होने की शक्ति इनमें अच्छी है। इस वृक्ष में छाया को सहन करने की क्षमता साधारण है, इसलिए इन्हें खुली जगहों पर रोपना चाहिए।

संग्रह करना

औषध के लिए उपयोगी, उत्तम भिलावे वे हैं जो चोट खाये हुए न हों, कीड़ों से खाये हुए न हों, रोग-ग्रस्त न हों, रस तथा वीर्य से भरपूर हों और जिनमें पके हुए जामुन फलों जैसी चमक हो। भली भांति पक जाने पर चैत्र या वैशाख महीने में इन्हें संग्रह कर जौ के ढेर में या उड़द के ढेर में रख देना चाहिए। 4 महीने इसी तरह पड़ा रहने दें। फिर मार्गशीर्ष या पौष में इनका प्रयोग आरम्भ करना चाहिए।

प्राप्ति-स्थान

उपहिमालयी प्रदेश (sub-Himalayan tract) में, व्यास से पूर्व की ओर ऊपर जाएं तो बाहरी पहाड़ियों पर 1,067 मीटर तक, बंगाल, सिक्किम, असम, खासिया पहाड़ियां चटगांव, मध्य भारत, वीरभूमि, हज़ारीबाग़, कटक, हुगली, हावड़ा, चौबीस परगना, बिहार, छोटा नागपुर, गुजरात, कोंकण, दक्षिण महाराष्ट्र, कन्नड़ और तमिलनाडु के सभी ज़िलों के पर्णपाती वनों (deciduous forests) में भिलावे के वृक्ष पाये जाते हैं। सामान्यतः भारत के गरम भागों में सर्वत्र इसके वृक्ष मिल जाते हैं। पूर्वीय द्वीपपुंज (archipelago) और उत्तरी औस्ट्रेलिया में भी यह वृक्ष पाया जाता है।

विविध भाषाओं एवं स्थानों में नाम

अंग्रेज़ी : मार्किंग नट ट्री (marking nut tree)।
अरबी : बलाजुर, हब्बुल, कल्ब।
इटली : सेमिकार्पो द' ओरिएण्टे।

उड़िया : भोल्ला-तोली, भोल्लिआ, भिल्लिया ।
कच्छ : भि लामा ।
कन्नड़ : अग्निमुखी, केरू, केरूबीज, करीघोरू, गेरकई, गेरू, गेरूबीज, गोड्डुगेरू, घेरू, भल्लातक ।
कश्मीर : बिलावा ।
कुमाऊंनी : भल्या, भल्यावा ।
गुजराती : भिजामो, भिलामु ।
जर्मन : तिन्तिन्बांम ।
तमिल : उदनशनम्, कलगम्, कवग, कृमुगी, तगिलिमा, तेन्बारई, पल्लम, पल्लीक्कई, विन्गि, विरसगी; शयरंग, शइंग, शेन्कोट्टई, शेरनकोट्टई, से, सेरन, सिन्दुरम्, सोम्बलम ।
तुर्की : बलादुर आग ।
तुलु : जेरकई, तेरे ।
तेलुगु : गुदोवा, जीडी, जीरी, तुम्बेदाम मीडी, नल्लजीडी, नल्लजेडी, भल्लातमु, भल्लातकी ।
पंजाबी : भिलावा ।
फ़ारसी : बिलादुर ।
फ्रेंच : नायक्स दे-मारेस ।
बंगाली : भेला ।
मराठी : बिब्बा ।
मलयालम : कम्पीरा, चक्कुर, चेर, चेरक्कोट, चेरकोट्ट, चोरक्कुरु, थेनकोट्ट, शेन्बीरी ।
म्यांमार : च्यायबेंग खिसी ।
सिंहाली : किरिबदुल ।
हिन्दी : भिलावा ।

संस्कृत में नाम और पर्याय

वनस्पतिशास्त्र के निघण्टुओं में भिलावा के कुल 32 नाम आए हैं। धन्वन्तरि-निघण्टु (वीं शती) में 10, राजनिघण्टु (12वीं शती) में 16, मदनपालनिघण्टु (1374 सन्) में 9, कैयदेवनिघण्टु (1450 सन्) में 10 और भावप्रकाशनिघण्टु (1550 सन्) में 8 नाम और पर्याय निम्नलिखित श्लोकों में आए हैं :

भल्लातकः स्मृतोऽरुष्को दहनस्तपनोऽग्निकः ।

अरुष्करो वीरतरुर्भल्लातोऽग्निमुखो धनुः ॥

धन्वन्तरिनिघण्टु, चन्दनादिवर्ग 3; 128.

भल्लातकोऽग्निर्दहनस्तपनोऽरुष्करोऽनलः ।
क्रिमिघ्नस्तैलवीजश्च वातारिः स्फोटबीजकः ॥
पृथग्वीजो धनुर्वीजो भल्लातो वीजपादपः ।
वह्निर्वरतरुश्चेति विज्ञेयः षोडशाह्वयः ॥

राजनिघण्टु, आम्रादिवर्ग 11; 66-67.

भल्लातको नभोवल्ली वीरवृक्षोऽग्निवक्रकः ।
आरुष्करस्तथा रूक्षस्तपनोऽग्निमुखी धनुः ॥

मदनपालनिघण्टु, हरीतक्यादिवर्ग 1; 280.

अरुष्करो वीरतरुर्भल्ली भल्लातकोऽनलः ।
व्रणकृत् स्फोटहेतुः स्यादरुष्कोऽग्निमुखी दनुः ॥
भल्लातकस्य त्वङ् मांसमरुष्करनिबन्धनम् ।
भल्लातवल्कलं ज्ञेयमरुष्ककुसुमं तथा ॥

कैयदेवनिघण्टु, ओषधिवर्ग 1; 494-495.

भल्लातकं त्रिषु प्रोक्तमरुष्कोऽरुष्करोऽग्निकः ।
तथैवाग्निमुखी भल्ली वीरवृक्षश्च शोफकृत् ॥

भावप्रकाशनिघण्टु, हरीतक्यादिवर्ग 1; 228.

इन श्लोकों के अन्तर्गत लिखे गए नाम-पर्यायों को नीचे तालिका में दिया जा रहा है जिससे पाठक सुगमता से उनका तुलनात्मक अध्ययन कर सकें :

धन्वन्तरिनिघण्टु (8वीं शती)	राजनिघण्टु (12वीं शती)	मदनपालनिघण्टु (1374 सन्)	कैयदेवनिघण्टु (1450 सन्)	भावप्रकाशनिघण्टु (1550 सन्)
	1 अग्नि			
1 अग्निक				1 अग्निक
2 अग्निमुख				
		1 अग्निमुखी	1 अग्निमुखी	2 अग्निमुखी
		2 अग्निवक्रक		
	2 अनल		2 अनल	
3 अरुष्क			3 अरुष्क	
4 अरुष्कर	3 अरुष्कर		4 अरुष्कर	4 अरुष्कर
		3 आरुष्कर		
	4 क्रिमिघ्न			

5 तपन	5 तपन	4 तपन		
	6 तैलवीज			
			5 दनु	
6 दहन	7 दहन			
7 धनु		5 धनु		
	8 धनुर्वीज			
		6 नभोवल्ली		
	9 पृथक्वीज			
8 भल्लात	10 भल्लात			
9 भल्लातक	11 भल्लातक	7 भल्लातक	6 भल्लातक	5 भल्लातक
			7 भल्ली	6 भल्ली
		8 रूक्ष		
	12 वरतरु			
	13 वह्नि			
	14 वातारि			
	15 वीजपादप			
10 वीरतरु			8 वीरतरु	
		9 वीरवृक्ष		7 वीरवृक्ष
			9 व्रणकृत	
				8 शोफकृत्
	16 स्फोटवीजक			
			10 स्फोटहेतु	

संस्कृत के नाम और पर्यायों के अर्थ

वनस्पतिशास्त्र के निघण्टुओं के साथ-साथ जामनगर से प्रकाशित चरकसंहिता में भिलावा के 31 नाम दिए हैं जिनमें से 13 इन निघण्टुओं में नहीं आए हैं। निघण्टुशास्त्रों में तथा अन्यत्र उल्लिखित संस्कृत के नाम तथा पर्यायों के अर्थ यहां दिये जा रहे हैं:

परिचयबोधक नाम :

तैलबीज : बीजों में स्निग्ध तेल (तैल) निकलता है।
धनु : धनुष की तरह मुड़े हुए बीजों वाला वृक्ष।
धनुर्वीज : देखिए धनु।
धनुर्वृक्ष : देखिए धनु।
धनुष : देखिए धनु।
पृथक्वीज : उपयोगी बीजों वाला वृक्ष।

वीजपादप : देखिए पृथक्वीज।
शैलबीज : शिला के समान बीज, जो काले और कठोर होते हैं।
स्नेहबीज : बीजों में से स्निग्ध तेल (स्नेह) निकलता है।

गुणप्रकाशक नाम :

अग्नि : आग सदृश।
अग्निक : मानो आग से भरा हुआ है।
अग्निमुख : फल के मुख से अग्नि के समान उग्र दाह निकलता है।
अग्निवक्रक : आग सदृश दाह पैदा करने वाला वक्र फल, तपन तपाने वाला वृक्ष।
अनल : देखिए अग्निक।
अरुष्क : व्रणकारक।
अरुष्कर : व्रणकारक।
आरुष्कर : व्रणकारक।
कृमिघ्न : कृमिनाशक।
तपन : ताप पैदा करने वाला।
दनु : दानव, राक्षस।
दहन : दाह पैदा करने वाला।
निर्दहन : देखिए दहन।
भल्लात : भाले के घाव के समान व्रण पैदा कर देने वाला।
भल्लातक : देखिए भल्लात।
भल्लातकी : देखिए भल्लात।
भल्लिका : देखिए भल्लात।
भल्ली : भाले के घाव के समान व्रण पैदा कर देने वाला।
भूतनाशक : जीवाणुओं का नाशक।
भूतनाशन : जीवाणुओं का नाशक।
महातीक्ष्ण : जिसका स्वाद बहुत (महा) कसैला (तीक्ष्ण) होता है।
रक्तहर : रक्त-दोष को हरण (हर) करने वाला वृक्ष।
रूक्ष : रूक्षता पैदा करने वाला।
वरतरु : महान् (वर) वृक्ष (तरु)।
वह्नि : दाहक (वह्नि) गुणों वाला।
वह्निनामा : दाहक (वह्नि) गुणों वाला।
वातारि : वायु (वात) के रोगों का दुश्मन (अरि)।
वीरतरु : आत्मरक्षा के लिए आक्रान्ता को वीरता (वीर) से हानि पहुंचाने वाला वृक्ष (तरु)।

वीरवृक्ष : देखिए वीरतरु।
व्रणकृत : व्रण पैदा (कृत) कर देने वाला।
शोथहृत् : शोथ को नाश (हृत्) करने वाला वृक्ष।
शोफकृत् : शोफ पैदा (कृत) कर देने वाला।
स्नेहबीज : तेल (स्नेह) पैदा करने वाले बीज वाला वृक्ष।
स्फोटबीजक : स्फोट पैदा करने वाले बीजों वाला (बीजक) वृक्ष।
स्फोटहेतु : स्फोट पैदा कर देने वाला।

गुण

आयुर्वेद के लेखकों ने भिलावे के वृन्त, फल, गुठली या मज्जा के गुणों का अलग-अलग प्रतिपादन किया हैं। इसके अतिरिक्त अनेक लेखक भिलावे के गुणों को सामान्य रूप से एकत्र दिखाते हैं। भिलावे के विविध अंगों के गुण पृथक्-पृथक् दिखाने के साथ-साथ सामान्य रूप से भिलावे के गुण दिखाने का अभिप्राय सम्भवतः यह है कि ये गुण वृक्ष के पत्र, पुष्प, त्वक्, फल आदि प्रायः सभी अंगों में विद्यमान हैं। संस्कृत लेखकों के अनुसार ही हम इस प्रकरण में पहले भिलावे के समस्त अंगों के सामान्य गुण और तत्पश्चात् प्रत्येक अंग के पृथक्-पृथक् गुण दे रहे हैं।

सामान्य गुण

यह कषाय तथा मधुर रसयुक्त, तीक्ष्ण, उष्ण वीर्य, वाजीकर, वीर्यवर्धक, लघुपाक, कटु, दीपन, ग्राही, स्वेदजनन, अनुलोमन, यकृद् उत्तेजक, मूत्रजनन, चेतासंहति (nervous system) के लिए उद्दीपक, रक्ताभिसरण करने वाला, श्लेष्म निस्सारक, रस ग्रंथियों के लिए उत्तेजक, आमनाशक, रक्त के श्वेत कणों को बढ़ाने वाला और रसायन है। वातकफ, अफ़ारा, अग्निमान्द्य, संग्रहणी, गुल्म आदि उदर रोग, सफ़ेद कुष्ठ, त्वचा के विविध रोग, बवासीर, शोथ, कास, ज्वर, कृमियों द्वारा उत्पन्न विविध रोग और व्रणों को यह ठीक करता है। सुश्रुत की सम्मति से यह रक्तपित्तहर है और शरीर में दाह को शान्त करता है। कैयदेव (1450 सन्) ने भी इसे शीतल बताया है। धन्वन्तरि (8वीं शती), भावमिश्र (1550 सन्) तथा मदनपाल (1374 सन्) ने इसे वातश्लेष्मनाशक और नरहरि (12वीं शती) ने कफवातनाशक बताया है। कैयदेव इसे पित्तकफनाशक और वायुकारक बताते हैं। नरहरि ने इसे मूत्र तथा प्रजनन संहति के रोगों (मेह) को दूर करने वाला भी माना है :

भल्लातः कटुतिक्तोष्णो मधुरः कृमिनाशनः।
गुल्मार्शोग्रहणीकुष्ठान् हन्ति वातकफामयान् ॥
धन्वन्तरिनिघण्टु, चन्दनादिवर्ग 3; 129.

भल्लातकः कटुस्तिक्तः कषायोष्णः क्रिमीञ्जयेत्।
कफवातोदरानाहमेहदुर्नामनाशनः ॥
राजनिघण्टु, आम्रादिवर्ग 11; 68.

भल्लातकः कषायोष्णः शुक्रलो मधुरो लघुः।
वातश्लेष्मोदरानाहकुष्ठार्शोग्रहणीगदान्।
हन्ति गुल्मज्वरश्वित्रवह्निमान्द्यकृमिव्रणान् ॥
मदनपालनिघण्टु, हरीतक्यादिवर्ग 1; 281.

भल्लातको लघुस्तिक्तः कषायो मधुरो हिमः।
ग्राही पाके कटुः पित्तकफाम्रघ्नोऽनिलप्रदः ॥
कैयदेवनिघण्टु, ओषधिवर्ग 1; 496.

भल्लातकः कषायोष्णः शुक्रलो मधुरो लघुः।
वातश्लेष्मोदरानाहकुष्ठार्शोग्रहणीगदान् ॥
हन्ति गुल्मज्वरश्वित्रवह्निमान्द्यकृमिव्रणान् ॥
भावप्रकाशनिघण्टु, हरीतक्यादिवर्ग 1; 232.

भिलावे के वृक्ष की छाल, फूल और फल रोग निवारण के लिए प्रयोग किये जाते हैं:

भल्लातस्य फलं कषायमधुरं कोष्णं कफातिश्रमश्वासानाहविबन्ध शूलजठराध्मानक्रिमिध्वंसनम्।
राजनिघण्टु, आम्रादिवर्ग 11; 69.

भल्लातकस्य त्वङ् मांसमरुष्करनिबन्धनम्।
भल्लातवल्कलं ज्ञेयमरुष्क्कुसुमं तथा ॥
भल्लातकफलं पक्वं स्वादुपाकरसं गुरु।
विष्टंभि बृंहणं रूक्षं हिमं वातबलासकृत् ॥
शुक्रलं दुर्जरं बल्यं रक्तपित्तविनाशनम्।
कैयदेवनिघण्टु, ओषधिवर्ग; 1; 495,497,498.

फल के गुण

भिलावे का पका फल विपाक में मधुर-कषाय तथा कटु रसयुक्त, तीक्ष्ण, स्निग्ध, उष्ण-वीर्य, लघु जठराग्नि को उद्दीप्त करने वाला, भोजन को पचाने वाला, अफारे को

दूर करने वाला, ग्रहणी, वायुगोला (गुल्म) आदि उदर रोगों को नष्ट करने वाला है। यह मल का भेदन करता है। जमे हुए दोषों को उखाड़कर निकाल देता है। धारण-शक्ति को बढ़ाता है। ज्वर, शोफ, ऐंटन (उदावर्त), मूत्र तथा उत्पादक संहति के रोग (प्रमेह) बवासीर, कृमि, त्वचा के विविध रोग, व्रण तथा कफ और वात के रोगों को नष्ट करता है। नरहरि ने भिलावे के फल को कुछ गरम बताया है। उनके अनुसार यह श्रमहर, मलबन्ध-निवारक तथा श्वास के कष्टों को दूर करने वाला है :

भल्लातकफलं पक्वं स्वादुपाकरसं गुरु।
कषायं पाचनं स्निग्धं तीक्ष्णोष्णं छेदि भेदनम्।
मेध्यं वह्निकरं हन्ति कफवातव्रणोदरम्।
कुष्ठार्शोग्रहणीगुल्मशोफानाहज्वरकृमीन्॥

कैयदेवनिघण्टु, ओषधिवर्ग 1; 497,499,500.

गुठली की गिरी

भिलावे की गुठली की मींगी मधुर रस युक्त, धातुओं को पुष्ट करने वाली, पौरुष बढ़ाने वाली तथा वात और पित्त को दूर करने वाली है। चरक ने गुठली को अग्नि के समान तीक्ष्ण बताया है। कैयदेव ने गुठली के गुण विस्तार से लिखे हैं। उनके अनुसार यह मधुर, किंचित् कसैली, कटुपाक रस, तीक्ष्ण, गरम, स्निग्ध, दोषों का छेदन करने वाली, मलों का भेदन करने वाली, अग्निदीपक, पाचक, अफारा उतारने वाली, गुल्म, ग्रहणी और पेट के रोगों का निवारण करने वाली, ज्वरनाशक, कृमिनाशक, व्रण को ठीक करने वाली, कुष्ठ, शोफ और अर्श में हितकर, कफ और वात-विकारों को दूर करने वाली और मेधाजनक है। नरहरि इसे शारीरिक क्षीणता और दाह को शान्त करने वाली तथा अरुचि दूर करने वाली मानते हैं :

तस्यास्थि मधुरं तिक्तं कटुपाकरसं लघु॥
कषायं पाचनं स्निग्धं तीक्ष्णोष्णं छेदि भेदनम्।
मेध्यं वह्निकरं हन्ति कफवातव्रणोदरम्॥
कुष्ठार्शोग्रहणीगुल्मशोफानाहज्वरकृमीन्।

कैयदेवनिघण्टु, ओषधिवर्ग 1; 498-500.

तन्मंज्जा च विशोषदाहशमनी पित्तापहा तर्पणी
वातारोचकहारिदीप्तिजननी पित्तापहा त्वञ्जसा॥

राजनिघण्टु, आम्रादिवर्ग 11; 69.

तन्मज्जा मधुरो वृष्यो बृंहणो वातपित्तहा॥

कैयदेवनिघण्टु, ओषधिवर्ग 1; 500.

तन्मज्जा मधुरा वृष्या बृंहणी वातपित्तहा।
भावप्रकाशनिघण्टु, हरीतक्यादिवर्ग 1; 231.

वृन्तफल के गुण

फल के नीचे का वृन्त मोटा, फूला हुआ, गूदेदार होने से फल के समान दीखता है। अन्य फलों के समान इन वृन्तों को खाया जाता है। चरक, भावमिश्र, राजवल्लभ आदि लेखकों ने इसके गुण इस प्रकार बताये हैं—यह स्वादिष्ट है, मिठास के साथ इसमें कुछ कसैलापन भी रहता है। यह शरीर में बल और शीतलता पहुंचाता है। शुक्र बढ़ाता है। राजवल्लभ और कैयदेव इसे देर से पचने वाला, उदर में गुड़गुड़ाहट पैदा करने वाला मानते हैं। राजवल्लभ इसे वात को प्रकुपित करने वाला और रक्तपित्त-प्रकोपक समझते हैं। भावमिश्र का अनुभव इससे भिन्न है। वे इसे पित्तनाशक, जठराग्नि को बढ़ाने वाला और बालों के लिए हितकर भी मानते हैं। कैयदेव ने भल्लातक फल के नाम से जिसके गुण लिखे हैं वह वृन्त फल प्रतीत होता है। वे इसे रूक्ष और रक्तपित्तनाशक बताते हैं :

वृन्तमारुष्करं स्वादु पित्तघ्नं केश्यमग्निकृत्॥
भावप्रकाशनिघण्टु, हरीतक्यादिवर्ग 1; 231.

अमृत कल्प

महर्षि चरक कहते हैं कि भिलावे यद्यपि अग्नि के समान बहुत तीक्ष्ण प्रभाव करने वाले हैं और शरीर को पका तक डालते हैं परन्तु विधिपूर्वक प्रयुक्त किये जाएं तो ये अमृत का कार्य करते हैं और मेधा को बढ़ाते हैं। भिलावा शीघ्र ही, सामान्य रक्त संचार में मिलकर शरीर के सब अवयवों के लिए उद्दीपन का कार्य करता है। थोड़ी मात्रा में लेते रहने से यह चयापचय (मेटाबौलिज़्म) की प्रक्रिया को सुधारता है जिससे यह रसायन द्रव कहा जाता है। अगस्त्य मुनि द्वारा कल्पित अमृतभल्लातक नामक निर्मिति की उपयोगिता दिखाते हुए गोविन्ददास ने इसे असाधारण मेधाजनक और सिंह के समान तेजस्वी बनाने वाला बताया है। अमृतभल्लातक रसायन के सेवन से बुद्धि का सब विषयों में अव्याहत प्रवेश हो जाता है। अल्प बुद्धि वाला मनुष्य भी इसका विधिवत् सेवन करने से विशाल ग्रंथों को पढ़ने की योग्यता प्राप्त कर लेता है; विशाल ग्रंथों में वर्णित पुनरुक्ति दोषों को वह झट पकड़ लेता है। इस रसायन की कृपा से मनुष्य बृहस्पति से भी अधिक बुद्धि सम्पन्न हो जाता है। इन सब रसायनों के सेवी की इन्द्रियां ऐसी हृष्ट-पुष्ट और तेजस्वी दीखती हैं जैसे कि सोने के ढेर से बनी मूर्ति चमक रही हो। गिरे हुए दांत फिर निकल आते हैं। स्वर भौरों की मीठी बोली को मात करने लगता है। बल में वह

हाथियों को पछाड़ देता है। घोड़े उसके वेग का मुक़ाबला नहीं कर सकते। इस रसायन को बनाने की विधि यहां दी जाती है।

अमृत भल्लातक

वृक्ष पर से तोड़कर इकट्ठे किये हुए ताज़े पके भिलावे 5.696 ग्राम लेकर ईंट के चूर्ण से रगड़कर जल से धो लें और सुखा लें। सूख जाने पर प्रत्येक भिलावे के 2 टुकड़े करके 25.200 लीटर पानी में पकाएं। चौथाई (6.375 लीटर) पानी शेष रहने पर आंच देना बन्द कर दें। ठण्डा होने पर छान लें। इसे 6.375 लीटर दूध में पकाएं, कौंचे से चलाते जाएं। चौथाई शेष रहने पर उतार लें। इसे 6.375 लीटर घी में हलकी आंच पर भूनें। 3.125 किलोग्राम खांड मिलाकर 7 रात पड़ा रहने दें। रखे रहने पर भी इसमें कुछ परिवर्तन होते रहते हैं जिससे औषध अधिक वीर्यवान् बन जाती है।

मात्रा : 10 से 12 ग्राम।

सेवन विधि : प्रातःकाल शुद्ध होकर सन्ध्या-वन्दन करने के बाद शरीर के बल के अनुसार योग्य मात्रा में इसे खाना चाहिए।

पथ्य : इस रसायन के निर्माता अगस्त्य ऋषि की सम्मति में अमृतभल्लातक का सेवन करते हुए कुछ विशेष परिहार्य नहीं है। देशाटन में जब धूप आदि में भी चलना पड़ता है तब इस रसायन का सेवन किया जा सकता है। इसी तरह खान-पान में और मैथुन में भी कुछ त्याज्य नहीं है। अपनी प्रवृत्ति और आवश्यकतानुसार आहार-विहार करना चाहिए।

रसायन

रसायन के रूप में सुश्रुत ने भिलावे का प्रयोग किया है। व्रणों में भिलावे की उपयोगिता को दिखाते हुए हमने जो प्रयोग दिया है उस विधि के द्वारा भिलावे से चुआये हुए तेल को प्रातःकाल 12 ग्राम की मात्रा में सेवन किया जा सकता है। मुखगह्वर और ओठों को पहले घी से आसिक्त कर लेना चाहिए। औषध पच जाने पर दोपहर को घी और दूध के साथ खाना चाहिए।

भिलावे की मज्जा से निकाले तेल को भी सुश्रुत बहुत उपयोगी रसायन मानते हैं। वे कहते हैं कि वमन-विरेचन आदि से शरीर शुद्ध करके, पेया-विलेपी आदि का क्रम सेवन करके बल के अनुसार 1/2 पल से 2 पल तक मज्जा का तेल पी लें। ऐसे मकान में रहें जहां बहुत तेज़ हवाओं के झोंके व्यथित न करते हों। स्नेह के पच जाने पर दूध, घी और चावल खायें। एक मास तक इसी विधि से स्नेह का सेवन करें। उसके बाद स्नेह तो बन्द कर दें परन्तु भोजन में उसी तरह दूध, घी और चावल खाकर 3 मास तक रहें।

इस प्रयोग से मनुष्य सब रोगों से मुक्त हो जाता है, बलवान् बनता है, उसका रंग निखर जाता है, सुनने की शक्ति बढ़ जाती है, उसकी बुद्धि विषयों को झट ग्रहण कर लेती है और उसकी धारण-शक्ति बढ़ जाती है। यदि वह स्वास्थ्य के नियमों का पालन करता

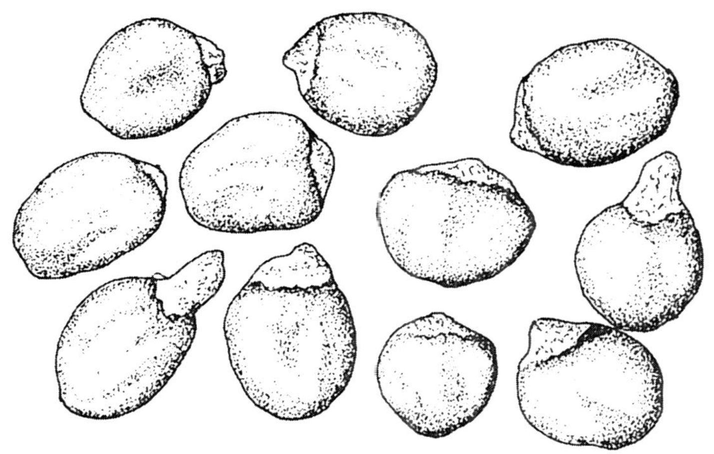

चित्र 20 बाज़ार में मिलने वाले भिलावे के फल

हुआ जीवन बिताए तो 1 मास के स्नेह प्रयोग से सौ साल की आयु प्राप्त कर लेता है। सुश्रुत ने तो इसके लाभों का अतिशयोक्ति से बखान करते हुए यहां तक लिख दिया है कि हर 100 बरस में यदि 1 बार यह प्रयोग कर लिया जाए तो 10 बार अर्थात् 10 मास के प्रयोग से 1,000 वर्ष की आयु हो जाती है (सुश्रुत., अर्शचिकित्सा, अध्याय; 1)।

चरक ने 1,000 भिलावों के प्रयोग का वर्णन रसायन के लिए किया है। वे रोगी को पहले कुछ दिनों तक स्निग्ध, मधुर और शीतल आहार पर रखकर शरीर का संस्कार कर लेते हैं। तब, निम्नलिखित विधि से सेवन कराते हैं :

प्रारम्भ में 10 भिलावों को कुचलकर 8 गुणे जल में अच्छी तरह पकाएं। 8वां भाग पानी बचने पर छान लें। गाय के दूध के साथ इस कषाय को पी लें। पीने से पूर्व मुख को अन्दर से गाय के घी के द्वारा आसिक्त कर लें। इसके लिए 1 घूंट घी पी लिया जाता है। 10 भिलावे से आरम्भ करके प्रतिदिन एक-एक भिलावा बढ़ाते हुए 30 की संख्या तक आ जाएं। 30 भिलावे से अधिक का प्रयोग निषिद्ध है। उसके बाद 1-1 भिलावा घटाते हुए दस तक पहुंच जाएं। इस प्रकार 1,000 भिलावों का प्रयोग करें। इससे अधिक भिलावों का सेवन नहीं करना चाहिए।

प्रातः सेवन किया हुआ यह रसायन जब पच जाए तब शालि या साठी के चावलों में घी और दूध डालकर खाएं। प्रयोग के पश्चात् कुछ दिनों तक दिन में 2 बार दूध अवश्य पीना चाहिए। इसके प्रयोग से पुरुष बुढ़ापे के प्रभावों से बचा रहकर सौ बरस तक जीवन का आनन्द उठाता है (चरक., चिकित्सास्थान 1, प्राणकामीय रसायनपाद 2; 13)।

उष्ण प्रकृति वाले व्यक्तियों को तथा उष्णकाल व पैत्तिककाल में इस भल्लातक क्षीर का प्रयोग नहीं करना चाहिए।

अष्टाङ्गसंग्रह (626 ईस्वी पश्चात्) के टीकाकार इन्दु के मतानुसार इस प्रयोग का विधान इस प्रकार है : प्रथम 10 भिलावे, दूसरे दिन 11 तथा तीसरे दिन 12। इस प्रकार प्रतिदिन 1 बढ़ाते हुए 20वें दिन 29 भिलावों का प्रयोग होता है। इनकी एकत्र गणना करने से 20वें दिन तक 390 भिलावे सेवन किये जा चुके होते हैं। 21 दिन 30 भिलावे। 30 भिलावों से अधिक प्रयोग कराने का निषेध है और 1000 संख्या पूर्ण होनी चाहिए। अतः 27वें दिन तक प्रतिदिन 30-30 भिलावों का प्रयोग कराएं। 28वें दिन 39 भिलावे, 39वें दिन 28 और 30वें दिन 27। इस प्रकार क्रमशः 1-1 घटाते जाएं तो 47वें और 48वें दिन भी 10-10 भिलावों का प्रयोग होगा। इस प्रकार 390+210+390+10=1000 भिलावे पूर्ण हो जाते हैं।

प्रतिदिन लगातार 1 भिलावे की वढ़ती और पुनः क्रमशः 1 की घटती करने पर 1,000 की संख्या पूरी नहीं होती। 20वें दिन तक क्रमशः एक-एक बढ़ाने से 390 भिलावे होते हैं। 21वें दिन 30। इसके बाद 20 दिन तक क्रमशः घटाने से 41वें दिन 10 का प्रयोग होता है। इन 20 दिनों के भी 390 होते हैं। इसके पश्चात् क्रमशः बढ़ाते हुए 53वें दिन 22 भिलावों का प्रयोग होता है। इन 12 दिनों के भिलावों की संख्या 19 होती है। अतः कुल मिलाकर 390+30+390+19=100 संख्या होती है। इस प्रकार यह क्रम भी पूर्ण नहीं होता और इसमें 8 भिलावे अधिक भी हैं। यदि क्रम में 22वें दिन भी 30 भिलावों का प्रयोग हो तो 24 वें दिन पुनः 10-10 भिलावों के प्रयोग की बारी आएगी और यदि पुनः 43 वें दिन भी 10 का ही प्रयोग कराया जाए तो पुनः बढ़ाते हुए 3 वें दिन 10 भिलावों का प्रयोग होगा। इन 10 दिनों के भिलावों की संख्या का योग 1 होता है। इस प्रकार कुल मिलाकर 390+30+30+390+10+1=100 भिलावे होते हैं। इसमें भी पूर्ववत् क्रम पूर्ण नहीं होता और 5 भिलावों का प्रयोग अधिक होता है।

अष्टांङ्गसंग्रह के अनुसार भल्लातक प्रयोग के पश्चात् जितने काल तक भल्लातक प्रयोग किया गया है उससे तिगुने काल पीछे तक दूध और शालि व साठी के चावलों का आहार करना चाहिए।

आजकल के क्षीणवल व्यक्तियों के लिए भिलावे को इन मात्राओं में देना व्यवहार्य

नहीं है। इतनी बड़ी मात्राओं में वे भिलावे को सहन नहीं कर सकेंगे। उनके बल के अनुसार अल्प मात्राओं में, साधारणतः 121 से 364 मिलीग्राम की मात्राओं में भिलावा देना हितकर होगा।

भल्लातक क्षौद्र

भिलावों के छोटे-छोटे टुकड़े करके एक घड़े में भर दें। घड़े के तल में छेद हो। भूमि में एक गड्ढा खोदकर उसमें एक अन्य घडा रख दें। इस घड़े के अन्दर की सतह चिकनी हो और उस पर घी का लेप कर दिया गया हो। इसकी पेंदी में छिद्र नहीं होना चाहिए। इसके ऊपर भिलावों का घड़ा इस प्रकार टिका दें कि पेंदी का छिद्र निचले घड़े के मुख के ऊपर ही रहे। दोनों की सन्धि को कपड़-मिट्टी से वन्द कर दें। निचले घड़े के चारों ओर के गड्ढे को मिट्टी से भर दें। ऊपर के घड़े के मुख पर मिट्टी की तश्तरी रखकर कपड़-मिट्टी कर दें। इस घड़े को बाहर से चिकनी काली मिट्टी के द्वारा लीप दें। अब इसके चारों ओर गौ के उपले चिनकर आग लगा दें। गरमी के प्रभाव से भिलावों का रस व तेल चू-चूकर निचले घड़े में टपकता जायेगा। आग शान्त हो जाने पर भिलावे के रस को निकाल लें, रस से दुगुना घी और 8वां भाग शहद मिलाएं।

1 से दो 2 की मात्रा में इस भल्लातक क्षौद्र निर्मिति की रसायन का लाभ चाहने वाले सेवन करें। अन्य रसायनों के समान ही चरक ने इसके लाभ लिखे हैं और इसे सेवन करने वाले को सौ बरस तक बुढ़ापा नहीं सताता।

भल्लातक तेल

भल्लातक क्षौद्र में प्रतिपादित विधि से निकाला हुआ भिलावे का तेल 11.936 लीटर लें। इसे 48 लीटर गौ के दूध में मिलाएं। 24 ग्राम मुलहठी का कल्क डालकर विधिपूर्वक तेल पकाएं। इस तेल में फिर उतना ही दूध और मुलहठी का कल्क डालकर पकाएं। इस तरह 100 वार तेल को पकाएं। इसके गुण और प्रयोग भल्लातक क्षौद्र के समान हैं।

भल्लातक धृतप्राश

डाल पर पककर पुष्ट हुए और स्वतः ही टपके हुए 5.916 किलोग्राम भिलावों को ईंटों के चूरे में रगड़ें। पानी से धोकर छाया में सुखा लें। इनके छोटे-छोटे टुकड़े कर 25 लीटर पानी में पकाएं। चौथाई पानी वचने पर कपड़े में छान लें। इसमें 25 लीटर गौ का दूध और 5.916 किलोग्राम गाय का घी मिलाकर पकाएं। पानी का अंश उड़ जाने पर घी को छान लें। इसमें आधा भाग खांड डालकर घी का लेप की हुई हांडी में रख दें। 7 दिन तक धान के ढेर में इसे गाड़े रखें।

मात्रा : 1/2 ग्राम ।

निर्देश : वाग्भट कहते हैं कि इसके सेवन से व्यक्ति स्मृति, बुद्धि, मेधा, बल तथा सत्त्व से युक्त होता है । उसके शरीर का रंग निर्मल और गौर हो जाता है । वह दीर्घ आयु को प्राप्त करता है ।

अनुपान : पानी, दूध, मांस-रस या यूष ।

भल्लातक विधान

जैसे भल्लातक क्षीर, भल्लातक क्षौद्र और भल्लातक तेल का प्रयोग वताया है उसी प्रकार गुड़ भल्लातक, भल्लातक यूष, भल्लातक घृत, भल्लातक पलल, भल्लातक शक्तु, भल्लातक लवण और भल्लातक तर्पण के प्रयोग का विधान है । जब भिलावे को गुड़ के साथ मिलाकर प्रयोग कराएंगे तो उसका नाम गुड़ भल्लातक होगा । इसे भल्लातक क्षौद्र के समान ही समझना चाहिए । भल्लातक यूष को भल्लातक क्षीर की तरह समझना चाहिए । यहां दूध के स्थान पर यूष का प्रयोग किया जायेगा । भल्लातक घृत को भल्लातक तेल के सदृश समझें । यहां कृष्ण तिलों के तेल के स्थान पर गौ के घी से पाक किया जायेगा । भल्लातक पलल में भिलावे और तिलों के कल्क को मिलाकर प्रयोग किया जाता है । भिलावे और जौ का सत्तू मिलाकर प्रयोग के विधान को भल्लातक शक्तु कहते हैं । भिलावे और सेंधा नमक का एकत्र प्रयोग किया जाय तो भल्लातक लवण कहलाता है । भिलावे एवं लाजा के सत्तुओं के एक साथ प्रयोग को भल्लातक तर्पण कहते हैं ।

महाभल्लातक गुड़

नीम की छाल, श्यामा लता, अतीस, कुटकी, त्रायमाणा, त्रिफला, नागर मोथा, पित्त पापड़ा, वाकुची, अनन्त मूल, वच, खैर का अन्तःकाष्ठ, लाल चन्दन, पाठा, सोंठ, कचूर, भारंगी, बांसे की छाल, चिरायता, कुटज की छाल, गिलोय, बकायन की छाल, विधारा मूल, इन्द्रायण की जड़, मूर्वामूल, वायविडंग, इन्द्र जौ, मीठा विष, चित्रक की जड़, हस्तिकर्ण, पलाश की छाल, गिलोय, बकायन की छाल, पटोलपत्र, हल्दी, दारुहल्दी, पिप्पली, अमलतास की फली का गूदा, सप्तपर्ण की छाल, [illegible] [illegible]त्तियां, ज़िमिकन्द, तृणपर्ण, मंजीठ, पनवाड़ के बीज, मुसली, प्रियंगु, कटूफल की छाल, [illegible]पुंख, खिरनी के वृक्ष की छाल—प्रत्येक 185 ग्राम लेकर यवकुट कर लें । इसे 40 लीटर पानी में पकाएं । 16 लीटर काढ़ा बन जाने पर उतार लें । छानकर रख लें । इसके बाद 3,000 शुद्ध भिलावों के 2-2 टुकड़े करके 40 लीटर पानी में 13 लीटर शेष रहने तक पकाएं । छानकर पहले बनाये काढ़े में मिला दें । इसमें 9.500 किलोग्राम गुड़ मिलाकर स्वच्छ चाशनी बन जाने पर 1,000 भिलावों की मज्जा डालकर पकाएं । जब गाढ़ा होने लगे तब निम्नलिखित प्रक्षेप द्रव्यों का चूर्ण मिलाकर उतार लें—त्रिकटु (सोंठ, काली मिर्च, पिप्पली), त्रिफला (हरड़,

बहेड़ा, आंवले की गुठलियां निकालकर), नागर मोथा, सेन्धा नमक, अजवायन–प्रत्येक 96 ग्राम; दालचीनी, तेजपत्र, छोटी इलायची, नागकेसर–प्रत्येक 24 ग्राम; शुद्ध गन्धक का चूर्ण 48 ग्राम; चिकने मर्तबान में ढककर रख दें।

मात्रा : 6 से 12 ग्राम तक।

अनुपान : गिलोय का काढ़ा या दूध।

पथ्य : महादेव द्वारा निर्मित इस रसायन का सेवन करते हुए सदा गरम भोजन करना चाहिए (भैषज्यरत्नावली, कुष्ठाधिकार; 24)।

भल्लातक मोदक

हरड़, बहेड़ा और आंवले का गुठली रहित चूर्ण 465 ग्राम, विडंग 650 ग्राम, लोहभस्म 190 ग्राम, शुद्ध भिलावे संख्या में 100, बावची 930 ग्राम, शिलाजीत 48 ग्राम, शुद्ध गुग्गुलु 190 ग्राम, पोहकर मूल 95 ग्राम, त्रिवृत 48 ग्राम; चित्रक की जड़, काली मिर्च, पिप्पली, सोंठ, दालचीनी, तेजपत्र, केसर, मोथा–प्रत्येक 48 ग्राम; कूटकर चूर्ण बनाएं। सबके समान पिसी हुई चीनी मिलाएं।

मात्रा : 1 से 2 ग्राम।

सेवन विधि : प्रतिदिन प्रातःकाल सेवन करें और यथेष्ट भोजन करें।

भल्लातक घृत : शुद्ध भिलावे 190 ग्राम, शालपर्णी, पृश्नपर्णी, छोटी कटेली, बड़ी कटेली, गोखरू–प्रत्येक 95 ग्राम को 12 लीटर पानी में पकाएं। 3 लीटर बचने पर काढ़े को छान लें। इसे 3 लीटर दूध और 3 किलोग्राम घी में मिलाएं। पिप्पली, सोंठ, बच, वायविडंग, सेन्धा नमक, हींग, यवक्षार, विड नमक, कचूर, त्रिचक, मुलहठी, रास्ना–प्रत्येक 24 ग्राम का कल्क बनाकर उपर्युक्त द्रव्यों में मिला दें। विधिपूर्वक पकाकर घी बना लें।

मात्रा : 3 से 6 ग्राम तक।

निर्देश : तिल्ली के रोग, पाण्डु, खांसी और सांस के कष्ट, ग्रहणी के विकार, गुल्म तथा कफगुल्म आदि रोगों में इसे दिया जाता है।

नारसिंह चूर्ण

शतावरी, गोखरू 640 ग्राम, वराही कन्द 4.6 किलोग्राम, गिलोय 1.2 किलोग्राम, शुद्ध भिलावा 1.490 किलोग्राम, चित्रक की जड़ 465 ग्राम, तिल 640 ग्राम, दालचीनी 130 ग्राम, तेजपत्र 130 ग्राम, छोटी इलायची के दाने 130 ग्राम, शर्करा 3.35 किलोग्राम, विदारी कन्द 740 ग्राम; सब को कूट-छानकर चूर्ण बना लें।

मात्रा : 1/2 से 1 ग्राम।

निम्नलिखित निर्मितियों में भिलावा एक घटक है : धन्वन्तरिघृत (भैषज्यरत्नावली, प्रमेहाधिकार, 73-80), अमृतांकुर लौह (भैषज्यरत्नावली, कुष्ठाधिकार, 244-253)।

उपयोगी भाग

कैयदेव (1450 ईस्वी पश्चात्) ने भिलावे के अग्रलिखित भागों की चिकित्सोपयोगी पदार्थों में गणना की है : वृक्ष की छाल, फूल-फल का छिलका, फल का गूदा, छाल का वृन्त (निवन्धन)। जड़ की छाल का रस भी अपने उग्र गुणों के कारण भैषज रूप में काम आता है।

संघटन

फलभित्ति (pericarp) में एक उग्र, तिक्त, अत्यधिक ग्राही रस भी लगभग 32 प्रतिशत रहता है। अभिनव होने पर यह वभ्रु वर्ण और तैलीय होता है। हवा में खुला पड़ा रहने पर इसका रंग बदलकर काला पड़ जाता है।

भिलावे के दाहक रस की रचना रेज़िनी बाल्सम सदृश है। इसलिए रौक्सवुर्ग (1874) आदि लेखकों ने भल्लातक रस को रेज़िनी बाल्सम नाम दिया है। यह पानी में नहीं घुलता, केवल अंगूरी शराव में विलीन होता है।

भिलावे को कुचलकर पानी में उवालने से एक गहरा-भूरा तेल 32 प्रतिशत निकाला जाता है। इस तेल में भी भिलावे के रस के उग्र गुण विद्यमान रहते हैं। यह तेल काजू के उद्स्फोटी तेल से वहुत अधिक समानधर्मा है।

भिलावे के रासायनिक संघटन के सम्बन्ध में वहुत कम व्यवस्थित कार्य हुआ है। आरम्भ के अन्वेषकों ने वताया था कि फलभित्ति (pericarp) के काले संक्षारी (corrosive) रस में एक विराल सदृश (tarry) तैल होता है जिसमें एनाकार्डिक अम्ल (annacardic acid) नामक एक जाराम्ल (oxy-acid) 90 प्रतिशत और कार्डोल (cardol) नामक एक उच्चतर अनुत्पत सुषव (nonvolatile alcohol) 10 प्रतिशत रहता है।

नायडू (जर्नल, इण्डियन इन्स्टिट्यूट औफ़ साइन्स, जिल्द 8ए पृष्ठ 129, 1925) ने खदिरव, (catechol) और एकोदजार दर्शव (mono-hydroxy phenol) पृथक् किये। एकोदजार दर्शव को उन्होंने एनाकार्डोल (anacardol) नाम दिया। इनके अतिरिक्त उन्होंने दृढ़फल (nut) की गुठली से दो दार्शविक अम्ल (phenolic acids) और एक स्थायी तैल निकाला।

वाद में, पिल्ले और सिद्दीकी (1931) ने भिलावे के संघटन का अध्ययन किया। पहले के अन्वेषकों के प्रतिवेदन के अनुसार वे न तो एनाकार्डिक एसिड या कार्डोल

या खदिरत्व और न ही एनाकार्डोल निकालने में समर्थ हो सके। फलभित्ति रस से निम्नलिखित संघटक पृथक् करने में उन्हें सफलता मिली :

1 एक एकोदजार दर्शव (mono-hydroxy phenol) निस्सार (extract) का 0.1 प्रतिशत बनता है। इसका नाम सेमिकार्पोल (semecarpol) रखा गया। इसका बुद्बुदांक (boiling point) 185°-90° है। 25° से नीचे यह एक स्निग्ध पुञ्ज (fatty mass) के रूप में जम जाता है।

2 एक ओ-डिहाइड्रोक्सि समास जो निस्सार का लगभग 46 प्रतिशत बनता है, दृढ़फल (nut) का लगभग 15 प्रतिशत बैठता है। इसको भिलावानोल (bhilawanol) नाम दिया गया है। यह 225°-226° पर आसुत (distilled) होता है और 5° के नीचे जम जात है।

3 एक विराल सदृश (tarry), अनुत्पत संक्षारी (non-volatile corrosive) अवशेष जो दृढ़फल (nut) का लगभग 18 प्रतिशत निकला।

उपयोग

इस वृक्ष की लकड़ी काम में नहीं लाई जाती। इसका मुख्य कारण यह है कि पातन के समय इसकी छाल में से जो कृष्ण वर्ण दाहक रस निकलता है वह छाले डाल देता है। जड़ की छाल में भी उसी प्रकार के उद्स्फोटी पदार्थ विद्यमान होते हैं।

भिलावे के चौड़े पत्ते पत्तलों के काम आते हैं। जंगलों में काम करने वाले लोग पत्तों पर खिचड़ी और भोजन परोसते हैं। ऐसे उपयोग में पत्ते बुरा प्रभाव करते हुए नहीं देखे गये।

निशान लगाने की स्याही

भिलावे का फल भारत में सर्वत्र व्यापक रूप से निशान लगाने की स्याही (अंकन मसी) के रूप में बरता जाता है। फल के सिर में सूराख़ करके धोबी लोग उसमें सूई डाल देते हैं। सूई पर रस लग जाता है उससे कपड़ों पर निशान लगा देते हैं। ये निशान पक्के होते हैं जो कपड़ों को भट्ठी पर चढ़ाने से भी नहीं उतरते।

अंकन मसी (marking ink) बनाने की एक विधि में भिलावे के रस को चूने के पानी (कास्टिक लाइम) के साथ मिला लेते हैं। चूना रंगस्थापक का कार्य करता है। यह अमिट स्याही पानी में तो बिलकुल नहीं उतरती, परन्तु तीव्र क्षारक (एल्कली) के उपचार के बाद सुषव (एल्कोहल) में धोने पर उतर जाती है।

छाल मामूली-सी ग्राही (astringent) है। काढ़ा बनाने पर यह गूढ़ा रंग देती है,

जो विभिन्न छायाओं को भूरे वर्ण में रंगती है। हाथियों के पैरों को चोवने के लिए बरती जाने वाली निर्मितियों में महावत भिलावे को भी डालते हैं।

वार्निशों में

भिलावे के रस को ऐसे पदार्थों में परिणत किया जा सकता है जिनमें छाले डालने का प्रभाव न रहे। फिर उनसे व्यापारिक पैमाने का प्रलाक्ष (lacquers), लाक्षी (वार्निश), आकाच (इनेमल्स), अर्द्ध सांश्लेषिक शल्की पदार्थ (सेमी-सिन्थेटिक टैनिंग मैटीरियल्स) और संचकन अभिघट्य (मोल्डिंग प्लास्टिक्स) बनाये जा सकते हैं। छाला न डालने वाली इन उपजों को घृषि क्षेप्य (रबर वेस्ट) से मिलाकर कठोर, अर्द्ध-कठोर और मृदु घृषि वस्तुएं (रबर गुड्स) बनाई जा सकती हैं। तने से निकला हुआ आलग (viscid) रस यद्यपि प्रबल संतापक और उद्स्फोटक है, परन्तु उसे भी लाक्षी (वार्निश) में परिणत किया जा सकता है। बीज में से भी एक तेल निकलता है जो दीमकों के हमलों से बचने के लिए परिरक्षी (प्रिज़र्वेटिव) के रूप में काम आता है। बैलगाड़ियों के लकड़ी के धुरों के लिए उपस्नेहन द्रव्य के रूप में प्रयोग किया जाता है। हरे, दृढ़ फलों (nut) को कूटकर बनाया हुआ गूदा अच्छे चूने (lime) का काम करता है।

गर्भपात के लिए

भ्रूण-हत्या कराने के उद्देश्य से भिलावे की गुठली को पीसकर गर्भाशय के मुख पर लेप करते हैं। वैडल (लौयन्स मेडिकल जूरिसप्रूडेन्स फ़ौर इण्डिया, 1928) ने एक ऐसे अभियोग का अभिलेख किया है जिसमें एक मनुष्य ने अपनी पत्नी को दुश्चरित्रता का दण्ड देने के लिए उसकी योनि में 3 भिलावे पीसकर रख दिए थे।

आहार द्रव्य

वृन्तफल या गूदेदार ग्राह (fleshy receptacle) जिस पर बीज टिका रहता है, खाया जाता है। यह स्वादिष्ट और मधुर होता है। इसकी मिठास में मामूली-सा कसैला, ग्राही (astringent) स्वाद रहता है, जो जीभ पर कुछ देर बना रहता है। भूनने से इसका स्वाद उन्नत हो जाता है। आदिवासी इसे गरम राख में दबाकर भून लेते हैं और चाव से खाते हैं। इसका स्वाद भूने हुए सेब से बहुत अधिक मिलता है।

बीज की गिरी भी खाने के काम आ सकती है परन्तु उसे खाने का इतना प्रचलन नहीं है। यह मींगी पुष्टिकारक मानी जाती है और बंगाल में संदेश प्रभृति मिठाइयों में बादाम की तरह व्यवहृत होती है। इसमें से मीठा तेल निष्पीड़ित किया जाता है जिसमें छाले डालने का गुण नहीं होता।

मात्रा व सेवन विधि

डिमक (1890-93) के समय भारतीय वैद्य 1 भिलावे के रस को 250 मिलीलीटर दूध में मिलाकर पिला देते थे। यह इसकी साधारण मात्रा समझी जाती थी। यूनानी लेखक भैषजीय मात्रा के रूप में 728 से 1455 मिलीग्राम रस किसी तेल में या घी में देते थे। कनाईलाल दे (1896) के अनुसार भिलावे के उग्र रस और उद्स्फोटी तेल की मात्रा 1 से 2 बूंद है। ज़ैतून, बादाम या किसी अन्य तेल में हल करके इसे दिया जाता है।

शोधन

हानिप्रद प्रभावों को दूर करने के लिए वैद्य और हकीम लोग भिलावे को शुद्ध करके प्रयोग करते हैं। शोधन के लिए भिलावो के टुकड़े करके खरल में ईंट के छोटे-छोटे कंकरों के साथ रगड़ते हैं। फिर कंकरों में से निकालकर इन्हें नारियल के पानी, दूध व साधारण पानी में ज़रा उबालते हैं। साधारण शुद्धि के लिए तो भिलावे के टुकड़ों को पानी में उबालकर उसे पानी से धो डालते हैं। अधिक मात्रा में शुद्धि करनी हो तो भिलावे के खंडों को ईंट के टुकड़ों के साथ बोरी में भरकर रगड़ते हैं।

विषालुता

अनेक देहातियों ने मुझे बताया है कि भिलावे के पेड़ के नीचे बरसात में बैठना या सोना हानिकर है। उनका विश्वास है कि वृक्ष के ऊपर से होकर नीचे टपकने वाला पानी या रस शरीर पर पड़ जाये तो शोथ पैदा कर देता है। इसी प्रकार वे कहते हैं कि इस वृक्ष से विषैले वाष्प उठते हैं। वाष्पों से सम्भवतः उनका अभिप्राय परागधूलि से है। वनौषधियों के गुणों का प्रतिपादन करने वाले एक संस्कृत लेखक कैयदेव (1450 सन्) ने भिलावे के फूल की परागधूलि को बड़ा भयानक बताया है। उनके अनुसार पुष्पित अवस्था में इस वृक्ष के नीचे बैठने वा लेटने से एवं उससे दूर ठहरने पर भी, जब वायु चलती हो, इस वायु-संचालित धूलि के स्पर्श से शोथ हो जाती है।

आयुर्वैदिक दवाओं के निर्माण में भिलावे को पाक आदि विविध प्रक्रियाओं में से जब गुज़ार रहे होते हैं तब उठ रहे वाष्पों के माध्यम से अथवा सीधा ही शरीर के अंगों पर भिलावे का तेल लग जाने से भीषण लक्षण प्रकट हो जाते हैं। मुझे अपने एक सहपाठी का उदाहरण याद है। भिलावों को शुद्ध करने के लिए वह उन्हें किसी द्रव में उबाल रहा था। बीच-बीच में वह उसका निरीक्षण भी करता जाता था। अनजाने में ही उसकी बांहों और टांगों पर उबलते द्रव की भाप लग गयी और वह उसकी विषालुता का शिकार बन गया। आंख तथा मुख पर सोज़, बांहों और टांगों पर छाले फूट निकलने से उसे

कितने ही दिन हौस्पिटल में रहना पड़ा था।

पश्चात् प्रभाव

औषध प्रयोग के निमित्त शुद्ध किए जाते हुए भिलावे ने जिन लोगों पर विषैला प्रभाव उत्पन्न किया है ऐसे कुछ लोगों से मैंने इसकी विषालुता के विवरण प्राप्त किए हैं। हरिद्वार के एक उदाहरण में काला रस त्वचा पर लगने के 12 दिन बाद सूजन शुरू हुई थी। वह भी बरसात के प्रभाव से; हरिद्वार के 2 भुक्त-भोगियों का अनुभव है कि यद्यपि अब उनके शरीर पर भिलावे के विष का कोई प्रकट प्रभाव दृष्टिगोचर नहीं होता परन्तु प्रति वर्ष बरसात में उनके शरीर में खाज, गरमी, जलन आदि लक्षण अब भी उभर पड़ते हैं, यद्यपि आरम्भिक घटना को घटे 10-12 वर्ष व्यतीत हो चुके हैं। जिस वर्ष आम की फसल अधिक होती है उस वर्ष भिलावे का बुरा प्रभाव भी अधिक प्रकट होता है। उनका ख़याल है कि आम अधिक खाने से ऐसा होता है।

छद्म रोगियों के लिए

बाहर लगाने से भिलावे का रस प्रबल प्रतिसंतापक (काउण्टर इरिटेण्ट) तथा छाला डालने वाला (vesicant, उद्स्फोटक) है। किसी अभियोग में छद्मरोगी बनने के उद्देश्य से इसका अनेक प्रकार से उपयोग किया जाता है। छद्मरोगी इसके द्वारा अक्षिकोप (औप्थैल्मिया) तथा त्वचा के क्षत पैदा कर लेते हैं। शत्रु द्वारा घायल करने के लिए झूठे आरोपों को पुष्ट करने के उद्देश्य से वे रस को त्वचा पर लगाकर बनावटी घाव बना लेते हैं। भिक्षु और कुष्ठरोगी त्वचा में विकार पैदा करने के लिए भिलावे का प्रयोग करते हैं, जिससे उनके विकार की घृणास्पद अवस्था से द्रवित होकर उन्हें पर्याप्त भिक्षा मिल सके।

नीम हकीम ख़तरा-ए-जान

हकीमों और वैद्यों के द्वारा भिलावा-प्रयोग में कई बार विष-दुर्घटनाएं होने के समाचार मिले हैं। एक हकीम की सलाह से बालों को काला करने के उद्देश्य से सिर पर लगाने के लिए देहरादून के एक औफ़िसर ने भिलावे को तेल में डालकर स्वयं तेल पकाया था। प्रातः स्नान के बाद उन्होंने इस केश तेल को सिर पर लगाया। लगभग आठ घण्टे बाद शाम को उनके माथे, गरदन तथा कानों के पीछे छपाकी जैसे धप्पड़ उठ आये जिनमें खुजली भी होती थी। उन्हें ध्यान तक नहीं था कि भिलावे के तेल को लगाने का यह परिणाम हो सकता है। छपाकी की मामूली-सी कोई दवा लेकर वे सो गये। प्रातः आंख पर सोज थी और मुख पर भी छपाकी जैसे धप्पड़ प्रकट हो गये थे। खाज बढ़ती गई और अगले दिन प्रातः तो गरदन तक सारा भाग बुरी तरह शोथयुक्त हो गया था। कहीं-कहीं से पानी रिसने लगा था। लगभग सप्ताह के बाद लक्षण शान्त हुए। बातचीत

में मुझे पता लगा कि तेल में भिलावों की मात्रा अधिक होने के कारण ही ये सब विष—लक्षण प्रकट हुए थे। सिर और मुख की सोज़, जलन, हृदय की धड़कन, घबराहट, हर समय दिल बैठने की-सी अनुभूति आदि लक्षणों से वे बहुत बेचैन रहे।

मुम्बई के रासायनिक विश्लेषक (कैमिकल एनेलाइज़र) की 1925 की वार्षिक रिपोर्ट (पृष्ठ 6) में 12 साल के रोगी का उल्लेख है। मुम्बई में एक हकीम ने उनके स्तब्ध (पैरेलाइज़्ड) अंगों पर एक तैलीय पदार्थ का लेप किया था। उसके दाहक प्रभाव से वह जी. टी. हॉस्पिटल में मर गया था। रासायनिक विश्लेषण करने पर वह पदार्थ भिलावे की एक निर्मिति सिद्ध हुआ था। बंगाल के रासायनिक परीक्षक के वार्षिक प्रतिवेदन (पृष्ठ 13, 1929) से पता चलता है कि पुरुष ने भिलावे डालकर उबाला हुआ थोड़ा दूध पिया था जिससे उसे उलटियां तथा दस्त शुरू हो गये थे और कुछ घण्टे बाद वह मर गया था।

6 ग्राम की मात्रा में भिलावे का अन्तःप्रयोग विषैला प्रभाव करता है। इसकी घातक मात्रा 9 ग्राम के लगभग समझी जाती है।

पर-पीड़न के लिए

एक ऐसे अभियोग का विवरण मिलता है जिसमें नुकसान पहुंचाने के उद्देश्य से एक व्यक्ति पर भिलावे का रस फेंका गया था। वास्तव में पर-पीड़न के लिए जहां एक उग्र और उद्स्फोटक (छाले डालने वाले) पदार्थ की आवश्यकता होती है वहां भिलावे का अनेक प्रकार से प्रयोग किया जाता रहा है। तमिलनाडु के रासायनिक परीक्षक की वार्षिक रिपोर्ट (1924) में एक घटना अंकित है जिसमें भिलावे के रस में भिगोकर कुछ शाखाएं एक आदमी के बिस्तर में फेंक दी गई थीं। जब उसका पैर उनसे छुआ तब तीव्र छाले पैदा हो गये थे। परीक्षा से शाखाओं पर भिलावे का रस खोज लिया गया था।

छालों का विषैला द्रव

बैसिनर (1882) ने पाया था कि भिलावे का भूरा तेल 12 घण्टे के अन्दर काला छाला उठा देता है। इसे छेड़ना नहीं चाहिए। यदि यह फूट जाये तो इसके अन्दर का द्रव जहां-जहां लगता है वहां छाले डालता जाता है। इस प्रकार शरीर का वह भाग विसर्पी उद्स्फोटों से भर जाता है। बैसिनर ने यह भी देखा था कि तेल के बाहर लगाने के परिणामस्वरूप भी मूत्र विसर्जन वेदनामय हो जाता है। मूत्र आरक्त-बभ्रु और रक्तमय हो जाता है। मल के विसर्जन में भी बहुत वेदना होती है।

पहचान

कोई छाला भिलावे के प्रयोग से बना है या नहीं, इसकी परीक्षा करने के लिए छाले के ऊपर से छिलका उतार लें। लिण्ट को सुषव (एल्कोहल) में भिगोकर छाले के घाव पर रखें। ऊपर से गटापार्चा (निक्षीरेय) तन्तु रख दें। दहातु विलयन (liquor potash) के साथ वह सुषविक निस्सार (एल्कोहलिक एक्स्ट्रैक्ट) चमकीला हरा-सा रंग देता है जो बदलकर आरक्त-बभ्रु (reddish-brown) हो जाता है।

कुमाऊं में लोकविश्वास है कि भिलावे के लग जाने से हो जाने वाले त्वचा के विष-विकारों (चोप) की दवा टेणुआ वृक्ष है। लोकविश्वास के अनुसार भिलावे के विष से आक्रान्त व्यक्ति टेणुआ लाओ कहने मात्र से चोप से मुक्त हो जाता है।

बवासीर, भगंदर

जठराग्नि का दीपक होने से चरक ने भिलावे को 10 दीपनीय ओषधियों की सूची में रखा है। सुश्रुत इसे पाचक और संग्राही बताते हैं। महास्रोतस् में आमाशय पर तथा उत्तर गुदा प्रदेश पर भिलावे का विशेष प्रभाव होता है। यकृत् पर यह प्रबल उद्दीपन का कार्य करता है जिससे पित्त का निर्हरण भली भांति होता है। यह यकृत् के अन्दर रक्ताभिसरण को नियमित करता है और उत्तर गुदा प्रदेश में वाहिनियों के अन्दर रक्त को नियंत्रित करता हुआ गुदा में रक्त के दबाव को कम करता है। परिणामतः गुदा में अवस्थित रक्त की फूली हुई शिराएं (जिन्हें अर्श कहते हैं) संकुचित होने लगती हैं। इसके साथ ही गुदा की मांसपेशियों को शक्ति मिलने से वे गुदा में मल का संचय नहीं होने देतीं।

गोविन्ददास ने भिलावे की एक निर्मिति महाभल्लातक गुड़ को 6 प्रकार के अर्श (बवासीर) और भगन्दर में लाभदायक पाया है। भगन्दर में योगरत्नाकर का भल्लातक मोदक खिलाया जाता है। शुद्ध भिलावे, काले तिल, हरड़ तथा गुड़ को सम परिमाण में लेकर कूट लिया जाता है। गोविन्ददास इसकी गोलियां बनाकर 2 ग्राम से 4 ग्राम की मात्रा में पैत्तिक अर्श के रोगी को खिलाते हैं। योगरत्नाकर में इस निर्मिति का नाम तिलादि मोदक है और भैषज्य रत्नावली में भल्लातकादि मोदक। इन द्रव्यों का अवलेह बनाकर भी रोगी को सेवन कराया जा सकता है। पैत्तिक अर्श में भल्लातामृत नामक एक निर्मिति को उपयोगी बताया है। इसे बनाने की विधि गोविन्ददास ने इस प्रकार बताई है—कच्चे भिलावे के बीजों को गिलोय, कलिहारी, काकड़ासिंगी, गोरखमुण्डी, रत्ती और केवड़ा, इन छहों के रस में एक-एक दिन घोटकर सुखा लें। 365 मिलीग्राम की मात्रा में सेवन कराएं। बवासीर के मस्सों के संकोच के लिए भिलावे के धुएं की मस्सों पर धूनी देते हैं। सुश्रुत ने बवासीर में भिलावे को अत्यन्त उपयोगी ओषध पाया है।

वे कहते हैं कि बवासीर के मस्से जब गुदा के अन्दर अधिक ऊपर हों और दृष्टि-परीक्षा से दिखाई न पड़ते हों तब शुद्ध भिलावे के चूर्ण को सत्तुओं की लस्सी में बनाए घोल के साथ सेवन करायें। इसमें नमक नहीं मिलाना चाहिए। बवासीर में 1,000 भिलावों का प्रयोग सुश्रुत ने इस प्रकार बताया है—अच्छी तरह पके हुए और बिना चोट खाये हुए भिलावों को इकट्ठा कर लें। उनमें से एक को दौरी में छेदकर उसके 2, 3 या 4 टुकड़े कर लें। 250 मिलीलीटर पानी में उसे पका लें। 62 मिलीलीटर पानी बचने पर छान लें। इसमें से 12 मिलीलीटर शीतल काढ़ा प्रातःकाल पी लें। पीने से पूर्व तालु, जीभ, ओठ, मुख के सभी भागों को घी से लिप्त कर लें। दुपहर में चावलों में घी और दूध डालकर भोजन करें। 7 दिन तक इस प्रकार करें। उसके बाद एक-एक भिलावा बढ़ाते हुए 5 भिलावे सेवन करें। कुछ दिन सेवन करने के बाद फिर 1 भिलावा बढ़ायें। इस प्रकार 70 भिलावे तक आ जाएं। फिर क्रमशः मात्रा घटाना आरम्भ कर दें। अन्त में एक भिलावे पर आ जायें। इस प्रकार से 1,000 भिलावों का सेवन कर लें। इस भल्लातक विधान से रोगी सब प्रकार के बवासीर के कष्टों से छुटकारा पाकर बलवान्, नीरोग और दीर्घायु बनता है। व्रणों की चिकित्सा में हमने भिलावे से चुआये हुए तेल का जो प्रयोग दिया है, वह बवासीर के सब प्रकारों को ठीक करने में उपयोगी है।

पाचन-संहति के रोग

भिलावे के प्रयोग में सम्यक्तया पित्तस्राव होने से मल पीले रंग का आता है। समस्त पाचन-संहति के ठीक काम करते रहने से भूख ख़ूब लगती है। भिलावे के इस प्रयोग को देखकर ही चरक ने कहा है कि कब्ज़ या स्रोतों का अवरोध नहीं है जो भिलावे के प्रयोग से शीघ्र दूर न हो जाए। योगरत्नाकर में पठित भल्लातक मोदक को उदर रोगों में भोजन के बीच में खिलाया जाता है। आमाशय व्रण और चिरस्थायी आमाशय शोथ जैसे पुरातन कष्टों में डौक्टर कौमन ने भिलावे की उपादेयता नहीं देखी।

ग्रहणी के रोगों में गोविन्ददास भल्लातक घृत को उपयोगी मानते हैं। ग्रहणी के रोगी को भोजन में व्यंजनों के अन्दर भल्लातकादि क्षार डालकर खिलाया जाता है। घी के साथ भी इस क्षार को खिलाते हैं।

शुद्ध भिलावे के कल्क तथा क्वाथ से पकाए हुए घी को खाण्ड के साथ मिलाकर पीने से रक्त गुल्म, और मधु के साथ मिश्रित कर 6 ग्राम की मात्रा में सेवन करने से कफ गुल्म नष्ट होता है। कफ गुल्म में तथा सामान्यतः सभी प्रकार के गुल्म रोगों में गोविन्ददास ने भल्लातक घृत नामक एक निर्मिति को उपयोगी बताया है। योगरत्नाकर का भल्लातक मोदक भी गुल्म में भोजन के बाद दिया जाता है।

गुल्म और शूल में रोगी के भोजनों में भल्लातकादि क्षार को दाल-भाजी में बुरक दिया जाता है। घी में मिलाकर भी यह खिलाया जाता है। इसे बनाने की विधि यह है—भिलावा, सोंठ, काली मिर्च, पिप्पली, हरड़, बहेड़ा, आंवला, सेन्धा नमक, सोंचल नमक और विड नमक—प्रत्येक द्रव्य को 200 ग्राम लेकर हाण्डी में रख दें। ढक्कन को कपड़-मिट्टी से बन्द कर दें। उपलों की आग में इसे फूंक लें। अपने आप ठण्डा हो जाने पर राख में से हाण्डी को निकालकर अन्दर की भस्म को निकाल लें। यही भल्लातक क्षार है।

रसौलियों को भिलावे के प्रयोग से विलीन करने के विवरण प्राप्त हुए हैं। एक स्त्री के पेट में इतनी बड़ी रसौली हो गई थी कि सारा पेट ही उससे रुक गया था। भल्लातक के प्रयोग से वह घुलकर बिलकुल बैठ गई थी। इस प्रयोग में दी जाने वाली औषध को तैयार करने की विधि यह है—भिलावे के तेल को तवे पर डालकर आंच पर पकाएं। जलते-जलते जब यह गाढ़ा होने लगे उस समय इसमें पानी डाल दें। भिलावे के धुएं से अपने को बचाना चाहिए। जलाकर गाढ़ा किए हुए भिलावे के तेल में बराबर का घी मिलाते हैं और दुगुना शहद मिलाकर रख लेते हैं। इस निर्मिति की मात्रा 1 ग्राम है। खिलाने से पहले रोगी के मुख को घी से आसिक्त कर लिया जाता है। जिगर के कैन्सर की चिकित्सा भी इस निर्मिति से की जा रही है।

गोआ में उदर-कृमियों को निकालने के लिए भिलावा देते हैं। महाभल्लातक गुड़ को गोविन्ददास कृमियों को मारने के लिए उपयोगी समझते हैं।

खांसी, बलग़म के रोग

बलग़म को नष्ट करने वाली ओषधियों में सुश्रुत ने भिलावे को गिनाया है। भल्लातकादि मोदक 20 प्रकार के कफ रोगों में लाभदायक है। चरक का तो यह मत है कि कोई भी ऐसा कफज रोग नहीं जो भिलावे के प्रयोग से जल्दी दूर न हो जाए। डौक्टर मुदीन शरीफ़ ने दमे में इसे बहुत उपयोगी भेषज बताया है। गोआ में भिलावे के फल को लस्सी में भिगोकर दमे में खिलाते हैं। खांसी और दमे में गोविन्ददास भल्लातक घृत और महाभल्लातक गुड़ का सेवन कराते हैं। तिल, शुद्ध भिलावे, हरड़ और गुड़ को समान भाग में लेकर बनाए अवलेह के सेवन से भी खांसी और दमा दूर होते हैं। प्रतिजिह्वा (uvula) और तालु के शिथिल होने के कारण पैदा हुई खांसी के निवारण के लिए कोंकण में भिलावे का प्रयोग करते हैं। इस प्रयोग में 1 फल को दीपक की लौ पर गरम करते हैं, गरमी से जो तेल चूता है उसे नीचे रखे चौथाई लीटर दूध में गिरने देते हैं। रोगी को यह दूध प्रतिदिन 1 बार पिला दिया जाता है। गले तथा तालु के विकारों में, जिह्वा के रोगों में और उपजिह्वा के रोग में भोजन करने के बाद भल्लातक मोदक प्रतिदिन खिलाया जाता है।

मूर्धा के रोग

सिर, कान, आंख, भृकुटी, कनपटी, गले तथा जबड़े के रोगों में योगरत्नाकर में पठित भल्लातक मोदक भोजन करने के बाद सेवन कराया जाता है।

आमवात

भिलावे की गुठली का तेल आमवात (र्‌हुमेटिज़्म) में बाहरी प्रयोग किया जाता है। डॉक्टर मुदीन शरीफ़ ने भिलावे के दृढ़ फल तथा तेल का अपनी चिकित्सा में प्रचुर प्रयोग किया था। तेल को वे या तो निष्पीड़न से प्राप्त करते थे या गरम करके चुआ लेते थे। दृढ़ फल को या तेल को वे लेह (माजून) के रूप में बनाकर रोगियों को दिया करते थे। उनकी राय में यह तीव्र आमवात में इतना अधिक प्रभावकारी है कि इस रोग में इसे रामबाण समझा जा सकता है। परन्तु आमवात के चिरस्थायी या मांसपेशिक विकारों में भिलावा तीव्र आमवात की तुलना में आधा भी लाभ नहीं करता। तीव्र आमवात से एक रोगी के जोड़ आक्रान्त थे। वह सामान्य आतुरालय में भरती किया गया। डॉक्टर कोमल ने भिलावे के माजून से उसकी चिकित्सा की। 2 सप्ताह की चिकित्सा के बाद वह आरोग्य लाभ करके चला गया। आतुरालयों में चिरस्थायी आमवात के जिन रोगियों को यह दिया गया उन्हें लाभ नहीं पहुंचा। गोविन्ददास ने भिलावों से बनाए एक अवलेह (महाभल्लातक गुड़) को अत्यन्त कठिनाई से जाने वाले आमवात में और गठिए (वातरक्त) में उपयोगी निर्मिति बताया है। आमवात आदि रोगों में बाहरी प्रयोग के लिए भिलावे के दाहक रस को स्वल्प मात्रा में किसी स्थिर तेल में मिलाकर मालिश करते हैं। विलियम रौक्सबुर्ग़ (1874) के अनुसार जिन लोगों पर इसका बुरा प्रभाव नहीं प्रकट होता उनके लिए यह प्रभावशाली दवा है।

कुष्ठ

चरक ने कुष्ठनाशक दस ओषधियों में भिलावे को गिनाया है। डॉक्टर मुदीन शरीफ़ के अनुसार यह कुष्ठ, चम्बल (psoriasis) और कुछ अन्य त्वक्-विकारों में लाभदायक है। मुख द्वारा खिलाया हुआ भिलावा भी त्वचा के मार्ग से बाहर निकलता है। इसलिए त्वचा पर इसका प्रबल कार्य है। पसीना ख़ूब आता है, त्वचा गरम मालूम होती है, खाज उठती है और त्वचा लाल हो जाती है। कुष्ठ विकारों में भिलावे के वृक्ष की छाल से प्राप्त गोंद का प्रयोग किया जाता है। कुष्ठ में निकल आने वाली गांठों पर भिलावे की गुठली का तेल लगाया जाता है। कुष्ठ में उपयोगी लेपों में भिलावे का अन्य द्रव्यों के साथ आयुर्वेद में बहुत प्रयोग हुआ है। भैषज्यरत्नावली के कुष्ठाधिकार में पारदादि लेप में तथा 2 अन्य कुष्ठहर लेपों में भिलावा डाला गया है।

गलित कुष्ठ में अगस्त्य ने अमृत भल्लातक की बहुत प्रशंसा की है। कुष्ट-कृमियों के आक्रमण से रोगी की अंगुलियां, नाक, कान गलकर झड़ गए हों, कण्ठ की रचनाओं के गल जाने से आवाज़ बैठ गई हो तो अमृत भल्लातक के सेवन से वे उसी प्रकार लाभ की आशा करते हैं जैसे वर्षा-जल से सींचे जाते हुए वृक्ष में क्रमशः अंकुर और कोंपलें निकल आती हैं। त्वचा की विवर्णता अमृत भल्लातक के सेवन करने से ठीक हो जाती है। गोविन्ददास ने महादेव के द्वारा निर्मित भिलावे की एक निर्मिति महाभल्लातक गुड़ को त्वचा के अनेक रोगों तथा कुष्ठ की अनेक किस्मों में लाभदायक पाया है। उनकी राय में निम्नलिखित रोग महाभल्लातक गुड़ के सेवन से ठीक हो जाते हैं। श्वित्र (leucoderma), औडुम्बर, दाद,. ऋष्य जिह्व, सकाकण, पुण्डरीक (myxamatosis), चर्माख्य, विस्फोट (bullae), मण्डन, खुजली, कपाल कुष्ठ और पामा (dry eczema)। रसौली की चिकित्सा में हमने भिलावे के दग्ध तेल, घी और शहद की जो निर्मिति लिखी है उसे मण्डल कुष्ठ, चम्बल और अनेक प्रकार के रक्त-विकारों में लाभकारी बताया जाता है। योगरत्नाकर कुष्ठचिकित्सा में पठित भल्लातक मोदक को 18 प्रकार के कुष्ठों में सेवन करने की सिफारिश की गई है। बवासीर के प्रकरण में हमने 1000 भिलावों का जो प्रयोग लिखा है, सुश्रुत ने उसे सब प्रकार के कुष्ठों में लाभदायक पाया है। इसका सेवन करने से कुष्ठ रोगी के शरीर में सामान्य रूप से बल आता है, उपद्रव रूप से जो रोग उसे दबाए रखते हैं उनसे भी छुटकारा मिलता है। भिलावे के चुआये हुए तेल को सुश्रुत सब प्रकार के कुष्ठों में उपयोगी समझते हैं।

उपदंश

डॉक्टर मुदीन शरीफ़ भिलावे को द्वितीय उपदंशक (सेकण्डरी सिफ़िलिस) में लाभदायक बताते हैं। फिरंग (syphilis) में भिलावे के रस को किसी मृदु तेल में मिलाकर खिलाया जाता है। उपदंश गजकेसरी नामक भिलावे की एक निर्मिति 1 से 2 ग्राम की मात्रा में दिन में 2 बार घी और दूध के अनुपान से उपदंश तथा फिरंग की उन अवस्थाओं में भी लाभ के साथ दी जाती है जबकि ये रोग हड्डियों और मज्जा तक असर कर गये हों। इस निर्मिति को बनाने के लिए निम्नलिखित चीजें लें—लौंग, काली मिर्च, अकरकरा, वायविडंग, रूमी मस्तगी—प्रत्येक 12 ग्राम। अजवायन 38 ग्राम, शुद्ध भिलावा 116 ग्राम, पारा 12 ग्राम, शुद्ध गन्धक 12 ग्राम, गुड़ 38 ग्राम, पारे और गन्धक को खरल में रगड़ कर कज्जली बना लें। गुड़ के अलावा अन्य द्रव्यों का सूक्ष्म चूर्ण करके कज्जली के साथ खरल में घोटें। फिर गुड़ मिलाकर कूटें। एकजान हो जाने पर गोलियां बना लें।

क्षयी ग्रन्थियां

क्षयी ग्रन्थियों में भिलावे की छाल से प्राप्त गोंद का प्रयोग किया जाता है। गले

की क्षयी ग्रन्थियों (अपची) में व्रण बन गये हों तो भल्लातकादि तेल का फोया लगाना चाहिए। वात-कफज, नाड़ी व्रणों में भी इस तेल के स्थानीय प्रयोग से लाभ होता है। इसे बनाने की विधि गोविन्ददास ने इस प्रकार बताई है—भिलावा, आक की जड़ का छिलका, काली मिर्च, सेंधा नमक, वायविडंग, हल्दी, दारुहल्दी, चित्रक की जड़—प्रत्येक 96 ग्राम लेकर सिल पर चटनी के समान कूट लें। इसे 12 लीटर भांगरे के रस और 3 लीटर तिल के तेल में डालकर विधिपूर्वक पका लें।

मूत्र तथा प्रजनन संहति के रोग

गुरदों पर भिलावे की अतितीव्र तथा उत्तेजक क्रिया होती है। पहले तो मूत्र की राशि बढ़ती है परन्तु शीघ्र ही गुरदों के थक जाने से मूत्र की उत्पत्ति कम हो जाती है। चरक ने मूत्र संग्रहणीय 10 ओषधियों में भिलावे को गिनाया है। गुरदों पर भिलावे के तीव्र कार्य करने के कारण कभी-कभी मूत्र में रुधिर मिला हुआ भी विसर्जित होता है। गुरदों के समान मूत्र प्रणाली के लिए भी यह उत्तेजक है। इसलिए भिलावे का प्रयोग करते हुए रोगी को शिश्न दबाने की इच्छा होती है। इसके अतिरिक्त ज्ञान-तन्तुओं पर प्रभाव डालने के कारण भी भिलावा शिश्न और वृषण के लिए उत्तेजक है। इस प्रकार भिलावा उत्पादक अंगों पर सीधा कार्य करके तथा चेता वाहिनियों द्वारा परोक्ष प्रभाव डालकर वाजीकर का कार्य करता है।

रौक्सबुर्ग (1874) के अनुसार तैलंग चिकित्सक भिलावे को सब प्रकार के रति-रोगों में रामवाण ओषधि समझते हैं। वे इसका उपयोग इस प्रकार करते हैं—भिलावे का काला बाल्सम (balsam) 60 ग्राम, लहसुन को कुचलकर निकाला रस 60 ग्राम, इमली के ताजे पत्तों का रस 120 ग्राम, नारियल का तेल 120 ग्राम और खांड 120 ग्राम को एक कलईदार वर्तन में कुछ मिनट उबाल लें। एक बड़े चम्मच (टेबल स्पून) की मात्रा में रोगी को दिन में 2 बार पिलाते हैं। प्रजनन संहति के रोगों में भिलावे की छाल से प्राप्त गोंद उपयोगी मानी जाती है।

सुश्रुत ने भिलावे को योनि के दोषो को दूर करने वाला तथा स्त्रियों में दूध को शुद्ध करने वाला बताया है।

वातिक रोग

वातिक निर्बलताओं में भिलावे की गोंद दी जाती है। चेता शूल (neuralgia), मृगी, निश्चेतना और पक्षाघात में डोक्टर मुर्दान शरीफ़ भिलावे को उपयोगी मानते हैं। ऐंठन (उदावर्त) में महाभल्लातक गुड़ को गोविन्ददास लाभ के साथ देते हैं। उदावर्त के रोगी को घी के साथ तथा भोजनों में दाल-भाजी में डालकर भल्लातकादि क्षार का

सेवन कराया जाता है। भल्लातक मोदक 80 प्रकार के वात रोगों में उपयोगी माना जाता है। विशुद्ध भिलावा, गिलोय, सोंठ, देवदारु, हरड़, पुनर्नवा तथा दशमूल—प्रत्येक द्रव्य को सम परिमाण में लेकर मोटा-मोटा कूटकर रख लें। इसमें से 24 ग्राम लेकर 38 मिलीलीटर पानी में 9 मिलीलीटर काढ़ा बचा रहने तक पकाएं। छानकर टांगों के पक्षाघात (उरुस्तम्भ) के रोगी को पिलायें।

तिल्ली के रोग

तिल्ली बढ़ जाने पर तथा तिल्ली के अन्य विकारों में भल्लातक घृत और भल्लातक मोदक लाभ करते हैं। शोधित भिलावा, हरड़ और जीरे को कपड़े से छानकर गुड़ के साथ कूट लें और गोलियां बना लें, अथवा गुड़ की चाशनी बनाकर तीनों द्रव्य मिलाकर अवलेह बना लें। गोविन्ददास का विश्वास है कि अत्यन्त दारुण प्लीहा (तिल्ली) भी इसके 7 दिन तक सेवन करने से ठीक हो जाती है। 60 ग्राम शुद्ध भिलावा और साठ ग्राम गुठली निकाली हुई हरड़ को कूटकर कपड़े में छान लें। 60 ग्राम साफ़ तिलों को दौरी में कूट लें। इन तीनों द्रव्यों में साठ ग्राम गुड़ मिलाकर ख़ूब कूट लें। प्लीहा के निवारण के लिए इस तिल भल्लातक मोदक को 1 ग्राम की मात्रा में सेवन कराया जाता है।

पाण्डु : रुधिर में रक्ताणुओं की कमी (पाण्डु, एनीमिया) होने पर गोविन्ददास भल्लातक घृत और महाभल्लातक गुड़ का सेवन कराते हैं। पाण्डु और ज्वर में तिलभल्लातक मोदक का सेवन करना हितकर है। पाण्डु रोगी को भोजन के साथ दाल-भाजी में डालकर या वैसे ही घी में मिलाकर भल्लातकादि क्षार खिलाया जाता है।

व्रण, शोथ, वृद्धि

सुश्रुत ने भिलावे को व्रणों के लिए उपयोगी ओषध बताया है। इसके प्रयोग से टूटी हुई हड्डी जल्दी जुड़ जाती है। ज़ख्म जब भर गए हों और उनके सफ़ेद दाग़ बच गए हों, तब उन्हें काला करने के लिए सुश्रुत ने भिलावे का यह प्रयोग बताया है —गोमूत्र में भावना दिये हुए भिलावों को 7 दिन गाय के दूध में रखें। फिर इनके दो-दो टुकड़े करके लोहे के घड़े में रख दें। भूमि में गड़े हुए दूसरे लोहे के घड़े के मुख पर एक जाली रखकर भिलावे से भरे हुए घड़े के मुख को मूंदकर रख दें। दोनों के मुखों का कपड़-मिट्टी से सन्धि-बन्धन कर दें। ऊपर के घड़े की पेंदी के बाहर चारों ओर गीली मिट्टी से बन्नी बना दें। इस चारदीवारी के अन्दर आग भर दें। गरमी से अन्दर रखे भिलावों का तेल निकलकर नीचे के घड़े में टपकता रहेगा। ठण्डा होने पर तेल निकाल लें। गांव में रहने वाले गाय आदि पशुओं के खुरों और पानी में रहने वाले पशुओं के खुरों को जलाकर सूक्ष्म बना लें और उस तेल में मिला लें। घावों के सफ़ेद दाग़ों पर

इसका लेप करना चाहिए (सुश्रुत., चिकित्सास्थान 1; 90-93)।

महाभल्लातक गुड़ को गोविन्ददास व्रण के रोगी को सेवन कराते हैं। जिनके पैरों में बिवाइयां फटती रहती हैं उन्हें भी महाभल्लातक गुड़ का सेवन करने की सलाह दी जाती है। मेडागास्कर में भिलावे का फल सर्पी (herpes) में प्रयुक्त होता है। वेदनाओं तथा मोचों पर भिलावे के दाहक रस का बाहरी प्रयोग किया जाता है। किसी स्थिर तेल में अति स्वल्प मात्रा में मिलाकर यह आक्रांत भाग पर मल दिया जाता है।

भिलावे के सेवन से नाड़ी का प्रमाण बढ़ता है और हृदय का स्पन्दन स्पष्ट मालूम होता है। रक्तान्तर्गत श्वेत कण बढ़ते हैं और इससे शोथ में कमी होती है। श्वेत कण बढ़ने से और रस-ग्रन्थियों को उत्तेजना मिलने से बढ़ी हुई ग्रन्थियों के आकार में ह्रास होने लगता है। शरीर में संचित फ़ालतू मेद को निकालने के लिए सुश्रुत भिलावे को प्रशस्त समझते हैं।

विष निवारण के लिए

सुश्रुत ने भिलावे की राख को अन्य औषधियों के साथ सर्पदंश की चिकित्सा में बरता है। इसी प्रकार दृढ़फल, वृश्चिक दंश में दिया जाता है। म्हस्कर और कायस् ने दिखाया है कि पौधे की राख सर्प-विष के लिए प्रतिविष नहीं है। कायस् और म्हस्कर के अनुसार वृश्चिक दंश की चिकित्सा में दृढ़फल निरुपयोगी है।

बालों के लिए हितकर

प्रतीत होता है कि काजू के समान भिलावे के फल में भी हरिभृंगि (कैन्थेरेडीन) सदृश एक पदार्थ होता है। पाश्चात्य चिकित्सा में कैन्थेरेडीन बालों तथा कर्परावरण के रोगों के लिए उपयोगी औषध के रूप में अनेक प्रकार से व्यवहार में लाई जा रही है। उसी प्रकार भिलावे का प्रयोग केश तैलों में किया जाता है। इसमें भिलावे का परिमाण बहुत स्वल्प रहता है। अधिक मात्रा होने से भयंकर उपद्रव खड़े हो जाते हैं।

सामान्यतः 2 से 3 भिलावों को छेतकर, 1 किलोग्राम तिल के तेल में डालकर 1-2 उबाल दे देते हैं। छानकर सप्ताह भर पड़ा रहने देते हैं और सुगन्ध तथा रंग मिलाकर केश तैल की तरह प्रयोग करते हैं। कर्पर आवरण (scalp) के लिए यह बहुत उत्तम उद्दीपक औषध है। यह रक्त संचार को उन्नत करता है जिससे रूसी, बालों का झड़ना, गंज, बालों का असमय पकना आदि विकार ठीक होते हैं। मुझे कुछ व्यक्तियों ने अपने अनुभव बताये हैं कि उनके केशों में जो मामूली श्वेतिमा आने लगी थी इसके प्रयोग से वह रुक गई और कुछ समय बाद सफ़ेदी बिलकुल जाती रही। विश्वास किया जाता है कि इसका प्रयोग करते रहने से तथा साथ-साथ भिलावे की निर्मितियों का अन्तःप्रयोग

करते रहने से केश श्याम हो जाते हैं। गोविन्ददास ने अमृत भल्लातक निर्मिति में सफ़ेद बालों को काले सुरमे के समान श्याम बनाने की क्षमता का प्रतिपादन किया है। उनका विश्वास है कि महाभल्लातक गुड़ का निरन्तर सेवन करने से पके हुए बाल श्याम बनाये जा सकते हैं।

योगरत्नाकर के भल्लातक मोदक को अग्रलिखित रोगों में भी उपयोगी बताया जाता है—चालीस प्रकार के पित्त रोग, द्वन्द्वज तथा सन्निपात के रोग।

सावधानियां

भिलावे के प्रयोग में अतिमात्रा से कोई बड़ा उपद्रव खड़ा हो सकता है। उससे वचने के लिए समय-समय पर रोगी के मूत्र की परीक्षा कर लेनी चाहिए। मूत्र का परिमाण घट जाए और वह धुंधला, गंदला या शोणित वर्ण हो जाए तो ये परिवर्तन औषध की अतिमात्रा की ओर अथवा औषध के प्रति असहिष्णुता की ओर स्पष्ट संकेत दे रहे होते हैं। ऐसी अवस्था में भिलावे का प्रयोग तुरन्त बन्द कर देना चाहिए। भिलावा अनुकूल न पड़ने पर अथवा इसकी मात्रा अधिक होने पर पहले तो शरीर पर खाज उठने लगती है, पसीना अधिक आने लगता है, जलन होती है, प्यास अधिक लगती है और बाद में पेशाब लाल हो जाता है। इस प्रकार लक्षणों के प्रकट होते ही भिलावा बन्द करके शामक उपचार करना चाहिए। तिल और नारियल खाने को देने चाहिए।

अनेक रोगियों को भिलावे की हानिकर क्रिया सबसे पहले गुदा और शिश्न के मुख पर अनुभव होती है। इन स्थानों पर खाज उठने लगे या जलन मालूम होने लगे तो झट प्रयोग बन्द करके नारियल का तेल या घी लगाना चाहिए। राजमार्तण्ड के अनुसार भैंस के घी को तिल-तेल के साथ दूध में मथकर भिलावे से उत्पन्न हुई सोज़ पर लगाना चाहिए।

डॉक्टर मुदीन शरीफ़ ने इसके प्रयोग में सावधान रहने की चेतावनी इस प्रकार दी है—भिलावे के अन्तः या बाह्य प्रयोग में यदि त्वचा पर ज़रा भी दाने प्रकट हो जाएं या त्वचा का रंग लाल हो जाए अथवा शरीर के किसी भाग में खुजली उठने लगे या बेचैनी की-सी अनुभूति हो तो यह औषध के बुरे प्रभाव का लक्षण समझना चाहिए और इसे तुरन्त रोक देना चाहिए।

मुख की श्लेष्मकला पर भिलावे का बुरा प्रभाव न हो इसके लिए कुछ वैद्य यह सावधानी बरतते हैं कि भिलावे की कोई निर्मिति खिलाने से पूर्व रोगी के मुख-गह्वर को घी से लिप्त कर देते हैं। इस उद्देश्य के लिए घी का गण्डूष करा दिया जाता है। अनेक वैद्य भिलावे से बनी औषध को मलाई, मक्खन या हलुए आदि किसी चिकने पदार्थ में लपेटकर बिना चबाये ही निगलवा देते हैं। यह सावधानी भी इसीलिए रखी जाती है

कि भिलावा मुख के श्लेष्मकला के सम्पर्क में न आये। भिलावे के प्रयोग में घी और दूध का अधिक मात्रा में सेवन कराना चाहिए जिससे विषैला प्रभाव न प्रकट हो।

प्रयोग करने का निषेध

गरमी और बरसात में इसका प्रयोग निषिद्ध है। यह उष्ण वीर्य है, इसलिए सरदियां भिलावे के प्रयोग के लिए उपयुक्त समय है। छोटे बालकों, गर्भवती स्त्रियों, वृद्धों और पित्त-प्रकृति वालों को भिलावे का सेवन नहीं करना चाहिए।

असात्म्यता : अनेक लोगों को भिलावा सात्म्य नहीं पड़ता, इसका सेवन करते ही उनके मूत्रमार्ग में पीड़ा, ज्वर, छाले, व्रण आदि लक्षण अभिव्यक्त हो जाते हैं। ऐसे लोगों को भिलावा नहीं देना चाहिए।

पथ्य : इसके प्रयोग काल में रोगी को दूध, घी, मधुर पदार्थ और चावलों के आहार पर रखना चाहिए। नमक और गरम पदार्थों को त्याग देना चाहिए।

अपथ्य : अष्टाङ्गसंग्रह में भिलावे के प्रयोग के समय अग्रलिखित परहेज़ वताए गए हैं—कुलथी, दही, सिरका, अचार आदि तथा तेल की मालिश और आग तापना।

पशु चिकित्सा : घोड़ों के कष्टों में भिलावे का रस और भिलावे का तेल, दोनों प्रयुक्त होते हैं।

पन भिलावा

इसे संस्कृत में नदी भल्लातक, वृषांकक तथा भोजनक और वनस्पतिशास्त्र में **सेमेकार्पुस हेतेरोफ़ील्ला** ब्लूम (**Semecarpus heterophylla** Blume) कहते हैं। यह अनाकार्दिआसी (Anacardiaceae) कुल का पौधा है।

यह सदाहरा वृक्ष है। इसकी छाल भूरी और खुरदरी होती है। पत्ते 15 से 35 सेण्टीमीटर लम्बे, 1 से 10 सेण्टीमीटर चौड़े, अभिप्रासाकार (oblanceolate), तीक्ष्णाग्र होते हैं। शाखाओं के सिरों की मञ्जरियों में एकलिङ्गी फूल लगते हैं। फल 2.5 सेण्टीमीटर व्यास का होता है। यह अण्डमान और निकोबार द्वीपों के तटवर्ती जंगलों में पाया जाता है।

यह अत्यधिक विषैला है। इसके क्षतों से रिसने वाला काला रेज़िन त्वचा पर लग जाय तो खाज और सूजन हो जाती है तथा फफोले पड़ जाते हैं जो मुश्किल से ठीक होते हैं। इसकी लकड़ी मुलायम होती है किन्तु विशेष काम की नहीं होती।

कैयदेव (1450 सन्) के अनुसार पन भिलावा, तिक्त-कषाय-मधुर, शीतवीर्य, ग्राही, वातवर्धक है; रक्त के विकार, जिगर के रोग और कफ को नष्ट करता है तथा ज़ख़्मों को भरता है :

वृषांकको भोजनको नदीभल्लातको मतः।
नदीभल्लातकस्तिक्तः कषायो मधुरो हिमः॥
संग्राही वातलो हन्ति रक्तपित्तकफव्रणान्।

कैयदेवनिघण्टु, ओषधिवर्ग 1; 501-502.

आठ

हरड़

तेर्मिनालिआ चेबुला रेत्सियस; सी.बी. क्लार्क इन पार्ट
Terminalia chebula Retzius; C.B. Clarke in part
कुल कौंब्रेतासी Combretaceae

इतिहास : बुद्ध का एक उपनाम भैषज्य गुरु है जो आज भी सारे बौद्ध देशों में प्रचलित है। भैषज्य गुरु बुद्ध की मूर्ति के हाथ में हरड़ बनी रहती है। भारतीय चिकित्सा में सुख-विरेचक और रसायन ओषधि के रूप में हरड़ का प्रयोग बहुत देर से हो रहा है। कहते हैं कि भगवान् बुद्ध ने एक बार कोष्ठबद्धता के लिए बहुत-सी दवाओं का प्रयोग किया, पर उन्हें लाभ नहीं हुआ। अन्त में उन्होंने हरड़ की शरण ली। इससे उन्हें सुख-विरेचन हुआ और उनकी तबीयत ठीक हो गई।

शरावों के एक घटक के रूप में खमीर उठाने के लिए हरड़ का प्रयोग बुद्ध के समय में होता था, यह बात कुम्भ जातक के इस कथानक से पता चलती है—जंगलों में घूमने का शौकीन सुर नाम का एक आदमी काशी राज्य में रहता था। व्यापारिक महत्त्व के कुछ पदार्थों की खोज में वह हिमालय पहुंचा। वहां एक बड़ा पेड़ था। उन तीन शाखाओं के बीच में शराब के घड़े जितना बड़ा एक घड़ा था। वर्षा पड़ने पर वह पानी से भर गया। उसके चारों ओर हरड़, आंवला और मिर्च उगे हुए थे। उनके पके फल उसमें गिरते रहते थे। उनके पास ही स्वयंजात शालि के कुछ पौधे थे। एक तोता शालि की सीखों को लाकर उन पेड़ों पर बैठकर जब खाता था तब धान और चावल भी उसमें गिर जाते थे। सूर्य की गर्मी से उस पानी में उत्सेचन (फ़र्मेण्टेशन) होने लगा। पानी का रंग लाल हो गया। गर्मियों में तोतों के प्यासे झुण्ड उसे पीकर मस्ती में गिर पड़ते और वृक्ष की जड़ में थोड़ी नींद लेकर टें-टें करते हुए उड़ जाते। ऐसा ही बन्दर आदि के साथ होता। इसे देखकर सुर ने सोचा—यह पानी यदि विष है तो ये मर जायें, परन्तु ये तो थोड़ी-सी नींद लेकर आनन्द से चले जाते हैं, यह विष नहीं। वनेचर सुर ने उसे स्वयं पीया तो वह भी मस्त हो गया। उसका जी मांस खाने को करने लगा। उसने आग सुलगाई। वृक्ष से नीचे गिरने वाले तीतर, मुर्गे आदि को मारकर मांस अंगारों पर सेक लिया। मांस खाता हुआ और मस्ती से झूमता-नाचता हुआ वह एक-दो दिन वहीं रहा। उस स्थान के पास ही वरुण नाम का एक तपस्वी रहता था। सुर ने सोचा,

यह पेय मैं इस तपस्वी के साथ मिलकर क्यों न पिऊं ! खोखले बांस के एक बर्तन में उसे भरकर और सेका हुआ मांस साथ लिए वह पर्णशाला में पहुंचा। तपस्वी वरुण को उसने कहा—पूज्यवर ! इस पेय को पीजिए। दोनों ने ही मांस खाते हुए उसका पान किया। इस प्रकार सुर और वरुण ने इस पेय की खोज की; इसलिए इस नशीले पेय को सुरा और वारुणी कहने लगे (कुम्भ जातक, 512)।

पाणिनी के एक सूत्र में और कात्यायन के एक वार्तिक में हरड़ का नाम हरीतकी आया है (हरीतक्यादिभ्यश्चः 14.3-167; हरीतक्यादिषु व्यक्ति 11.2.52 सूत्र पर वार्तिक)।

उत्पत्ति सम्बन्धी गाथाएं

अधिक उपयोगी वनस्पतियों का महत्त्व प्रतिपादन करने के लिए उनकी उत्पत्ति के सम्बन्ध में संस्कृत साहित्य में कुछ गाथाएं मिलती हैं। जिनमें उनका सम्बन्ध देवों के साथ दिखाया जाता है। नावनीतकम् के लेखक ने लिखा है कि जब इन्द्र देवता अमृत पी रहे थे तब भूमि पर उसकी एक बूंद गिर पड़ी। उससे ओषधियों में श्रेष्ठ हरड़ उत्पन्न हो गई (नावनीतकम्)। भावमिश्र ने इन्हीं अमृत बिन्दुओं से 7 प्रकार की दिव्य गुणों वाली हरड़ों की उत्पत्ति का उल्लेख किया है (भावप्रकाश, हरीतक्यादिवर्ग 1; 5)। एक दूसरी कथा में बताया गया है कि सुधर्मा की सभा में अमृत पान करते हुए विष्णु भगवान् से गिरी सात बूंदों में से हर्षदायक 7 प्रकार की हरड़ें पैदा हुई थीं।

यूरोपियन चिकित्सा

यूरोपियन चिकित्सा में हरड़ का ज्ञान देर से है, परन्तु इनका अधिक प्रयोग नहीं होता था। ईसा-युग के प्रारम्भिक भाग में ग्रीक इसको जानते थे। प्रारम्भिक अरब लेखकों से सम्भवतः ग्रीकों को हरड़ का ज्ञान हुआ था। अरस्तू (340 ईस्वी पूर्व), डिओस्कोराइड्स (60 ईस्वी पश्चात्) और प्लीनी (70 ईस्वी पश्चात्) ने हरड़ों का ज़िक्र किया है।

लिंश्खोटन (Linschoten), जो सोलहवीं शताब्दी के अन्त में भारत आया था, 5 प्रकार की हरड़ों का वर्णन करता है। इससे पूर्व हरड़ सम्बन्धी ज्ञान गार्सिया द और्ता (Garcia d' Orta) ने दिया है। इसका टीकाकार डौक्टर पैलुडेनस लिखता है कि 5 प्रकार की सब हरड़ें उस समय भारत से आती थीं। ये सूखी हुई, अचार या मुरब्बे की शक़्ल में अथवा खांड में सुरक्षित की हुई होती थीं। लिंश्खोटन लिखता है कि हरड़ें जितनी बड़ी हों, उतनी अच्छी होती हैं। काला रंग लिए हुए और कुछ लाल-से रंग की, भारी और पानी में डूब जाने वाली हरड़ें कफ को निकालती हैं, बुद्धि को कुशाग्र करती हैं। शहद और खाण्ड में सुरक्षित रखी हुई हरड़ें शक्तिजनक और विरेचक होती हैं। इनके खाने से श्वयथु अच्छी हो जाती है और वृद्धा अवस्था में इनका प्रयोग हितकर

है। इनके सेवन से भूख बढ़ती है और पाचन-क्रिया में मदद मिलती है।

अमिदा के ईटियस के एक नुसख़े का ज़ेडोअरी के नीचे उल्लेख मिलता है। पूर्व में पैदा होने वाले अन्य द्रव्यों के साथ इसमें हरड़ भी सम्मिलित है।

पेगोलोट्टी (1343) ने अच्छी सुरक्षित हरड़ों की विशेषता बताई है : 'ये बड़ी और काली होनी चाहिए। ऊपर का छिलका दांतों को नरम मालूम होना चाहिए। ये जितनी बड़ी तथा काली होंगी और दांतों में नरम लगेंगी उतनी ही अच्छी होती हैं। कुछ लोग कहते हैं कि भारत में इन्हें कच्ची अवस्था में ही चाशनी में पका लिया जाता है जैसे कि हम कच्चे अख़रोटों को करते हैं। इस प्रकार पकाई हरड़ों के अन्दर गुठली नहीं रहने दी जाती। मालूम नहीं वस्तुतः ऐसा भी किया जाता है कि नहीं, क्योंकि हमारे पास बिना गुठली वाली हरड़ें नहीं आतीं और अक्सर अत्यन्त कठोर गुठलियों वाली आती हैं। इन्हें मिट्टी के भूरे-चिकने वर्तनों में चाशनी के अन्दर रखना चाहिए। यह चाशनी शहद या खांड से बनाई जाती थी। ये सदा चाशनी के अन्दर डूबी रहनी चाहिए, इससे ये सुरक्षित रहती हैं, इन्हें सूखा प्रयोग करना ठीक नहीं।' पेगोलोट्टी ने इसकी अलग्ज़ेण्ड्रिया में बिक्री लिखी है।

पौधे का स्वरूप

एक मध्यमाकार या बड़ा, पतनशील पत्तों वाला (deciduous) वृक्ष है। ऊपर का भाग गोल, मुकुट की तरह होता है। शाखाएं बहुत और प्रत्येक दिशा में फैलती हुईं और इनके प्रान्तीय भाग प्रायः नीचे की ओर गिरते हुए होते हैं। तना वृक्ष के आकार से अक्सर छोटा और सीधा कम ही होता है। ज़मीन से 90 सेण्टीमीटर ऊंचे तने की परिधि 60 से 90 सेण्टीमीटर होती है। म्यांमार में तना प्रायः ऊंचा और सीधा चला जाता है।

पत्र, कलिकाएं, छोटी शाखाएं और नये पत्ते लम्बे, मुलायम, चमकीले, सामान्यतः जंगार रंग के और कभी-कभी चांदी के रंग के बालों से ढके हुए होते हैं। पत्ते एक-दूसरे से समान दूरी पर, अक्सर अर्द्ध-सम्मुख (sub-opposite), अण्डाकृति या समाकार-व्यस्तलट्वाकार (oblong-ovate), दीर्घतीक्ष्ण (accuminate), 7.5 सेण्टीमीटर से 20 सेण्टीमीटर लम्बे, 7.5 सेण्टीमीटर चौड़े, तूल-रोमश से सर्वथा घने बालों वाले या सर्वथा स्निग्ध आदि सब अवस्थाओं में होते हैं। पत्ते की मुख्य बाह्य नाड़ियां बहुत स्पष्ट और उभरी हुई होती हैं। पत्रवृन्त पर सिरे के समीप 1 या 2 ग्रन्थियां या उभार होते हैं। पत्ते की 1/3 लम्बाई से पत्रवृन्त छोटा होता है।

कुछ स्थानों में नवम्बर से पत्ते गिरने आरम्भ होते हैं और फ़रवरी-मार्च तक वृक्ष पत्रविहीन हो जाते हैं। फिर नये पत्ते मार्च से मई तक निकलते हैं। ये हलके-हरे या कभी-कभी ताम्रवर्ण के होते हैं। एक प्रकार का कीड़ा बेगवर्म मौथ (bagworm moth) जिसका वैज्ञानिक भाषा में नाम–*(अकांतोप्सीके मोओरेई)* है, *Acanthopsyche moorei*

वृक्ष के पत्तों को नुकसान पहुंचाता है।

छाल 65 मिलीमीटर मोटी, गहरी भूरी-धूसर, सामान्यतः बहुत-सी उथली, लम्ब-अक्ष दरारों से युक्त और लकड़ी के बाह्य छिलके के साथ उतरती हुई होती है। लकड़ी बहुत कठोर और धूसर वर्ण, जिसमें हरी या पीली-सी आभा होती है। अन्तःकाष्ठ (heart-wood) अनियमित, छोटी, गहरी जामनी, सख़्त, भारी और अच्छी टिकाऊ होती है। वार्षिक चक्र (annual rings) अस्पष्ट होते हैं। छिद्र छोटे और अक्सर अर्द्धविभक्त,

चित्र 21 हरड़ की पुष्पित शाखा

एकाकी या समूहों में होते हैं। लकड़ी का भार 945 किलोग्राम प्रति घन मीटर होता है। यह बहेड़े की लकड़ी से भारी होती है।

पौधे की वृद्धि सामान्य होती है। प्रति 2.50 सेण्टीमीटर व्यासार्द्ध में 6 से 10 चक्र होते हैं। प्राकृतिक उत्पत्ति में इसका अधिकतम छाया-तापमान 36.7 अंश से 46.7 अंश शतांश और न्यूनतम 1.1 अंश से 15.5 अंश शतांश होता है। वहां की सामान्य वर्षा 75 से 325 सेण्टीमीटर होती है।

हलके सफ़ेद रंग के पुष्प-स्तवक नये पत्तों के साथ प्रकट होते हैं। हिमालय की

घाटियों से देर में, जून-अगस्त में फूल निकलते हैं। हरिद्वार में सितम्बर के अन्तिम सप्ताह में भी कुछ फूल वृक्षों पर देखे जा सकते हैं। पुष्प-स्तवक 5 से 10 सेण्टीमीटर लम्बा, अधिकतर संयुक्त विवृन्तक और चालू साल के शाखोदेदों के सिरे पर और ऊर्ध्वतम पत्तों के अक्षों में होता है। पुष्प उभयलिंगी, अवृन्तक, वर्ण मैला-सा सफ़ेद या पीला और गन्ध भद्दी-सी होती है। फूल अक्सर एक कोड़े से आक्रान्त हो जाते हैं।

पुष्प-स्तवक तड़के 4.30 बजे से 5.30 बजे तक बड़े आकार की मधुमक्खियों (*Apis dorsata*) से ख़ूब व्यस्त रहते हैं। इस एक घण्टे के बाद एक भी मधुमक्खी दिखाई नहीं देती। सारा मई महीना तथा उसके बाद भी जब तक फूल काफ़ी रहते हैं, हरड़ का वृक्ष मधुमक्खियों के लिए पुष्प-रस का बहुत अच्छा चरागाह सिद्ध होता है।

बाहर की ओर फैलती हुई शाखाओं के सिरों पर गुच्छों में फल लटकते हैं। फल एकाकी या 3 से 10 तक इकट्ठे, 1 गुच्छे में लटके होते हैं। वृक्ष के अन्दर के भाग में फल कम ही दिखाई देते हैं।

स्थानिक भेद से फल नवम्बर से मार्च तक पकते हैं और पकने के बाद शीघ्र गिर जाते हैं। कई वृक्षों में अक्तूबर में फल के ऊपर रेखाएं स्पष्ट दीखने लगती हैं जबकि दूसरे वृक्षों में इस समय रेखाओं का चिह्न-मात्र भी नहीं होता और फल बिलकुल चिकने पृष्ठ के होते हैं। इसमें से जो ज़मीन पर गिर जाते हैं, सूखकर उनमें रेखाएं पड़ने लगती हैं। अब तक इनके ऊपर छिलके का एक पतला आवरण होता है। फल की आकृति और आकार बहुत भिन्न-भिन्न होता है। यह अक्सर 5 लम्ब-अक्ष में (longitudinally) रेखाओं वाला, कठोर, 2.50 से 5 सेण्टीमीटर लम्बा, रंग में पीला-बादामी या नारंगी-भूरा, कभी-कभी लाल या काली आभा लिए होता है। इसमें सूखा और कठोर गूदा होता है, जिसकी मोटाई भिन्न-भिन्न होती है। अन्दर पत्थर जैसी कठोर गुठली होती है, यह सारे भार का 23 से 52 प्रतिशत होती है। गुठली 1.5 से 2 सेण्टीमीटर चौड़ी, 1.25 से 1.5 सेण्टीमीटर लम्बी, अण्डाकार, पीतवर्ण, ऊंची-नीची, गड्ढों से युक्त, कठोर और अर्द्ध-कोणायित होती है। हर साल फलों की फ़सल भिन्न-भिन्न होती है। लगभग 35 से 45 ताज़े फलों या 60 से 75 सूखी हरड़ों का भार 455 ग्राम होता है।

प्राप्ति-स्थान

भारत और म्यांमार में सर्वत्र, विशेषकर पर्णपाती जंगलों में और कभी-कभी अधिक आर्द्रता-मिश्रित जंगलों में भी मिलता है। उत्तर भारत में बहुतायत से होता है। पंजाब में यह वृक्ष छोटा, सामान्यतः 1.20 से 1.50 मीटर घेरे के तने वाला होता है। दक्षिण में और अनुकूल अवस्थाओं में यह 24 से 30 मीटर तक बड़ा आकार प्राप्त कर लेता है। सीधे नियमित आकृति वाले तने का घेरा 2.40 से 3.60 मीटर हो जाता है। पंजाब तथा पश्चिमी पाकिस्तान में निम्न हिमालय और शिवालक मार्गों में सतलुज से पूर्व की

ओर 1,524 मीटर तक पहुंच गया है। कांगड़ा ज़िले में विस्तृत रूप में मिलता है। कांगड़ा घाटी में कमज़ोर चट्टानी ज़मीन पर लगभग 1,067 मीटर पर बिखरा हुआ, अकेला या चीड़ के साथ मिला हुआ मिलता है। यहां वृक्ष की वृद्धि इतनी अच्छी नहीं होती।

पालामऊ, हज़ारीबाग़, बंगाल में थोड़ा-वहुत सब जगह मिल जाता है। असम में बहुतायत से मिलता है। पूर्वी बंगाल, बिहार, अवध, मध्य प्रदेश और दक्षिण भारत में यह वृक्ष आमतौर से पाया जाता है।

यह विभिन्न प्रकार की ज़मीनों में, चिकनी और रेतीली ज़मीनों में भी मिलता है। मध्य प्रदेश में खुले जंगलों या ग्राम्य भूमियों में, चट्टानों में आमतौर पर मिलता है। दूसरे क़िस्म की ज़मीनों में भी होता है।

मुम्बई में उच्च जंगलों में सामान्य रूप से मिलता है। महाराष्ट्र तथा गुजरात में मुख्यतया थाणा, नासिक, नागर, खंडेश, पूना, बेलगाम, सतारा और सूरत ज़िलों में पाया जाता है। महाबलेश्वर की उच्चस्थली के अन्दर 1,372 मीटर पर उन जंगलों का मुख्य अंश है जिनमें छोटे वृक्ष उगते हैं। नर्मदा के दक्षिण में आमतौर पर अधिक मिलता है, आकार में भी बड़ा होता है। सतपुड़ा के उच्च्च स्थलों पर 610 मीटर की ऊंचाई तक बहुतायत से मिलता है। गोदावरी के मार्गों में उगता है।

हिमालय में उच्च्च तल पर चट्टानों वाले और शुष्क स्थानों में तथा दक्षिण भारत के पहाड़ों में यह बहुत छोटा वृक्ष होता है; परन्तु बड़े वृक्षों से सम्पन्न घाटियों और जंगलों में यह भी बड़ा हो जाता है और गहरे रंग की लकड़ी देता है। बाह्य हिमालय में नीलगिरि और दक्षिण भारतीय पर्वत-श्रेणियों में, त्रावनकोर प्रदेश में, जहां कि वर्षा कम होती है, 1,829 मीटर तक मिल जाता है।

तमिलनाडु में सर्वत्र जंगलों में होता है। प्रायः शुष्क स्थानों पर पाया जाता है। कोयम्बटूर में वड़े आकार का होता है। गंजाम और गुमसूर में काफ़ी होता है।

म्यांमार, श्रीलङ्का और मलय प्रायद्वीप में मिलता है। श्रीलङ्का में निचले प्रदेश में शुष्क ज़िलों में होता है। सिंगापुर की जलवायु के लिए यह अनुकूल नहीं है। वहां के वानस्पतिक उद्यान (बोटनिकल गार्डन) में इसको उगाने का प्रयत्न किया गया, पर सफलता नहीं मिली। जावा में उगाया जा सकता है। बुटन्ज़र्ग (Butenzorg) में किसी तरह हो सकता है और मलय प्रायद्वीप में कुछ भाग ऐसे हैं जो निस्सन्देह इसके लिए अनुपयुक्त नहीं हैं।

जंगल से निकासी

निम्नलिखित फ़ौरेस्ट डिविज़नों के संरक्षित जंगलों से हरड़ पर्याप्त परिमाण में निकलती है : मध्य प्रदेश और बरार में बालाघाट, उत्तर तथा दक्षिण मण्डला, दक्षिण तथा उत्तर रामपुर, छिंदवाड़ा, मेलाघाट, बेतूल, जबलपुर और अमरावती। तमिलनाडु में अपर गोदावरी,

विजगापट्टम, मदुरा, वेल्लौर, तिन्नावेल्ली, उत्तर तथा दक्षिण कुद्दापह, उत्तर कोयम्बटूर, कुरनूल, नीलगिरि और सलेम। महाराष्ट्र तथा गुजरात में बेलगांव, पूना, सतारा, पूर्व थाना, पश्चिम कनारा, पूर्व तथा पश्चिम नासिक और कोलाबा; बिहार में सिंहभूमि और संथाल परगना; उड़ीसा में परलाकीमेडी।

रियासतों के विलय से पूर्व निजू जंगलों, गांवों और फालतू पड़ी भूमियों से हरड़ की निकासी सबसे अधिक थी। सरकारी संरक्षित जंगलों से जितनी हरड़ें निकलती थीं उससे इनका परिमाण 4 या 5 गुना अधिक था। सरकारी जंगलों के अतिरिक्त दूसरे जंगलों पर नियन्त्रण न होने से निकलने वाले परिमाण की संख्याएं उपलब्ध नहीं होतीं। ऊपर जिन वन-विभागों (फ़ौरेस्ट डिविज़नों) का नाम गिनाया गया है उनके साथ लगते हुए स्थानों में जैसे कोल्हापुर, मैसूर तथा हैदराबाद रियासतों में और असल में सारे दक्कन तथा कोंकण में और उड़ीसा की बहुत-सी रियासतों में पैदावार बहुत अधिक थी। पंजाब अर्थात् रावी से पूर्व की ओर निम्न हिमालय, विशेषकर कांगड़ा ज़िला तथा शिवालक पर्वतों से निकलने वाली हरड़ें इन्हीं प्रदेशों में खप जाती हैं। बंगाल और असम बहुत अधिक हरड़ें पैदा नहीं करते और न ही भारत का शुष्क उत्तर-पश्चिम क्षेत्र।

संग्रह कौन करे

सामान्यतः हरड़ के जंगल या बगीचे, ठेकेदार को नीलाम कर दिए जाते हैं। गांव वाले हरड़ें इकट्ठा करके उसके पास लाते हैं और वह चर्मकारों को या निर्यात करने वालों को बेच देता है। ठेकेदारों के द्वारा संग्रह करना संतोषजनक न समझकर जंगल-विभाग द्वारा इकट्ठा कराने के परीक्षणों को मुम्बई में सफल समझा गया। उसके बाद 1931-32 में फिर तमिलनाडु और मध्य प्रदेश में भी ठेकेदारों द्वारा कार्य संतोषजनक न होने से जंगल-विभाग ने स्वयं हरड़ें इकट्ठी करवाईं। अनुभव से पता चलता है कि सरकारी विभाग द्वारा संग्रह कराने में श्रमिकों को जो महंगी मज़दूरी देनी पड़ती है वह वारा नहीं खाती। ठेकेदार को तो गांव वाले अपने फ़ुर्सत के समय में इकट्ठा करके दे जाते हैं, इसलिए वह सस्ता पड़ता है।

विविध भाषाओं और स्थानों में नाम

अंग्रेज़ी : माइरोबैलन ट्री (myrobalan tree)।
अरबी : अहलीज़, एहलीलज़, हलैलज़ अस्पर।
असमिया : हिलिखा, सिल्लिका।
उड़िया : करेड़ा, हरिड़ा।
उर्दू : हलद।
कन्नड़ : अणिलेकायि, कारेकायि, हर्डेकायिमर।
कश्मीरी : ज्सरद हलेला।

गढ़वाली : हलडुंण।
गुजराती : हरडे, हर्रे, हिमाजा।
जर्मन : रिस्पिगेर माइरोबैलनेन्बाम (rispiger myrobalanenbaum)।
तमिल : कटुमरं, कटुक्काय्, अंकणं।
तुर्की : अणिलेमर।
तेलुगु : करकचेट्टु, करक्काय।
दक्कन : हलरा, कलरा।
नेपाली : हेरड़ो।
पंजाबी : हर्र, हर्रा।
फ़ारसी : हलैले, हलैलाह।
फ्रेंच : बदमीर चेबुले (badamier chebule)।
बंगला : हरीतकी, हर्तकी, नर्रा।
बिहारी : हर्रे।
मराठी : हरीतकी, हर्तकी, हिराड़ा, हिरडे।
मलयालम : कटुक्का।
मलयी : कटुकामरम्, बुआह कटुका।
म्यांमार : पाङा।
लेपचा : सिलिम।
सिक्किम : हन, सिलिम कंग।
सिंहली : अरलु।
हिन्दी : हरड़, हर्र, हर्रे।

संस्कृत में नाम और पर्याय

वनस्पतिशास्त्र के निघण्टुओं में हरड़ के कुल 30 नाम आए हैं; धन्वन्तरिनिघण्टु (8वीं शती) में 12, राजनिघण्टु (12वीं शती) में 22, मदनपालनिघण्टु (1374 सन्) में 20, कैयदेवनिघण्टु (1450 सन्) में 10 और भावप्रकाशनिघण्टु (1550 सन्) में 14 नाम और पर्याय निम्नलिखित श्लाकों में आए हैं :

हरीतक्यभया पथ्या प्रपथ्या पूतनाऽमृता।
जयाऽव्यथा हैमवती वयःस्था चेतकी शिवा॥

धन्वन्तरिनिघण्टु, गुडूच्यादिवर्ग 1; 205.

हरीतकी हैमवती जयाऽभया शिवाऽव्यथा चेतनिका च रोहिणी।
पथ्या प्रपथ्याऽपि च पूतनाऽमृता जीवप्रिया जीवनिका भिषग्वरा॥
जीवन्ती प्राणदा जीव्या कायस्था श्रेयसी च सा।

देवी दिव्या च विजया वह्निनेत्रमिताभिधा ॥

राजनिघण्टु, आम्रादिवर्ग 11; 214-215.

शिवा हरीतकी पथ्या चेतकी विजया जया ।
प्रपथ्या प्रथमाऽमोघा कायस्था प्राणदाऽमृता ॥
जीवनीया हेमवती पूतना वृतनाऽभया ।
वयस्था नन्दिनी ज्ञेया श्रेयसी रोहिणी तथा ॥

मदन्पानिघण्टु, हरीतक्यादिवर्ग 1; 20-21.

हरीतक्यभया पथ्या प्रपथ्या हैमवत्यपि ॥
कायस्था श्रेयसी ज्ञेया प्राणदा विजया शिवा ।

कैयदेवनिघण्टु, ओषधिवर्ग 1; 221-222.

हरीतक्यभया पथ्या कायस्था पूतनाऽमृता ।
हैमवत्यव्यथा चापि चेतकी श्रेयसी शिवा ॥
वयस्था विजया चापि जीवन्ती रोहिणीति च ॥

भावप्रकाशनिघण्टु, हरीतक्यादिवर्ग 1; 6-7.

इन श्लोकों के अन्तर्गत लिखे गए नाम-पर्यायों को नीचे तालिका में दिया जा रहा है जिससे पाठक सुगमता से उनका तुलनात्मक अध्ययन कर सकें :

धन्वन्तरिनिघण्टु (8वीं शती)	**राजनिघण्टु** (12वीं शती)	**मदनपालनिघण्टु** (1374 सन्)	**कैयदेवनिघण्टु** (1450 सन्)	**भावप्रकाशनिघण्टु** (1550 सन्)
1 अभया	1 अभया	1 अभया	1 अभया	1 अभया
2 अमृता	2 अमृता	2 अमृता		2 अमृता
		3 अमोघा		
3 अव्यथा	3 अव्यथा			3 अव्यथा
	4 कायस्था	4 कायस्था	2 कायस्था	4 कायस्था
4 चेतकी		5 चेतकी		5 चेतकी
	5 चेतनिका			
5 जया	6 जया	6 जया		
	7 जीवनिका			
		7 जीवनीया		
	8 जीवन्ती			
	9 जीवप्रिया			
	10 जीव्या			
	11 दिव्या			
	12 देवी			

		8 नन्दिनी		
6 पथ्या	13 पथ्या	9 पथ्या	3 पथ्या	6 पथ्या
7 पूतना	14 पूतना	10 पूतना		7 पूतना
8 प्रपथ्या		11 प्रपथ्या	4 प्रपथ्या	
	15 प्राणदा	12 प्राणदा	5 प्राणदा	
	16 भिषग्वरा			
	17 रोहिणी	13 रोहिणी		8 रोहिणी
9 वयस्था		14 वयस्था		9 वयस्था
	18 विजया	15 विजया	6 विजया	10 विजया
		16 वृतना		
10 शिवा	19 शिवा	17 शिवा	7 शिवा	11 शिवा
	20 श्रेयसी	18 श्रेयसी	8 श्रेयसी	12 श्रेयसी
11 हरीतकी	21 हरीतकी	19 हरीतकी	9 हरीतकी	13 हरीतकी
		20 हेमवती		
12 हैमवती	22 हैमवती		10 हैमवती	14 हैमवती

संस्कृत के नामों और पर्यायों के अर्थ

उत्पत्तिबोधक नाम :

अमृता : अमृत से उत्पन्न।

गिरिजा : पर्वत पर (गिरि) उत्पन्न होने वाली (जा)।

वृतना : गोल हरड़।

शक्रस्रष्टा : इन्द्र से पैदा की गई; अमृत पान करते हुए इन्द्र से अमृत की कुछ बूंदें ज़मीन पर गिरीं, उनसे सात प्रकार की हरड़ उत्पन्न हुईं।

सुधा : अमृत से उत्पन्न।

सुधोद्भवा : अमृत (सुधा) से उत्पन्न (उद्भवा)।

हरीतकी : हरस्य भवने जाता; भगवान् शिव के घर–हिमालय–में उत्पन्न होती है।

हिमजा : हिमालय पर उगने वाली।

हैमवती : हिमालय के निचले प्रदेशों में पैदा होने वाली।

परिचयज्ञापक नाम :

हरीतकी : सर्वरोगान् हरते; सव रोगों को दूर करने वाली।

गुणप्रकाशक संज्ञा :

अभया : अभयं सर्व रोगेभ्योः भवत्याशुश्च शाश्वतम्; इसके नियमित सेवन से रोग का भय कभी नहीं रहता।

अमृता : अमृत तुल्य; अमरता देने वाली।

अमोघा : अव्यर्थ; गुणकारक ओषधि।

अव्यथा : व्यथा–रोग दूर करने वाली।

कायस्था : शरीर को बनाये रखने वाली।

चेतकी : चेतना, ज्ञान देने वाली, स्मृतिवर्द्धक।

चेतनिका : देखिए चेतकी।

जया : रोगों को जीतने वाली।

जीवनिका : जिलाने वाली।

जीवनीया : देखिए जीवनिका।

जीवन्ती : देखिए जीवनिका।

जीवप्रिया : प्राणियों (जीव) की प्रिय (प्रिया)।

जीव्या : जिलाने वाली।

दिव्या : दिव्य गुण युक्त।

देवी : देखिए दिव्या।

नन्दिनी : आनन्द देने वाली।

पथ्या : पथ्यत्वात् सर्वधातूनाम्; शरीर की सब धातुओं के लिए पथ्य का काम करती है, उनके लिए हितकर है।

सुखाने और संग्रह करने का तरीका

ज़मीन पर से घास आदि को निकालकर, गोबर या चिकनी मिट्टी से लेप करके अच्छा फ़र्श-सा बना लिया जाता है। डिपो में फल पहुंचते ही इस तरह तैयार की हुई भूमि पर फैला दिये जाते हैं। हरड़ें बिछाने में यह सावधानी रखी जाती है कि वे एक-दूसरे के ऊपर ढेरी की शक्ल में न पड़ें, परन्तु साथ-साथ फैलाने से जो तह बने, उस तह में एक ही हरड़ हो। अच्छी धूप में पूर्णतः सूखने देने के लिए इन्हें हर दूसरे या तीसरे दिन पलट दिया जाता है। मुख्यतया यही प्रक्रिया है जिसके ऊपर हरड़ का अन्तिम व्यापारिक मूल्य निर्भर करता है। इसलिए इसमें बहुत अधिक सतर्क रहना पड़ता है। ऋतु साफ़ हो तो मिट्टी के फ़र्श पर हरड़ों को सूखने में बीस दिन का समय लग जाता है। चट्टानी भूमि हो या पक्का फ़र्श हो तो इससे प्रायः आधा समय लग जाता है, क्योंकि सूर्यास्त के बाद भी चट्टानें काफ़ी देर तक गरम रहती हैं और वे हरड़ से नमी को उड़ाती रहती हैं। साथ ही जब ओस पड़ती है तब मिट्टी वाले फ़र्श की अपेक्षा चट्टानी ज़मीन पर से अधिक शीघ्रता से उड़ जाती है। बारिश की तेज़ बौछारें हरड़ के मूल्यवान् गुणों को

नष्ट कर देती हैं। उनसे बचने के लिए ठेकेदार एक-दो अस्थायी छती हुई बैरकें-सी बना लेता है जिनमें बारिश की सम्भावना होने पर हरड़ें जल्दी से बिछा दी जाती हैं। सूखने की प्रक्रिया में इस पर रेखाएं पड़ जाती हैं। गूदे की बाहरी तह इतनी कठोर हो जाती है कि चाकू उस पर काम नहीं करता। हरड़ों की जिस छोटी-सी प्रतिशत में रेखाएं नहीं पड़तीं उनमें देखा गया है कि छिलके के नीचे फल का लगभग सारा गूदा काले चूर्ण के रूप में परिवर्तित हो गया होता है जिसका स्याही बनाने में बहुत उपयोग होता है। ऐसे फलों को भोंगा हरड़ें कहते हैं और ये रंगने तथा चर्मकर्म के लिए निरुपयोगी समझी जाती हैं। रेखाओं वाली हरड़ें तब बोरों में भरी जाकर यूरोप भेज दी जाती हैं। कुछ हरड़ें भारत में बेचने के लिए रख ली जाती हैं।

तमिलनाडु में सामान्यतः शाखाएं हिलाकर फल झाड़ लिए जाते हैं और ज़मीन पर से चुन लिए जाते हैं। वृक्षों के ऊपर से उनका संग्रह बहुत कम किया जाता है।

बहुत पहले ही (वाट, 1896, पृष्ठ 11) यह देखा गया था कि शाखाओं से फलों को तोड़ते हुए बड़ी-बड़ी टहनियां तोड़ ली जाती हैं, इस प्रथा को रोकना चाहिए क्योंकि इससे वृक्ष को हानि पहुंचती है। इस तरह इकट्ठा किये गये फल भी सम्भवतः घटिया क़िस्म के होते हैं। हलके रंग के होने से बढ़िया होंगे इस कल्पना के कारण यद्यपि इनका मूल्य तो अधिक मिलता है परन्तु इस बात का निश्चित निर्णय करने के लिए पर्याप्त प्रमाण नहीं हैं। फिर भी बाज़ार में फ़सल के अधिक-से-अधिक दाम प्राप्त करने के लिए यह आवश्यक है कि फल को संग्रह करने और सुखाने में बहुत अधिक सावधानी रखी जाय। पूरण सिंह (1918) ने दिखाया है कि ठीक तरह स्टोर की जाने पर हरड़ें ख़राब नहीं होतीं अर्थात् इन्हें सूखे और कीड़ों से रहित स्थान पर रखना चाहिए। यह बात केवल स्वस्थ और कीड़े से न खाये हुए फलों पर ही लागू होती है।

संचय का समय

पूरण सिंह की खोजों के अनुसार टैनिन के परिमाण की दृष्टि से संचय करने के समय का महत्त्व है। नवम्बर, दिसम्बर या जनवरी के संचयों के समय का अब तक कोई ब्यौरा नहीं मिलता।

सर्वोत्तम हरड़ें जनवरी में इकट्ठी की जाती हैं। भारत में सर्वत्र, इसके बाद का संचय इतना अच्छा नहीं रहता और इससे पहले का बहुत ख़राब। स्पष्ट है कि अक्तूबर से मार्च तक संचय करने की आजकल की प्रथा अच्छी नहीं है। अब तक जितनी भी खोजें हुई हैं उनमें हमें इस प्रकार का कोई विवरण नहीं मिलता, जिससे यह जाना जा सके कि संचय की दृष्टि से पकने की कौन-सी अवस्था सर्वोत्तम रहती है। टैनिन के परिमाण के अतिरिक्त भी किसी बात को ध्यान में रखा जाना चाहिए, यह नहीं कहा जा सकता।

बाज़ार के लिए तैयार करना : ग्रेड बनाना

विदेशों की मण्डियों को भेजने के लिए और भारत में भी चमड़े के कुछ कारख़ानों को देने के लिए व्यापारी हरड़ों के ग्रेड बना लेते हैं। इसके लिए सामान्यतः व्यापारी ऐसा करता है कि अच्छी दीखने वाली हरड़ों को अलग करके उन्हें पहले ग्रेड में रख लेता है और शेष को दूसरे ग्रेड में। जिस स्थान से हरड़ें निर्यात होती हैं उस स्थान के नाम के आधार पर मण्डियों में हरड़ों का नाम पड़ गया। जैसे 'ज-1'=जबलपुरी, पहले ग्रेड की हरड़ें। 5 मुख्य क़िस्में ये हैं :

विमली : विमलीपटम, तमिलनाडु से निर्यात की जाती है।
जबलपुरी : जबलपुर, मध्य प्रदेश से निर्यात की जाती हैं।
राजपुरी : कोल्हापुर से निर्यात की जाती हैं।
विंगोरली : मुम्बई के जंगलों से निर्यात की जाती है।
मद्रासी : तमिलनाडु के जंगलों से निर्यात की जाती है।

व-1, ज-1, र-1 तथा कुटी हुई हरड़ों के स्टैण्डर्ड नमूनों को डायरेक्टर ऑफ़ इण्डस्ट्रीज़ (मुम्वई) रख लेता है। ज-1 और कुटी हुई हरड़ों के नमूनों को डायरेक्टर-जनरल ऑफ़ कमर्शियल इण्टेलिजेन्स एण्ड स्टैटिस्टिक्स, कलकत्ता रखता है।

कभी-कभी बिना ग्रेड बनाये ही जंगल की औसत पैदावार चुनकर बोरियों में भर ली जाती है और उस पर 'FAQ' (fair average quality) निशान लगा दिया जाता है।

टैनिन के परिमाण और रंग, दोनों दृष्टियों से सलेम की हरड़ें भारत में सबसे अच्छी हरड़ें हैं परन्तु ये सबकी-सब वहीं खप जाती हैं, निर्यात नहीं होतीं।

केवल आंखों से हरड़ों की सामान्य आकृति को देखकर ही अब तक उसके ग्रेड बनाने की पद्धति प्रचलित है। परन्तु रिपोर्ट प्राप्त हुई है कि इस प्रकार से स्टैण्डर्ड निश्चित करना पर्याप्त नहीं होता। इंग्लैंड की खालों और चमड़ा कमाने के सामान पर विचार करने वाली विशेष कमेटी (1922) ने और न्यूयॉर्क में भारतीय सरकार के व्यापार कमिश्नर (1941) ने इस सम्बन्ध में चेतावनियां दी हैं। इंग्लैंड की कमेटी ने सलाह दी थी कि टैनिन को इकाई मानकर और रंग के आधार पर मूल्यांकन करना चाहिए। परन्तु, क्योंकि चर्मकार हरड़ को विभिन्न तरीक़ों से बरत्ते हैं और चर्मकर्म के बहुत-से पहलुओं में टैनिन-परिमाण तथा रंग के तो केवल दो ही पहलू हैं, इसलिए यह समस्या इतनी आसानी से हल नहीं हो जाती। एम. वी. एडवर्ड्स की सम्मति में आकार, रंग, भार और मोटाई के आधार पर व्यापार में ग्रेड बनाने चाहिए। विस्तृत विश्लेषण के अलावा टैनिन का परिमाण जानने का और कोई तरीक़ा नहीं है। मण्डी से हरड़ें ख़रीदते हुए यह सदा सम्भव भी नहीं होता। इसलिए टैनिन के परिमाण का आकार या आकृति अथवा और

किस पहलू से सम्बन्ध है, यह निश्चय कर लिया जाना चाहिए।

इस समय तक हरड़ों का प्रतिनिधि द्रव्य कोई नहीं है इसलिए बाज़ार में इसकी खपत निश्चित है। परन्तु शिकायतें सूचित करती हैं कि चर्मकार सन्तुष्ट नहीं हैं। विशेषतः संयुक्त राज्य अमेरिका से प्राप्त रिपोर्ट में कहा गया है कि उस देश के चर्मकार हरड़ का स्थान लेने वाले दूसरे द्रव्यों (जैसे वेनेज़ुएला चेस्टनट, दिवीदिवी) और सिन्थेटिक चीज़ों को तलाश करने लगे हैं। इन प्रतिनिधियों में से यदि कोई एक भी क्रियात्मक हल बन गया तो इसमें ज़रा भी संदेह नहीं कि हरड़ का निर्यात व्यापार बिलकुल समाप्त हो जाएगा। इसे रोकने का यही तरीक़ा है कि चर्मकारों को हम अपनी हरड़ों के अच्छा होने का यकीन दिला सकें। ऐसा होने पर ही प्रतिनिधि द्रव्यों की खोज अनावश्यक समझी जाएगी।

गूदा निकालना

हरड़ों में से गूदा अलग छुड़ा लेने का लाभ यह है कि फल का कम महत्त्वपूर्ण भाग गुठली अलग हो जाती है। इसलिए हरड़ के गूदे या छिलके का व्यापार भी काफ़ी है। इसमें टैनिन का परिमाण 45 प्रतिशत से 52 प्रतिशत (फ्रेमाउथ, 1918, पृष्ठ 10) तक होता है (टैनिंग मैटीरियल्स औफ़ दि ब्रिटिश एम्पायर, 1929, पृष्ठ 70, इंपीरियल इंस्टिट्यूट, लंदन)। यदि विशुद्धता की गारंटी दी जाय तो इस चीज़ की अधिक मांग हो सकती है। परन्तु, क्योंकि इसमें मिलावट सुगमता से हो सकती है इसलिए ग्राहक ख़रीदने में सावधान हो गए हैं। हरड़ की उपयोगिता को प्रतिपादित करने का यदि कोई स्टैण्डर्ड तरीक़ा खोज लिया जाय तो छिलके की मांग निस्सन्देह बहुत बढ़ जाएगी।

पैदावार

हरड़ों के संग्रह पर नियन्त्रण न होने से इस बात का ब्योरा नहीं मिलता कि कुल कितनी हरड़ें पैदा की जा रही हैं और क्योंकि वृक्ष नियमित खेतों या जंगलों में नहीं हैं, इसलिए यह कहना भी कठिन है कि प्रति एकड़ पैदावार कितनी है।

विहार और उड़ीसा में 1926-28 में किये गये परीक्षणों से प्राप्त परिणाम कुछ विचार देते हैं कि प्रति वृक्ष पैदावार कितनी है? 100 वृक्षों से 3 साल लगातार फल इकट्ठा किये गये। परीक्षण के तीसरे साल फल लगे ही नहीं थे। बिहार और उड़ीसा के रिसर्च औफ़िसर की रिपोर्ट नीचे की तालिका में दी जा रही है :

फलने के हर साल प्रति वृक्ष की औसत

छाती की ऊंचाई तक घेरा	वार्षिक पैदावार
27.50 सेण्टीमीटर तक	1.860 किलोग्राम
30 से 57.50 सेण्टीमीटर तक	3.800 किलोग्राम
60 से 87.50 सेण्टीमीटर तक	5.600 किलोग्राम
90 से 117.50 सेण्टीमीटर तक	6.000 किलोग्राम
120 से 147.50 सेण्टीमीटर तक	8.400 किलोग्राम
150 से 167 सेण्टीमीटर तक	10.250 किलोग्राम

यह मालूम किया गया है कि जब वृक्ष फूला हुआ हो और ओले पड़ जाएं तब दूसरे फलदार वृक्षों की तरह इसकी भी पैदावार कम हो जाती है। ऊपर के परीक्षण में यह देखा गया था कि 20 वृक्षों को ओलों से हानि पहुंची थी अन्यथा प्रति वृक्ष की पैदावार अधिक होती। हमारी सम्मति में दो मौसमों में 100 वृक्षों के ब्योरे के आधार पर सामान्य पैदावार निर्धारित करना ठीक नहीं है। सामान्यतः पैदावार इससे कहीं अधिक होती है।

फल की भारत में खपत

भारत में हरड़ की कितनी खपत है, इस्का ब्योरा नहीं मिलता। यह भी ज्ञात नहीं कि निजू जंगलों या वृक्षों से सीधे चमड़े के कारख़ानों में कितने परिमाण में हरड़ जाती है। इसकी पैदावार और खपत पर कोई नियन्त्रण नहीं है। चर्मालयों में उपयोग के अलावा हरड़ स्याही बनाने और रंग बनाने के काम भी आती है। युद्ध के दिनों में जब विदेशों से रंग आने बन्द हो जाते हैं तब इनसे ख़ूब रंग बनाये जाने लगते हैं।

कीट फल

एक प्रकार का कीड़ा कोमल पत्तों में छेद करके अपने अण्डे दे देता है। पत्ता कट जाने से रस का स्वाभाविक प्रवाह इस कटे हुए स्थान पर अधिक होता है और यह स्थान आकार में बड़ा होकर एक उभार या फल का-सा रूप धारण कर लेता है। यह फल क्योंकि एक कीड़े के कार्य द्वारा बना है इसलिए इसे कीट-फल (gall) कहते हैं। प्राचीन संस्कृत लेखक, यद्यपि कीड़ों की इस प्रकार की रचना—अवास्तविक फल—से अवश्य परिचित थे जिनके लिए उदाहरण के तौर पर हम माजूफल, कर्कटशृंगी आदि का नाम ले सकते हैं, तथापि हरड़ के कीट-फलों (galls) की ओर उनका ध्यान नहीं गया था। प्राचीन संस्कृत साहित्य में इनका कहीं उल्लेख नहीं मिलता।

संस्कृत लेखकों के भेद

छिलके की स्वल्पता, गूदे की स्थूलता, आकार गोल या लम्बा तथा वर्ण आदि के अनुसार संस्कृत लेखकों ने हरड़ के 7 भेद किए हैं। यहां हम उनका नाम, परिचय और उत्पत्ति स्थान संस्कृत लेखकों के अनुसार लिख रहे हैं (राजनिघण्टु, आम्रादिवर्ग 11; 219-226, भावप्रकाशनिघण्टु, हरीतक्यादिवर्ग 1; 8-18):

1 **विजया** : विन्ध्य पर्वत पर उगने वाली हरड़ को विजया नाम दिया गया है। यह घिये जैसी लम्बी-गोल, ऊपर से पतली और नीचे की ओर क्रमशः मोटी होती गई होती है। सामान्यतः इसका प्रयोग सब जगह होता है। हरड़ की सातों जातियों में से यह प्रधान है, क्योंकि यह सुगमता से मिल जाती है, इसका प्रयोग करना सरल है और यह सब रोगों में दी जा सकती है।

2 **रोहिणी** : फूली हुई-सी, अच्छी गोल हरड़ों के वृक्ष सिन्ध प्रदेश में मिलते हैं। व्रणों में लेप के रूप में इसका प्रयोग प्रशस्त है।

3 **पूतना** : पतले छिलके वाली हरड़ें सिन्ध में मिलती हैं। विरेचन के लिए ये अच्छी हैं।

4 **अमृता** : चम्पा में उत्पन्न होने वाली मोटे गूदे की हरड़ है। इसमें चिकित्सा सम्बन्धी गुण अपेक्षाकृत अधिक हैं।

5 **अभया** : सौराष्ट्र नामक देश में उत्पन्न होती है। इसके ऊपर 5 रेखाएं होती हैं। यह नेत्र रोगों को नष्ट करती है।

6 **जीवन्ती** : सोने के रंग वाली यह हरड़ पुराने रोगों में अच्छी है।

7 **चेतकी** : हिमालय पर्वत पर होने वाली तीन रेखाओं वाली हरड़ है। सब रोगों को नष्ट करती है। इसका विरेचन प्रभाव इतना तीव्र कहा गया है कि जब तक हाथ में रहेगी तब तक विरेचन होते रहेंगे :

विन्ध्याद्रौ विजया हिमाचलभवा स्याच्चेतकी पूतना
सिन्धौ स्यादथ रोहिणी तु विजया जाता प्रतिष्ठानके।
चम्पायाममृताऽभया च जनिता देशे सुराष्ट्रह्वये
जीवन्तीति हरीतकी निगदिता सप्तप्रभेदा बुधैः॥

राजनिघण्टु, आम्रादिवर्ग 11; 222.

आयुर्वेद के आदि लेखक महर्षि चरक के समय हरड़ के ये भेद ज्ञात नहीं थे। चरकसंहिता में चिकित्सास्थान के प्रथम अध्याय में रसायनप्रकरण में हरड़ के गुण आदि का विस्तृत उल्लेख है, परन्तु इसके भेदों की ओर ज़रा भी संकेत नहीं किया गया। यही बात हम सुश्रुत और वाग्भट में देखते हैं। अपेक्षाकृत कुछ पीछे लिखे गए निघण्टु ग्रन्थों में ही हम इन भेदों का वर्णन पाते हैं।

आधुनिक वनस्पतिशास्त्र के विद्वानों के मत में भारतीयों के ये 7 भेद फल की परिपक्वता की विभिन्न अवस्थाएं ही हैं। हम इस विचार से आंशिक रूप में भले ही सहमत हों, परन्तु हमारी धारणा यह है कि स्थान-भेद से फलों की आकृति आदि में जो कुछ फ़र्क पड़ जाता है उसके अनुसार ही निघण्टुकारों ने इन 7 भेदों की सृष्टि की है। चाहे जो विचार ठीक हो, यह सत्य है कि निघण्टुओं के ये 7 भेद वर्तमान संसार को अज्ञात हैं।

विदेशी लेखकों के भेद

एक्चुएरिअस (Actuarious) ग्रीक लेखक हरड़ के 5 प्रकारों का वर्णन करता है। मख्ज़न-उल-अदूविया का रचयिता निम्नलिखित क़िस्मों का ज़िक्र करता है जो फल की परिपक्वता की विभिन्न अवस्थाओं की ओर संकेत करती हैं :

1 **हलिलेह-ए-जीरा** : फल जब प्रारम्भ में आते हैं तब उन्हें इकट्ठा करके सुखा लेते हैं। इसका आकार लगभग ज़ीरे के बराबर होता है।

2 **हलिलेह-ए-जवि** : कुछ अधिक बड़ा फल, लगभग जौ के आकार का।

3 **हलिलेह-ए-जंगी** : यह फल की और अधिक उन्नत अवस्था है। सूखने पर यह आकार में द्राक्षा के समान और रंग में काला होता है। इसके दो नाम और हैं —हलिलेह-ए-हिन्दी और हलिलेह-ए-अस्वेद। जंगी और अस्वेद का अर्थ होता है —काला।

4 **लिलेह-ए-चीनी** : फल जब कुछ कठोर हो जाता है और रंग में हरा-सा पीला होता है तब इकट्ठा किया जाता है।

5 **हलिलेह-ए-अस्फार** : लगभग पका हुआ फल, पर फिर भी इस समय अत्यन्त ग्राही होता है।

6 **हलिलेह-ए-काबुली** : पूर्ण पक्व फल।

इन 6 क़िस्मों में से दूसरी, तीसरी और छठी क़िस्में ही चिकित्सा प्रयोजन में अधिक काम आती हैं और चौथी तथा पांचवीं क़िस्मों को मुख्यतया चर्मकार इस्तेमाल करते हैं।

अपने जीवन के विभिन्न कालों में, फल में टैनिन पदार्थ के परिमाण की विभिन्नता के सम्बन्ध में हमने जो टिप्पणी दी है उसको ध्यान में रखते हुए यह तथ्य बहुत दिलचस्प है और संकेत देता है कि पर्शियन और सम्भवतः अरब भी अपक्व फल को चर्म-कर्म के लिए एक अच्छी क़िस्म समझते थे। आजकल व्यवहार में अधिक प्रचलित हरड़ नम्बर 3 या जंगी हरड़ मालूम होती है और कुछ विद्वानों का ख़याल है कि आयुर्वेद के चिकित्सा-शास्त्र की विजया हरड़ सम्भवतः यही है।

व्यापार में भेद

व्यापार में माइरोबैलेन सामान्यतः हरड़ के फलों को कहा जाता है। बहेड़े के फलों (बेलेरिक माइरोबैलेन) से भेद दिखाने के लिए इसे चिबुलिक माइरोबैलेन कहते हैं। बाज़ार की हरड़ों के सूक्ष्म निरीक्षण से पता चलता है कि हरड़ों (चिबुलिक माइरोबैलेन) के नाम से जो फल बाज़ार में बिकने आते हैं उनमें *तेर्मिनालिआ केबुला* रेत्सियस, *तेर्मिनालिआ पाल्लिदा* ब्राण्डिस (*Terminalia pallida* Brandis), *तेर्मिनालिआ त्रावनकोरेन्सिस* डब्ल्यू. एवं ए. (*Terminalia travancorensis* W. & A., ट्रावनकोर की हरड़) और सम्भवतः *तेर्मिनालिआ चित्रीना* फ़्लेमिंग (*Terminalia citrina* Fleming) के भी फल होते हैं। इन सबके फलों को हरड़ (माइरोबैलेन) कह दिया जाता है।

भेदों के सम्बन्ध में विचार

म्यांमार में हरड़ के वृक्ष को सबसे पहले कुर्ज़ ने *तेर्मिनालिआ तोमेन्तेल्ला* (*Terminalia tomentella*) के नाम से वर्णित किया था। कुर्ज़ ने हरड़ (*तेर्मिनालिआ केबुला* रेत्सियस) का प्राप्ति-स्थान चिटागोंग तक ही लिखा था, परन्तु हूपर और ब्राण्डिस ने *तेर्मिनालिआ तोमेन्तेल्ला* वाइट एव आर्नेट और *तेर्मिनालिआ केबुला* रेत्सियस को मिलाकर एक ही जाति के नाम से प्रतिपादित किया था। तब से ये दोनों इसी तरह चले आ रहे हैं। ब्लैटर (Blatter, 1929) ने म्यांमार की हरड़ *(तेर्मिनालिआ तोमेन्तेल्ला)* को *तेर्मिनालिआ केबुला* रेत्सियस की ही एक क़िस्म स्वीकार किया है। म्यांमार वन-सेवा (फ़ौरेस्ट सर्विस) के एम. वी. एडवर्ड्स के अनुसार 'टैनिंग की उपयोगिता की दृष्टि से म्यांमार वाली क़िस्म या जाति सर्वथा पृथक् है।'

भारतीय हरड़ों के व्यापार पर दी गई रिपोर्ट के परिणामस्वरूप वन्य अनुसन्धानशाला (फ़ौरेस्ट रिसर्च इंस्टिट्यूट) और राजकीय संस्था (इम्पीरियल इंस्टिट्यूट) में इसके कुछ प्रकारों पर खोज की गई थी। यह पता चला था कि भारत के विविध भागों से प्राप्त की गई हरड़ों में टैनिन का परिमाण बहुत अधिक भिन्न-भिन्न है, और ट्रावनकोर की हरड़ *तेर्मिनालिआ चित्रीना* रौक्सबुर्ग एक्स फ़्लेमिंग के फल सम्भवतः दूसरी जातियों (स्पिसीज़) के फलों से घटिया हैं। *तेर्मिनालिआ* की उन सब जातियों की नये सिरे से खोज करने की आवश्यकता समझी गई जो कैटप्पा समूह (Cattappa section) में रखी जाती हैं, अर्थात् *तेर्मिनालिआ* की ये जातियां, जिनके फल हरड़ की तरह होते हैं। वनस्पति विज्ञान के दृष्टिकोण से की जाने वाली इस खोज से यह निश्चय करना था कि कौन-कौन-सी हरड़ें वस्तुतः भिन्न जातियों की हैं। खोज का यह काम बहुत बड़ा था और एक रिपोर्ट से पता चलता है कि 1945 तक तो यह नहीं किया जा सका था। कठिनाई यह है कि सब भेद एक-दूसरे के साथ इस प्रकार मिल जाते हैं कि इनमें भेदक रेखा खींचना

असम्भव नहीं तो कठिन अवश्य है। 26 जून, 1925 को वन्य अनुसन्धानशाला के बोटनिस्ट ने लिखा था—'फ़्लोरा औफ़ ब्रिटिश इण्डिया में क्लार्क ने हरड़ (*तेर्मिनालिआ केबुला* रेत्सियस) के 6 प्रकार लिखे हैं। परन्तु, अधिकतर उदाहरणों में उन्होंने नमूने को बिना देखे ही नाम रख दिये हैं। मैं उनके श्रेणीकरण का अनुसरण करना उपयुक्त नहीं समझता। टिपिका (typica) भेद को उन्होंने भारत, श्रीलङ्का और म्यांमार का बताया है, लेकिन मुझे कोई भी भारतीय नमूना ऐसा नहीं मिला जिसे ग़लती से म्यांमार का कोई भेद समझा जा सकता हो। जहां तक मैंने देखा है म्यांमार की सब क़िस्में भारत की क़िस्मों से भिन्न हैं। भारत की एक जाति दूसरे से मिल-सी जाती है। यहां तक कि साथ की जातियां जैसे *तेर्मिनालिआ अर्गिरोफ़िल्ला (Terminalia argyrophylla)* और *तेर्मिनालिआ पाल्लिदा ब्राण्डिस* (*Terminalia pallida* Brandis), *तेर्मिनालिआ केबुला* रेत्सियस की क़िस्मों के अलावा शायद कुछ और नहीं है। जनरल फ़्लोरा औफ़ कोर्चीन-चाइना में गेगनेपेन ने *तेर्मिनालिआ चित्रीना* रौक्सबुर्ग एक्स फ़लेमिंग को कम करते हुए *तेर्मिनालिआ केबुआ* का एक भेद ही बता दिया है, मेरे विचार में इस बारे में वे बिलकुल ठीक हैं।'

कृषि

बीज की जननशक्ति निर्बल है। इसका स्पष्ट कारण निश्चित रूप से नहीं जाना जा सका। जिन फलों के ऊपर की रेखाएं स्पष्ट हैं उनमें अंकुरोत्पत्ति कम होती है। कई फलों में ऊपर के कठोर गूदे का भाग काले चूर्ण के रूप में बदल जाता है। सम्भवतः फफूंदी के कारण वे जल्दी उग आते हैं। धूप की अपेक्षा छाया में बोने से अधिक अच्छे परिणाम प्राप्त होते हैं। बीज अपनी जनन-शक्ति कुछ हद तक एक साल तक क़ायम रखते हैं।

छोटे-छोटे ज़मीन के टुकड़ों में, खाइयों में या दूसरी तरह से कई सालों तक मनों बीज बोए गये; परन्तु सफलताजनक परिणाम नहीं प्राप्त हुए। बीजों की निर्बल जननशक्ति तथा कीड़ों, गिलहरियों और चूहों से खाये जाने की सम्भावना आदि कारणों से सन्तोषजनक परिणाम नहीं प्राप्त हुए।

नर्सरी में बीजों से पौधे लगाने का सबसे अच्छा तरीका यह समझा गया है कि फलों को पूर्णतः सुखाकर, ऊपर के सख़्त गूदे के आवरण को उतारकर वर्षाऋतु से पहले गुठलियों को बौक्सों में बो दिया जाएं। तब उन्हें मिट्टी से ढककर नियमित पानी दिया जाए। इस तरीक़े से भी केवल 20 प्रतिशत सफलता प्राप्त हुई है। गीले खाद में कुछ दिन तक फलों को दबाकर रखने से अंकुरोत्पत्ति में कुछ प्रभाव होता हुआ नहीं दिखाई दिया। बोने के लिए फलों को वृक्ष से गिरने के साथ ही इकट्ठा कर लेना चाहिए। वृक्ष पर से फल तोड़े नहीं जाने चाहिए।

प्राकृतिक अवस्थाओं में गिरे हुए फलों के कुछ भाग पर बारिश से मिट्टी आ जाती है और ये ज़मीन में पड़े हुए होते हैं। इनमें विद्यमान टैनिन के कारण इनके चारों ओर की ज़मीन काली हो जाती है। गूदे वाला भाग अंशतः दीमकों से खाया जाता है या भुरभुरा जाता है और सख़्त गुठली अनावृत हो जाती है। अंकुरोत्पत्ति वर्षाऋतु में होती है। कभी इस ऋतु के अन्त तक नहीं होती और कुछ अवस्थाओं में आगामी साल तक भी नहीं होती। खुले फलों की अपेक्षा मिट्टी में ढके हुए फल अधिक उगते हैं।

नवजात पौधों की वृद्धि अपेक्षाकृत मन्द होती है। पहले मौसम के अन्त तक सामान्यतः लगभग 10 से 20 सेण्टीमीटर तक ऊंचाई प्राप्त कर लेते हैं। दूसरे मौसम की समाप्ति तक 30 से 60 सेण्टीमीटर बढ़ जाते हैं। वार्षिक वृद्धि लगभग नवम्बर में रुक जाती है। पत्ते इस मास में गिरना आरम्भ करते हैं और पौधे जनवरी-फ़रवरी में पत्रविहीन हो जाते हैं। नई वृद्धि लगभग मार्च में आरम्भ होती है। छोटे पौधे पाले को अच्छा बर्दाश्त कर लेते हैं। नर्सरी से पौधों को वर्षाऋतु की पहली बारिश में उठाया जा सकता है।

वृक्ष की बहुत अधिक मांग नहीं है। जवानी में और बड़ी आयु में भी यह थोड़ी

चित्र 22 हरड़ की फलदार शाखा

छाया देता है और धूप से रक्षा करने में सहायक होता है। पाले और तेज़ हवा का

इस पर अधिक प्रभाव नहीं होता। आग का यह अच्छा मुक़ाबला करता है और जल जाने के बाद आरोग्य लाभ करने की इसमें अच्छी शक्ति है। इसमें से ख़ूब शाखाएं निकल आती हैं। 5 साल में इन नवीन शाखाओं की औसत ऊंचाई 2.40 मीटर पहुंच जाती है।

उपयोगी भाग

फल और गुठली : ऋतु में स्वयं पककर ज़मीन पर गिरी हुई, ताज़ी, ऊपर से चिकनी, गोल, भारी और पानी में डूब जाने वाली हरड़ अच्छी समझी जाती है (कैयदेवनिघण्टु, ओषधिवर्ग 1; 216-217)। पानी में डूब जाने का गुण जिसमें जितना अधिक होता है वह उतनी ही श्रेष्ठ समझी जाती है (राजनिघण्टु, आम्रादिवर्ग 11; 227)। इन गुणों के साथ-साथ हरड़ का भार 48 ग्राम हो तो यह बहुत उत्तम होती है (कैयदेवनिघण्टु, ओषधिवर्ग 1; 218, भावप्रकाशनिघण्टु, हरीतक्यादिवर्ग 1; 26-27)।

हरड़ कठोर और दृढ़ होनी चाहिए। इकट्ठा करके हिलाने से पके मृत्तिका-पात्र के टुकड़ों के समान बजनी चाहिए। हथौड़े से कुचलने पर शुष्क पीला चूर्ण देती है, जिसमें कठोर, अनियमित टुकड़े भी होते हैं। पिसी हुई हरड़ का चूर्ण पीला, बादामी-सा, शुष्क और स्वाद में ग्राही होता है। परन्तु अत्यधिक कड़वा या नमकीन स्वाद भी नहीं होना चाहिए। गीला करके हाथ में मसला जाय तो आपस में मिलकर एक समूह बन जाता है, भुरभुराता नहीं। अच्छे फल भारी और भरे हुए होते हैं। काले रंग के धब्बों या उभारों और कीट-छिद्रों से रहित होने चाहिए। अंगुलियों के बीच में पीसने से या खरल में रगड़ने से यदि यह मैले रंग के चूर्ण में भुरभुरा जाय तो हरड़ घटिया क़िस्म की समझनी चाहिए। कीड़ों से खाई हुई, आग से जली हुई, पानी पर तैरने वाली, ऊसर भूमि में उगी हुई और टूटी-फूटी हरड़ को चिकित्सा कर्म में न लें (कैयदेवनिघण्टु, ओषधिवर्ग 1; 219)।

मात्रा : पके फल का चूर्ण 2 से 3 ग्राम तक।

मिलावट

पूरे फल जब मार्केट में आते हैं तब उनमें अक्सर मिट्टी, रेत, अभ्रक, कुचला, सुपारी, असन आदि मिले रहते हैं। पिसी हरड़ों में कभी-कभी दिवीदिवी (*केसलपिनिआ कोरिआरिआ*), रद्दी सुमाक (*Rhus cotinus रूस कोतिनुस*) और जंगली कीट-फल (galls) मिला दिए जाते हैं। इन मिलावटों को देखने के लिए थोड़ा-सा चूर्ण एक सफ़ेद काग़ज़ पर विरल बिखेर दें और ताल (लेन्स) से परीक्षा करें। यदि दिवीदिवी मिलाई गई है तो इसके चमकीले-भूरे, चपटे बीजों के खण्ड अवश्य मिलेंगे। हरड़ का बाहर का छिलका कभी-कभी रंग में दिवीदिवी के बीज से मिलता-जुलता हो सकता है, परन्तु हरड़ के सूक्ष्मतम अंश का पृष्ठ झुर्रीदार दिखाई देगा, जबकि दिवीदिवी बीज चिकने होंगे।

नकली हरड़

अधिकतर लोग समझते हैं कि हरड़ मामूली चीज़ है, यह नक़ली नहीं बनती होगी। पाठकों को ज्ञात नहीं होगा कि हरड़ यदि 25 ग्राम से ऊपर वज़न की हो तो यह 1-1 नग करके बिकती है और नग का मूल्य 2 रुपये से लेकर सैकड़ों रुपए तक पड़ जाता है। 35 और 50 ग्राम भार की हरड़ का 1 दाना 80 से 100 रुपये में बिकता है। ऐसी भारी, मूल्यवान् हरड़ों को ख़रीदने की प्रथा मारवाड़ियों में है। मारवाड़ी बड़े-से-बड़े वज़न की हरड़ की तलाश में रहता है और अपने बच्चों को इन्हीं मूल्यवान् हरड़ों की घुट्टी देता है। इसीलिए मुम्बई, कलकत्ता और बीकानेर आदि में इन हरड़ों की काफ़ी खपत होती है। जब एक हरड़ 35 से ऊपर हो, 50 से 60 ग्राम की हो तब उसके सैकड़ों रुपये मिल जाते हैं। इसी बात को देखकर आरम्भ में जलापा नामक कन्द, जिसे कहीं-कहीं जलापा हरड़ भी कहते हैं, जो भार में 50-60 ग्राम का सहज में मिल जाता है और जिसकी बनावट, रूप-रंग भी हरड़ से मिलती है, को अमृतसर के कई-एक ठग मारवाड़ियों के हाथ हरड़ बताकर बेचते रहे और अच्छी रक़म ऐंठते रहे। कोई-कोई ऐसा भी करते थे कि इसी हरड़ में बारीक सूराख़ बनाकर उसके बीच में सीसे के छोटे-छोटे बारीक छर्रे भरकर इसे और अधिक वज़नी बना लेते थे और इसके अच्छे रुपये प्राप्त कर लेते थे। इन हरड़ों का मूल्य, यदि 24 ग्राम भार में हो तो, 2 से 2.5 या 3 रुपये तक प्रति नग होता है। यदि यह 27 ग्राम की हो जाए तो मूल्य 5 रुपये हो जाता है। 29 ग्राम की हो जाय तो 6-7 रुपये तक बिक जाती है। 35 ग्राम हो जाय तो 20-25 रुपये में बिकती है। इससे अधिक भार की बहुत मूल्यवान् हो जाती है। इन्हीं बातों को देखकर हरड़ का भार बढ़ाया गया। यह ठगी तो अमृतसर और दिल्ली के ठगों द्वारा होती थी। मुम्बई के ठग इनको भी मात कर गये। उन्होंने बिलकुल कृत्रिम विधि से हरड़ की रचना कर डाली। उनकी हरड़ बनाने की विधि इस प्रकार है—बड़ी हरड़ की आकृति के लोहे के सांचे बनवाये। उनमें हरीतकी सत्त्व और हरीतकी के बारीक चूर्ण को मिलाकर भर दिया और सांचों को इतना दबाया कि दबकर यह हरड़ के रूप में आ गया। फिर इन्हें हरड़ के रंग में रंग दिया। इस तरह 60 ग्राम से 120 ग्राम तक की हरड़ें तैयार की गईं और मुम्बई के मारवाड़ियों को ख़ूब लूटा गया।

नकली और असली हरड़ की पहचान

असली हरड़ की बनावट बहुत साधारण होती है। इसमें हरड़ की नोक की तरफ़ कोई सूराख़ का निशान नहीं होना चाहिए। जो पानी से भुरभुरा जाय वह नक़ली है। जलापा हरड़ और असली हरड़ में यह अन्तर है कि जितनी मोटी और सीधी धारियां असली हरड़ पर होती हैं उतनी मोटी और सीधी धारियां जलापा पर नहीं होतीं। जलापा के सिकुड़ने से जो धारियां बनती हैं, वे पतली होती हैं। असली हरड़ में गुठली निकलती

है, जलापा में गुठली नहीं होती। इसकी परीक्षा तोड़कर की जा सकती है। जलापा चूर्ण को खाने पर कुछ देर में ही वह गले में जाकर लगता है और जलन करता रहता है। हरड़-चूर्ण खाने पर गले में लगता नहीं, न इससे जलन ही होती है।

रासायनिक संघटन

हर्र फ़िडोलिन (1884) ने फल से एक नया ऐन्द्रिक अम्ल पृथक् किया जिसे वह चिबुलिनिक अम्ल कहता है। यह सम्भवतः गैलोटैनिक एसिड का स्रोत है। एम. पी. एपेरी (1888) के अनुसार काली हरड़ में एक हरे रंग का तैलीय रेज़िन होता है जो एल्कोहल, ईथर, पेट्रोलियम स्प्रिट और टर्पेण्टाइन के तेल में घुलनशील है। वह इसे माइरोबैलेनीन नाम देता है।

हरड़ में विद्यमान टैनिनों में लगभग सम्पूर्ण पाइरोगैलोल टैनिन होते हैं। गैलोटैनिक एसिड भी होता है। हरड़ के अनेक नमूनों के किये गये विश्लेषण से मालूम होता है कि एक ही वृक्ष पर से फलों की वृद्धि की विभिन्न अवस्थाओं में लिए गये हरड़ों में गैलोटैनिक एसिड 6 से 30 प्रतिशत तक विभिन्न संघटनों में होता है। बाज़ार में मिलने वाले फलों में 3 से 7 तक विभिन्न प्रतिशतता में आर्द्रता होती है और ज्वलन पर बची हुई राख का परिमाण 10 प्रतिशत होता है। टैनिक एसिड मुख्यतया गूदे में होता है। इसमें एक रेचक पदार्थ भी होता है। फलों में एक हरित वर्ण तैलीय रेज़िन (oleoresin) होता है जिसका नाम माइरोबैलेनीन है। कीट-फल (gall) में टैनिक एसिड 13.1 प्रतिशत होता है। गुठली में टैनिन नहीं होता।

चिबुलिक एसिड

फलों से यह निम्नलिखित विधि से प्राप्त किया जाता है। सूखे फल चूर्ण किये जाते हैं। साधारण तापमान पर 90 प्रतिशत सुषव (एल्कोहल) में 10 दिन तक भिगोये जाने के बाद निचोड़कर द्रव को छारण-पत्र (filter-paper) में छान लिया जाता है। इससे एल्कोहल पूर्णतः अलग कर लें और अवशेष को तब गरम जल में घोलें। इसमें ठण्डा पानी तब तक मिलायें जब तक दूधिया रंग बन्द न हो जाय। इन सबको, बैठने के बाद छान लें, छारण से प्राप्त द्रव्य में सोडियम हरित इतना मिलाएं कि स्थिर गदलापन आ जाय और तब घोल को इथाईल एसिटेट (ethyl acetate) के साथ मिलाकर हिलाएं जो चिबुलिक और टैनिक एसिड को अलग कर लेता है। टैनिक अम्ल को अलग करने के लिए इथाईल एसिटेट को आसुत (distil) कर लें, अवशेष को पानी में घोल लें और ईथर के साथ हिलाएं। रखा रहने पर जलीय घोल से चिबुलिक अम्ल के स्फटिक पृथक् हो जाते हैं और गरम जल से पुनः स्फटिकीकरण किया जा सकता है। चिबुलिक अम्ल 35 प्रतिशत निकलता है। गरम करने पर यह लगभग 200° पर पिघलने लगता है। औप्टिकली एक्टिव (optically active) है।

मींगी का तेल

हूपर और सुन्थन्कर तथा जतकर (1938) ने मींगी के तेल का अध्ययन किया। इन्होंने मालूम किया कि 'गुठली की गिरी से 36.4 प्रतिशत तेल प्राप्त होता है। सारे फल का 33 प्रतिशत गुठली होती है और शेष मृदु गूदा होता है। गुठली में 5 प्रतिशत गिरी निकलती है, जिसमें 36.4 प्रतिशत तेल होता है। इस हिसाब से गुठली के कुल भार का 1.8 प्रतिशत तेल निकलता है और सम्पूर्ण हरड़ के भार को देखा जाय तो 0.6 प्रतिशत तेल बैठता है।

टैनिन का विश्लेषण

टैनिंग पदार्थ के रूप में हरड़ का पूरे विस्तार से वर्णन चौधरी और नायडू (1929) ने किया है। दक्षिण भारत की हरड़ों पर तो इसमें पूर्ण विस्तार से प्रकाश मिल जाता है।

चौधरी और नायडू (1929) बताते हैं कि हरड़ के सामान्य व्यापारिक नमूनों में 30 से 40 प्रतिशत टैनिन होता है। परन्तु, कुछ फलों में से 20 से 25 प्रतिशत ही निकलता है और सबसे अच्छे नमूनों में 40 से 50 प्रतिशत तक। चमड़ा कमाने वालों ने सामान्य औसत 33 प्रतिशत स्वीकार कर लिया है। टैनिन का परिमाण ही सदा बहुत महत्त्व की बात नहीं होती, क्योंकि हरड़ सदा मुख्यतः कमाने के लिए ही इस्तेमाल नहीं की जाती परन्तु खमीर उठाने और कुछ हद तक भार बढ़ाने वाले पदार्थ के रूप में भी प्रयुक्त होती है। जिस प्रकार का चमड़ा बनाया जाता है उसके अनुसार हरड़ का उपयोग भिन्न-भिन्न प्रकार से किया जाता है।

वृक्ष (*तेर्मिनालिआ केबुला*) के छिलके में टैनिन बहुत होता है। हूपर ने भारतीय छाल में 33 और 34 प्रतिशत तक प्राप्त किया है (हूपर डी., 1902, इंडियन टैनिंग मैटीरियल्स; एग्रीकल्चर लेज़र,1902, नं. 1, पृष्ठ 56; सुपरिंटेंडेंट, गवर्नमेंट प्रिंटिंग प्रेस, कलकत्ता)। परन्तु, क्योंकि वृक्ष के फलों की उपयोगिता तुलना में अधिक है और छाल उतारने में वृक्ष नष्ट हो जाता है, इसलिए चमड़ा कमाने के लिए छाल को प्राप्त करना सम्भव नहीं। म्यांमार के हरड़ वृक्ष (panga tree), चाहे वह *तेर्मिनालिआ केबुला* हो या सम्भवतः एक भिन्न जाति, निश्चय ही यह पृथक् भेद या क़िस्म तो है ही, के पत्ते, शाखाओं की छाल और तने की छाल, सब में टैनिन का काफ़ी परिमाण होता है और क्योंकि इसका फल टैनिन के लिए बेकार है इसलिए इसकी छाल ली जा सकती है। लकड़ी में थोड़ा टैनिन होता है। पिलग्रिम (1923) ने म्यांमार की हरड़ के सूखे पत्तों में 4 से 27 प्रतिशत, शाखाओं की छाल में लगभग 26 प्रतिशत, अन्तरस्त्वक् में 22 प्रतिशत, तने की बाहरी छाल में लगभग 12 प्रतिशत और लकड़ी में 7 प्रतिशत टैनिन मालूम किया था (पिलग्रिम, 1942, पृष्ठ 21-23)।

संग्रह करने के स्थान के अनुसार टैनिन में भिन्नता

टैनिन के परिमाण में भिन्नता कई बार तो वृक्ष की जाति या क़िस्म में भेद होने से आती है और अधिकतर यह देखा गया है कि वृक्ष के उत्पत्ति स्थान में अन्तर पड़ने से टैनिन के परिमाण में काफ़ी अन्तर पड़ जाता है।

चौधरी और नायडू ने विभिन्न ज़िलों की हरड़ों को उनकी टैनिन सम्बन्धी विशेषताओं के कारण श्रेणीकरण किया है (चौधरी के. एस. और नायडू, ई. वाई., 1929, साउथ इंडियन मायरोबैलंस; डिपार्टमेंट औफ़ इंडस्ट्रीज़, मद्रास, बुलेटिन नं. 28, पृष्ठ 40; गवर्नमेंट प्रेस, चेन्नई (मद्रास)। लेकिन इन्होंने एक स्थान के एक ही नमूने के आधार पर ऐसा किया है। एक ज़िले के जब दूसरे परिमाणों को भी इसके साथ मिलाया जाय तब पता चलता है कि चौधरी और नायडू के परिमाणों में अन्तर पड़ जाता है। यह सामान्यतः सच है कि सलेम की हरड़ों में अधिक टैनिन और अच्छा रंग होता है, म्यांमार की हरड़ें बहुत घटिया होती हैं और दूसरे ज़िलों की मामूली दर्जे की होती हैं। लेकिन इन तीनों तथ्यों में से प्रत्येक उदाहरण के अपवाद मिल जाएंगे। इसका स्पष्टीकरण देने के लिए यह स्वीकार करना पड़ता है कि विभिन्न वानस्पतिक जातियों, भेदों या क़िस्मों में टैनिन सम्बन्धी भेद अवश्य होता है।

संग्रह करने के समय के अनुसार टैनिंग पदार्थ में भिन्नता

डौक्टर पौल के विश्लेषण के परिणामों के अनुसार हूपर (1902, पृष्ठ 39) ने लिखा था कि फल पकने से ज़रा पहले इकट्ठा कर लेने चाहिए। उसके बाद फ्रेमाउथ और पिलग्रिम ने भी इस बात को दुहराया। 1886 की कोलोनियल प्रदर्शनी में जिन फलों की परीक्षा की गई थी वे अपने विकास की विभिन्न अवस्थाओं के थे और विश्लेषण से जिनमें सबसे अधिक टैनिन प्राप्त हुआ, वह एक अपरिपक्व फल था। वस्तुतः, इसी से, बाद के सब लेखकों ने इस सिद्धान्त को आधार मानकर ही यह प्रतिपादन कर दिया था कि अपरिपक्व फलों में टैनिन की उत्कर्षता होती है। यह सम्भव है कि अच्छा टैनिन प्राप्त करने के लिए वास्तविक ऋतु कोई और हो। 1895 के बाद एक बार महाराष्ट्र के पूना ज़िले में उगे हुए एक ही वृक्ष से प्राप्त अधपके फलों, पके फलों और अधिक पके फलों के 3 नमूनों की इम्पीरियल इंस्टिट्यूट में परीक्षा की गई। इनमें क्रमशः 38.54, 44.76 और 37.83 प्रतिशत टैनिन निकला। अर्थात् पके फलों में टैनिन का परिमाण सबसे अधिक था (इण्डियन फ़ौरेस्टर, 1922)। हूपर की टिप्पणी यह थी कि 'परीक्षणों से तो अपने स्वाभाविक रूप से वृक्ष से गिरे पके फल ही उत्तम सिद्ध होते हैं।'

1915 में पूरण सिंह भी इसी परिणाम पर पहुंचे थे। उनके परिमाणों के आंकड़े उक्त विश्लेषण दिखाते हैं कि अक्तूबर में इकट्ठा किये गये फलों की तुलना में जनवरी

या मार्च में इकट्ठा किये गये फलों में टैनिन का परिमाण उच्च होता है। परन्तु जो जनवरी में इकट्ठा किए गए थे उनमें मार्च वाले फलों की तुलना में टैनिन अधिक नहीं होता। इसलिए यह मानना चाहिए कि टैनिन अधिक प्राप्त करने के उद्देश्य से हरड़ों को जनवरी और मार्च के बीच में इकट्ठा करना चाहिए। मार्च से पहले ही इकट्ठा कर लिया जाय तो अच्छा है। परीक्षणों में फलों की परिपक्वता की अवस्था का उल्लेख नहीं किया गया। सामान्यतः यह ठीक है कि औसत फल जनवरी में पकते हैं; लेकिन पूरण सिंह स्वयं कहते हैं कि भिन्न-भिन्न स्थानों में पकने का समय अलग-अलग है।

आकृति

फल की आकृति का महत्त्व भी बहुधा बतलाया जाता रहा है। इण्डियन फ़ौरेस्ट (1890, पृष्ठ 362), वाट (1896, पृष्ठ 7 और 9), हूपर (1902, पृष्ठ 39) आदि के विचार में गोल की अपेक्षा अण्डाकार और नोकीली हरड़ें बढ़िया होती हैं। लम्बोतरी, नोकीली, ठोस और पीली-हरी हरड़ों के नमूने परीक्षा में गोल, स्पञ्जी हरड़ों के नमूनों की अपेक्षा इतने अधिक बढ़िया समझे जाते हैं कि उन्हें एक भिन्न जाति के वृक्ष की उपज मानने की भूल हो सकती है। व्यापार में फलों की जांच का एक सामान्य तरीक़ा यह होता है कि फल झुर्रीदार हैं या चपटे पृष्ठ के। यह परीक्षा ठीक नहीं मालूम होती। टर्नर के अनुसार गोल और फूली हुई हरड़ें फफूंदी से सम्भवतः अधिक जल्दी आक्रान्त हो सकती हैं। इसके अतिरिक्त इन्हें पसन्द न करने का कोई और कारण ज्ञात नहीं (टर्नर, जे. ई. वी., 1907, नोट औन दि तेर्मिनालिआ केवुला एण्ड इट्स फ्रूट, दि माइरोबैलेन औफ़ कौमर्स; इंडियन फ़ौरेस्ट, 33, पृष्ठ 362-65)। 1886 के सम्मेलन में वाट ने यह सम्मति प्रकट की थी कि अण्डाकार या नोकीली क़िस्में छोटी, अपरिपक्व फल वाली होती हैं। बाद के लेखकों ने इसे बार-बार उद्धृत किया है, परन्तु इस पर किसी ने पूरी तरह विवेचना नहीं की और सम्भवतः यह तथ्य ठीक भी नहीं है। गोल आकृति भारत में सामान्य रूप से मिल जाती है और मालूम होता है कि यह एक पृथक् जाति या क़िस्म के वृक्ष से प्राप्त किये गये फल होते हैं।

तथापि, आजकल चमड़ा कमाने वालों में यह परम्परा स्थापित हो चुकी है कि नोकीले और अण्डाकृति फल सबसे अच्छे होते हैं। इस विश्वास का कारण यही प्रतीत होता है कि पहले यह समझा जाता रहा है कि इस प्रकर के फल अपरिपक्व अवस्था के हैं और इसलिए उनमें टैनिन का परिमाण अधिक होगा। आकृति का टैनिन के परिमाण के साथ क्या सम्बन्ध है? इस बात पर अभी और खोज करने की आवश्यकता है।

रंग

पार्कर और ब्लोकी (1903), हूपर (1902) और फ्रेमाउथ तथा पिलग्रिम (1918, पृष्ठ 21) ने बताया है कि फल का रंग उसकी टैनिंग उपयोगिता का परिचायक नहीं

है। इसके बावजूद जब एक चर्मकार हरड़ ख़रीदना चाहता है तब रंग की ओर भी बहुत अधिक ध्यान देता है। रंग के आधार पर भी हरड़ों के ग्रेड बनाये जाते हैं। पार्कर और ब्लौकी ने देखा कि इन चुने हुए सब ग्रेडों में टैनिन कम परिमाण में निकलता है। इन अन्वेषकों ने बताया कि रंग किसी भी तरह टैनिंग शक्ति को सूचित नहीं करता। हलके रंग के हरे फलों को व्यापारी सबसे अच्छी हरड़ें समझकर चुनता है। लेकिन असलियत यह है कि ये फल कच्चे ही तोड़ लिये गये थे और मौसम के अन्त में इकट्ठा किये गये फलों की तुलना में इनमें टैनिन कम होता है। चर्मकारों की यह धारणा है कि हलके रंग के फलों से कमाया हुआ चमड़ा भी हलके रंग का बनता है और गूढ़े रंग के फलों से कमाया हुआ, गहरे रंग का बनता है।

इकट्ठे किये जाने पर कुछ फलों का रंग काला क्यों हो जाता है? और कुछ फल हलके रंग के क्यों रह जाते हैं? इसका कारण ज्ञात नहीं है। टर्नर (1907) ने देखा था कि काले फल जिनका गूदा भुरभुरा जाता है वे स्याही बनाने के काम आते हैं। ये रंगने या चर्मकर्म के लिए उपयुक्त नहीं होते। इनके रंग में परिवर्तन एक फफूंदी के द्वारा होता है। इस कारण के अतिरिक्त कुछ अन्य कारण भी हो सकते हैं। सम्भव है कि ज़मीन पर देर तक पड़े रहे फलों पर भूमि के लोहे का प्रभाव हो जाता हो, या पकने से पहले ज़मीन पर गिर गये फलों में विकर (एन्ज़ाइम्स औक्सीकरण) पैदा कर देते हों, अथवा अधिक पके फल दूसरों के मुक़ाबले में अधिक सुगमता से सड़ जाते हों।

रचना

यह पहले से (वाट, 1896) ज्ञात है कि चर्मकार स्पञ्जी हरड़ों पर आपत्ति करते हैं और पिलग्रिम (1924) ने बताया था कि स्पञ्जी फल अच्छे साबित नहीं होते। टैनिंग उपयोगिता में ठोस हरड़ों के समान भार की स्पञ्जी हरड़ें किस तरह घटिया हैं, यह अब तक निर्णीत नहीं किया जा सका।

गुठली और गूदे में टैनिन का अनुपात

यह सम्यक्तया ज्ञात है कि गूदे के मुक़ाबले में गुठली के अन्दर टैनिन कम होता है। पिलग्रिम (1924, पृष्ठ 13-16) ने विश्लेषण में दिखाया है कि गुठली में 4.5 से 10.3 प्रतिशत (4 नमूनों का औसत 7.1 प्रतिशत टैनिन) तक टैनिन होता है। **तेर्मिनालिआ पाल्लिदा** के एक नमूने की गुठली में 13.4 प्रतिशत टैनिन निकला। पूरण सिंह (1911) ने 9 नमूनों में, पिलग्रिम (1924, पृष्ठ 11-16) ने 13 नमूनों में और चौधरी और नायडू (1929, पृष्ठ 29) ने 13 नमूनों में गूदे और गुठली का अनुपात बताया है। चौधरी तथा नायडू (1942, पृष्ठ 30) कहते हैं कि गूदे तथा गुठली में और इनमें विद्यमान टैनिन के अनुपात में कोई निश्चित और नियमित सम्बन्ध नहीं प्रतीत होता। उपलब्ध

ब्योरे की छानबीन करने के बाद एडवर्ड्स (1945) इस बात को ठीक नहीं समझते। ऊपर निर्दिष्ट 35 नमूनों में से केवल 3 ख़राब नमूनों का अनुपात 1 : 97 था।

सम्पूर्ण फल में टैनिन परिमाण की भिन्नता का कारण यह है कि गुठली अपेक्षाकृत बड़ी हो जाती है। फल के आकार के अनुसार जब गुठली छोटी होती है तब टैनिन का परिमाण अधिक होता है और जब गुठली अनुपात में गूदे से बड़ी होती है तब टैनिन कम हो जाता है। इसलिए न केवल इसी कारण छोटी गुठली वाली हरड़ लेना वाञ्छनीय होता है कि गुठली वाला निकम्मा भाग उसमें कम होगा परन्तु इसलिए भी उसे लेना वाञ्छनीय है कि उसके गूदे में टैनिन का परिमाण अधिक होगा। यह स्वीकार कर लेना कि गुठली में टैनिन बिलकुल नहीं होता, पूर्णतः सत्य नहीं है। इस परिमाण को ग़लत सिद्ध करने के लिए या सम्पुष्ट करने के लिए गूदे का गुठली से अलग विश्लेषण करके और अधिक परीक्षण करने की आवश्यकता है।

गुण

हरीतकी नित्य सेवन योग्य, लवण को छोड़कर अन्य पांचों रसयुक्त, आरोग्यकर, दोषों का अनुलोमन करने वाली, लघु, दीपन, पाचन, आयुष्य को बढ़ाने वाली, वयःस्थापन, सर्वदोषप्रशमन, बुद्धिवर्धक, इन्द्रियों को बल देने वाली तथा कुष्ठ, गुल्म, उदावर्त, शोष, पाण्डुरोग, मद, अर्श, ग्रहणी रोग, पुराना विषम ज्वर, हृद्रोग, शिरोरोग, अतिसार, अरुचि, खांसी, प्रमेह, आनाह, प्लीह रोग, नया उदररोग, कफ प्रसेक, स्वरभंग, वैवर्ण्य, कामला, कृमि, श्वयथु, तमक श्वास, वमन, नपुंसकता, अंगावसाद, नाना प्रकार के स्रोतों का अवरोध, हृदय और वक्षःस्थल का कफ तथा स्मृति और बुद्धि के प्रमोह को शीघ्र दूर करने वाली है :

हरीतकीं पञ्चरसामुष्णामलवणां शिवाम्।
दोषानुलोमनीं लघ्वीं विद्याद्दीपनपाचनीम्॥
आयुष्यां पौष्टिकीं धन्यां वयसः स्थापनीं पराम्।
सर्वरोगप्रशमनीं बुद्धीन्द्रियबलप्रदाम्॥
कुष्ठं गुल्ममुदावर्तं शोषं पाण्ड्वामयं मदम्।
अर्शांसि ग्रहणीदोषं पुराणं विषमज्वरम्॥
हृद्रोगं सशिरोरोगमतीसारमरोचकम्।
कासं प्रमेहमानाहं प्लीहानमुदरं नवम्॥
कफप्रसेकं वैस्वर्यं वैवर्ण्यं कामलां क्रिमीन्।
श्वयथुं तमकं छर्दिं क्लैब्यमङ्गावसादनम्॥
स्रोतोविबन्धान् विविधान् प्रलेपं हृदयोरसोः।
स्मृतिबुद्धिप्रमोहं च जयेच्छीघ्रं हरीतकी॥
अजीर्णिनो रूक्षभुजः स्त्रीमद्यविषकर्शिताः।

सेवेरन्नाभयामेते क्षुत्तृष्णोष्णार्दिताश्च ये ॥

चरकसंहिता, चिकित्सास्थान 1; 29-35.

कषायाऽम्ला च कटुका तिक्ता मधुरसान्विता ।
इति पञ्चरसा पथ्या लवणेन विवर्जिता ॥
अम्लभावाज्जयेद्वातं पित्तं मधुरतिक्तकात् ।
कफं रूक्षकषायत्वात्त्रिदोषघ्नी ततोऽभया ॥
प्रपथ्या लेखनी लघ्वी मेध्या चक्षुर्हिता सदा ।
मेहकुष्ठ व्रणच्छर्दिशोफवातास्रकृच्छ्रजित ॥
वातानुलोमनी हृद्या सेन्द्रियाणां प्रसादनी ।
संतर्पणकृतान्रोगान्प्रायो हन्ति हरीतकी ॥

धन्वन्तरिनिघण्टु, गुडूच्यादिवर्ग 1; 206-209.

हरीतकी पञ्चरसा च रेचनी कोष्ठामयघ्नी लवणेन वर्जिता ।
रसायनी नेत्ररुजापहारिणी त्वगामयघ्नी किल योगवाहिनी ॥
बीजास्थितिक्ता मधुरा तदन्तस्त्वग्भागतः सा कटुरुष्णवीर्य्या ।
मांसांशतश्चाम्लकषाययुक्ता हरीतकी पञ्चरसा स्मृतेयम् ॥
सर्वप्रयोगे विजया च रोहिणी क्षतेषु लेपेषु तु पूतनोदिता ।
विरेचने स्यादमृता गुणाधिका जीवन्तिका स्यादिह जीर्णरोगजित् ॥
स्याच्चेतकी सर्वरुजापहारिका नेत्रामयघ्नीमभयां वदन्ति ।
इत्थं यथायोगमियं प्रयोजिता ज्ञेया गुणाढ्या न कदाचिदन्यथा ॥
चेतकी च धृता हस्ते यावात्तिष्ठति देहिनः ।
तावद्विरिच्यते वेगात्तत्प्रभावान्न संशयः ॥
सप्तानामपि जातीनां प्रधानं विजया स्मृता ।
सुखप्रयोगसुलभा सर्वव्याधिषु शस्यते ॥
क्षिप्ताऽप्सु निमज्जति या सा ज्ञेया गुणवती भिषग्वर्य्यैः ।
यस्या यस्या भूयो निमज्जनं सा गुणाढ्या स्यात् ॥
हरते प्रसभं व्याधीन् भूयस्तरति यद्वपुः ।
हरीतकी तु सा प्रोक्ता तत्र कीर्दीप्तिवाचकः ॥

राजनिघण्टु, आम्रादिवर्ग 11; 216-217, 223-228.

हरीतकी पञ्चरसाऽलवणा तुवरोत्कटा ।
रूक्षोष्णा दीपनी मेध्या स्वादुपाका रसायनी ॥
सरा बुद्धिप्रदा वृष्या चक्षुष्या बृंहणी लघुः ।
श्वासकासप्रमेहार्शः कुष्ठशोफोदरान् कृमीन् ॥

वैस्वर्य्यग्रहणीदोषविबन्धविषमज्वरान् ।
गुल्माध्मानव्रणच्छर्दिहिक्काकण्डूहृदामयान् ॥
कामलां शूलमानाहं प्लीहानं चापकर्षति ॥
मधुराम्लतया वातं कषायस्वादुभावतः ।
पित्तं हन्ति कफं हन्ति कटुकेन हरीतकी ॥

मदनपालनिघण्टु, हरीतक्यादिवर्ग 1;22-25.

जया विलवणा पञ्चरसानु तुवरोत्कटा ॥
स्वादुपाकरसायुष्या रूक्षोष्णा बृंहणी लघुः ।
दीपनी पाचनी मेध्या वयसःस्थापनी परम् ॥
रसायनी च चक्षुष्या बलबुद्धिस्मृतिप्रदा ।
कुष्ठवैवर्ण्यवैस्वर्यपुराणविषमज्वरान् ॥
शिरोऽक्षिपाण्डुहृद्रोगकामलाग्रहणीगदान् ।
सशोषशोफातीसारमेहमोहवमिकृमीन् ॥
श्वासकासप्रसेकार्शः प्लीहानाहगदोदरान् ।
विबन्धं स्रोतसां गुल्ममुरुस्तम्भमरोचकम् ॥
हिध्माध्मानव्रणान् शूलं त्रीन् दोषांश्च व्यपोहति ।
स्वाद्वम्लभावात्पवनं कटुतिक्ततया कफम् ॥
कषायमधुसत्त्वाच्च पित्तं हन्ति हरीतकी ।
मज्जत्वक्स्नायुमांसास्थिस्थिताः पंचाभयोद्भवाः ॥
स्वादुकट्वम्लतिक्ताख्यकषायाः क्रमशो रसाः ।
पथ्यामज्जा च चक्षुष्यो वातपित्तहरो गुरुः ॥
नीरजा वनजा चैव पर्वतीया इति त्रिधा ।
यथोतरं पथ्यतमा विज्ञेया त्रिविधाभया ॥
कालयोगात्स्वयं पक्वा पतिता च महीतले ।
नवा स्निग्धायता वृत्ता गुर्वी क्षिप्ता तथाम्भसि ॥

कैयदेवनिघण्टु, ओषधिवर्ग 1; 222-231

विजया सर्वरोगेषु रोहिणी व्रणरोहिणी ।
प्रलेपे पूतना योज्या शोधनार्थेऽमृता हिता ॥
अक्षिरोगेऽभया शस्ता जीवन्ती सर्वरोगहृत् ।
चूर्णार्थे चेतकी शस्ता यथायुक्तं प्रयोजयेत् ॥
चेतकी द्विविधा प्रोक्ता श्वेता कृष्णा च वर्णतः ।
षडङ्गुलायता शुक्ला कृष्णा त्वेकाङ्गुला स्मृता ॥
काचिदास्वादमात्रेण काचिद्गन्धेन भेदयेत् ।

काचित्स्पर्शेन दृष्ट्याऽन्या चतुर्द्धा भेदयेच्छिवा ॥
चेतकी पादपच्छायामुपसर्पन्ति ये नराः ।
भिद्यन्ते तत्क्षणादेव पशुपक्षिमृगादयः ॥
चेतकी तु धृता हस्ते यावत्तिष्ठति देहिनः ।
तावद्भिद्येत वेगैस्तु प्रभावान्नात्र संशयः ॥
नृपाणां सुकुमाराणां कृशानां भेषजद्विषाम् ।
चेतकी परमा शस्ता हिता सुखविरेचनी ॥
सप्तानामपि जातीनां प्रधाना विजया स्मृता ।
सुखप्रयोगा सुलभा सर्वरोगेषु शस्यते ॥
हरीतकी पञ्चरसाऽलवणा तुवरा परम् ।
रूक्षोष्णा दीपनी मेध्या स्वादुपाका रसायनी ॥
चक्षुष्या लघुरायुष्या बृंहणी चानुलोमिनी ।
श्वासकासप्रमेहार्शः कुष्ठशोथोदरक्रिमीन् ॥
वैस्वर्यग्रहणीरोगविबन्धविषमज्वरान् ।
गुल्माध्मानतृषाछर्दिहिक्काकण्डूहृदामयान् ॥
कामलां शूलमानाहं प्लीहानञ्च यकृत्तथा ।
अश्मरीं मूत्रकृच्छ्रञ्च मूत्राघातञ्च नाशयेत् ॥

भावप्रकाशनिघण्टु, हरीतक्यादि वर्ग 1; 11-22.

हरड़ हलकी, गरम और रूक्ष है। संतर्पण में पैदा होने वाले रोगों को नष्ट करती है। कषायरस प्रधान होने पर भी विपाक में मधुर है। आयुर्वेदिक लेखकों ने हरड़ के गुण बताते हुए रोगों में इसकी उपयोगिता बताई है।

विविध रोगों में

यह दीपक, पाचक, उलटियों को बन्द करने वाली, तृषाशामक, अरुचिनाशक, पेट के रोगों में हितकर, वायु का अनुलोमन करने वाली, अफ़ारा, शूल तथा हिचकी दूर करने वाली, अनुलोमक स्रोतों की रुकावट को हटाकर कब्ज़ दूर करने वाली, दोषों का अनुलोमन करने वाली, दस्तों को ठीक करने वाली और ग्रहणी (स्प्रू) नाशक है। पेट सम्बन्धी नये रोगों में विशेष लाभ करती है। वायु गोला (गुल्म), बढ़ी हुई तिल्ली, जिगर के रोग, कामला (जौण्डिस), पाण्डु (अनीमिया) और बवासीर में गुणकारी है।

श्वास संहति : कफ के रोगों को नष्ट करती है। आवाज़ की ख़राबी, कफ प्रकोप के कारण मुख, आंख तथा नाक से पानी बहना (ज़ुकाम), छाती तथा फेफड़ों में कफ भर जाना, खांसी और दमे में लाभ पहुंचाती है। जमे हुए कफ को उखाड़कर निकाल देती है।

मूत्र तथा प्रजनन संहति : पथरी, पेशाब रुक-रुककर थोड़ी मात्रा में आना, पेशाब बन्द हो जाना, प्रमेह, नपुंसकता आदि मूत्र तथा प्रजनन सम्बन्धी रोगों में लाभकारी है। वीर्य को पुष्ट करती है।

त्वक् संहति : त्वचा की विवर्णता और कुष्ठ, खुजली आदि त्वग्रोगों को शान्त करती है। ज़ख़्मों को ठीक करती है। सूजन उतारती है। कृमिनाशक है।

वात संहति : टांगों का लकवा (ऊरुस्तम्भ), अंगों की ऐंटन (उदावर्त) आदि वायु के रोगों को दूर करती है।

ज्वर, शोथ : हृदय के रोगों में, पुराने मलेरिया बुख़ारों में तथा अन्य ज्वरों में, अंगों में पानी भर जाने (शोथ, ड्रौप्सी) में और शरीर के सूखने की अवस्थाओं में इसका प्रयोग गुण दिखाता है।

मस्तिष्क : मेधा और बुद्धि को बढ़ाने वाली यह ओषधि स्मृतिशक्ति को तीव्र करती है। बुद्धि पर पड़े आवरण को हटाकर ठीक ज्ञान कराती है। मूर्च्छा हटाती है। आंखों के लिए हितकर और सिर के रोगों में लाभदायक है।

रसायन : जिस किसी भी दवा के साथ प्रयोग की जाय तब यह उसके गुणों को बढ़ा देती है। यह रसायन औषधि अंगों को शिथिल होने से रोकती है। मोटापे को छांटती है। विभिन्न कारणों से रसवाही स्रोतों (एण्डोक्राइन ग्लैण्ड्स) से रस आदि के न वहने को दूर करती है। सब रोगों को शान्त करने वाली, इन्द्रियों को बल देने वाली, पुष्टि-दायक, आयु को बढ़ाने वाली, कल्याणकारी हरड़ में आयु को स्थिर करने का परम गुण है :

सिंधूत्थशर्कराशुण्ठीकणामधुगुडैः क्रमात् ।
वर्षादिष्वभया प्राश्या रसायनगुणषिणा ॥
अध्वातिखिन्नो बलवर्जितश्च रूक्षः कृशो लङ्घनकर्शितश्च ।
पित्ताधिको गर्भवती च नारी विमुक्तरक्तस्त्वभयां न खादेत् ॥

भावप्रकाशनिघण्टु, हरीतक्यादिवर्ग 1; 34-35.

तृष्णायां मुखशोषे च हनुस्तम्भे गलग्रहे ।
नवज्वरे तथा क्षीणे गर्भिण्यां न प्रशश्यते ॥

धन्वन्तरिनिघण्टु, गुडूच्यादिवर्ग 1; 210.

हरड़ की गिरी के गुण

गुठली के अन्दर की नरम गिरी वायु तथा पित्त को हरने वाली, भारी और आंखों के लिए हितकर है (द्रव्यगुणसंग्रह, फलवर्ग; 41; कैयदेवनिघण्टु, ओषधिवर्ग 1; 212)।

स्थान भेद से गुणों में अन्तर

वृक्ष के उत्पत्ति स्थान की दृष्टि से कैयदेव ने निम्नलिखित तीन प्रकार की हरड़ें बताई हैं—1 पानी वाले स्थानों पर उगने वाली, 2 मैदानी जंगलों में उगने वाली, और 3 पहाड़ों पर उगने वाली। इनमें सबसे बढ़िया पहाड़ी, फिर जंगली और उससे उतरकर जलीय स्थान वाली गुणकारी होती है।

हरड़ में 5 रस

संस्कृत लेखकों ने हरड़ में निम्नलिखित 5 रस माने हैं : कषाय, अम्ल, कटु, तिक्त और मधुर। 6 रसों में से लवण रस इसमें नहीं होता। कषाय रस सबसे अधिक होता है।

मध्यकालीन संस्कृत लेखकों ने पांचों रसों की फल में अलग-अलग स्थान पर स्थिति दिखाई है। इसके अनुसार फल के जो 5 स्थान या विभाग बनते हैं उनमें कौन-कौन-सा रस रहता है? इसके सम्बन्ध में विभिन्न लेखकों की सम्मति नीचे दी गई है :

नरहरि	भावमिश्र	कैयदेव
1 अस्थि में तिक्त	1 अस्थि में कषाय	1 अस्थि में तिक्त
2 मज्जा में मधुर	2 मज्जा में मधुर	2 मज्जा में मधुर
3 त्वचा में कटु	3 त्वचा में कटु	3 त्वचा में कषाय
4 मांस में अम्ल	4 स्नायु में अम्ल	4 मांस में अम्ल
5 स्नायु में कषाय	5 वृन्त में तिक्त	5 स्नायु में कटु

त्रिदोषहर होने में रस का कारण

किस दोष को किस रस के कारण हरड़ दूर करती है, इसके वारे में चिकित्सकों की सम्मतियां एक नहीं हैं। धन्वन्तरि के मत में वात को अम्ल से, पित्त को मधुर तथा तिक्त से और कफ को रूक्ष तथा कषाय रस से जीतती है (धन्वन्तरिनिघण्टु, गुडूच्यादिवर्ग)। कैयदेव समझते हैं कि वात को मधुर तथा अम्ल से, पित्त को मधुर तथा कषाय से और कफ को कटु तथा तिक्त रस से नष्ट करती है (कैयदेवनिघण्टु, ओषधिवर्ग 1; 213)। भावमिश्र ने वात को नष्ट करने में हेतु धन्वन्तरि की तरह अम्ल रस को माना है। भावमिश्र बताते हैं कि हरड़ पित्त को मधु, तिक्त तथा कषाय रस के कारण और कफ को कटु, तिक्त तथा कषाय रस के कारण हरती है :

स्वादुतिक्तकषायत्वात्पित्तहृत्कफहृत्तु सा।
कटुतिक्तकषायत्वादम्लत्वाद्वातहृच्छिवा॥

भावप्रकाशनिघण्टु, हरीतक्यादिवर्ग 1; 23.

विशेष प्रभाव

यहां शंका उठती है कि हरड़ में विद्यमान कटु और अम्ल रस, पित्त और वात को क्यों नहीं पैदा करते ? क्योंकि रसों के गुणों में बताया जाता है कि ये रस इन दोषों को पैदा करते हैं; इसका उत्तर भावमिश्र देते हैं कि हरड़ में तीनों दोषों को दूर करने की जो क्षमता है वह इसके प्रभाव के ही कारण है। रसों का निर्देश करते हुए दोषों को नष्ट करने की जो बात लिखी गई है वह विद्यार्थियों को समझने के लिए कही है। समान गुणों से युक्त होते हुए भी आश्रय भेद से द्रव्यों के कर्म में भिन्नता देखी जाती है। अम्ल और कटु रस, पित्त और वात के जनक होने पर भी आश्रय विशेष में विशेष प्रभाव करने वाले होते हैं। जैसे कि आंवला तथा बड़हर, ये दोनों यद्यपि रस आदि में तुल्य हैं, किन्तु इनके गुण भिन्न-भिन्न हैं :

पित्तकृत्कटुकाम्लत्वाद्वातकृन्न कथं शिवा ॥
प्रभावाद्दोषहन्तृत्वं सिद्धं यत्तत्प्रकाश्यते ।
हेतुभिः शिष्यबोधार्थं नापूर्वं क्रियतेऽधुना ॥
कर्मान्यत्वं गुणैः साम्यं दृष्टमाश्रयभेदतः ।
यतस्ततो नेति चिन्त्यं धात्रीलकुचयोर्यथा ॥
पथ्याया मज्जनि स्वादुः स्नाय्वामग्लो व्यवस्थितः ।
वृन्ते तिक्तस्त्वचि कटुरस्थिस्थस्तुवरो रसः ॥
नवा स्निग्धा घना वृत्तागुर्वी क्षिप्ता च याऽम्भसि ।
निमज्जेत्सा प्रशस्ता च कथिताऽतिगुणप्रदा ॥
नवादिगुणयुक्तत्वं तथैवात्र द्विकर्षता ।
हरीतक्याः फले यत्र द्वयं तच्छ्रेष्ठमुच्यते ॥

भावप्रकाशनिघण्टु, हरीतक्यादिवर्ग 1; 24-29.

प्रयोग विधि के भेद से गुणों में अन्तर

हरड़ चबाकर खाई जाय तो जठराग्नि की वृद्धि करती है। सिल पर पीसकर खाने से मल का शोधन करती है। गरम वाष्प में पकाकर खाने से मल को रोकती है। भूनकर खाई जाय तो वात, पित्त, कफ तीनों दोषों को नष्ट करती है :

चर्विता वर्द्धयत्यग्नि पेषिता मलशोधिनी ।
स्विन्ना संग्राहिणी पथ्या भृष्टा प्रोक्ता त्रिदोषनुत् ॥

भावप्रकाशनिघण्टु, हरीतक्यादिवर्ग 1; 30.

भोजन के साथ सेवन करने से बुद्धि, बल तथा इन्द्रियों को विकसित करती है;

पित्त, कफ तथा वायु को नष्ट करती है और मूत्र, शौच तथा शरीर के दूसरे मलों का निर्हरण करती है। यही हरड़ भोजन कर चुकने पर खाई जाये तो खान-पान सम्बन्धी दोषों को और वात, पित्त तथा कफ से उत्पन्न होने वाले विकारों को शीघ्र हरती है :

उन्मीलिनी बुद्धिबलेन्द्रियाणां निर्मूलिनी पित्तकफानिलानाम्।
विस्रंसिनी मूत्रशकृन्मलानां हरीतकी स्यात् सह भोजनेन॥
अन्नपानकृतान्दोषान्वातपित्तकफोद्भवान्।
हरीतकी हरत्याशु भुक्तस्योपरि योजिता॥

भावप्रकाशनिघण्टु, हरीतक्यादिवर्ग 1; 31-32.

सेन्धा नमक के साथ खाने से कफ, चीनी के साथ खाने से पित्त, घी के साथ खाने से वात सम्बन्धी रोग और गुड़ के साथ खाने से समस्त व्याधियों को दूर करती है :

लवणेन कफं हन्ति पित्तं हन्ति सशर्करा।
घृतेन वातजान् रोगान्सर्वरोगान्गुडान्विता॥

भावप्रकाशनिघण्टु, हरीतक्यादिवर्ग 1; 33.

निर्मितियां

हरड़ से बनने वाली कुछ निर्मितियों (दवाओं) के नुसख़े (योग), उन्हें बनाने के तरीक़े, उनकी मात्रा, सेवन विधि आदि का विवरण यहां दिया जा रहा है। इनमें से कुछ निर्मितियां ऐसी भी हैं जिन्हें देश की फ़ार्मेसियां बड़े पैमाने पर बना रही हैं।

अभयावटी

हरड़, काली मिर्च, पिप्पली और सुहागा-प्रत्येक समान भाग लेकर सबके बराबर शुद्ध जयपाल मिलाएं। सेहुंड़ के दूध से मर्दन कर 30 मिलीग्राम की गोलियां बनायें (भैषज्यरत्नावली, उदररोगाधिकार; 77-81, रसेन्द्रसार संग्रह, गुल्मचिकित्सा; 22-24)।

मात्रा : दो गोली। एक हरड़ को तण्डुलोदक में या गरम पानी में पीसकर उसके साथ दो गोली खाएं। रोगी जब तक गरम पानी पीयेगा तब तक विरेचन होगा। शीतल जल पीने से विरेचन नहीं होगा।

रोग : जीर्ण ज्वर, रक्तपित्त, प्लीहा रोग, अम्लपित्त, उदर रोग, विशेषतः वातोदर, अजीर्ण, कामला, पाण्डु आदि।

कंस हरीतकी

दशमूल क्वाथ 2.374 लीटर, हरड़ 100, गुड़ 5 किलोग्राम, अवलेह बनाएं। इसमें

सोंठ, मिरच, पिप्पली, दालचीनी, इलायची और तेजपत्र-प्रत्येक का 12 ग्राम चूर्ण मिलाएं। शीतल होने पर 375 ग्राम शहद और ज़रा-सा यवक्षार मिला दें (बंगसेनसंहिता, शोथाधिकार; 13-15)।

मात्रा तथा सेवन विधि : 1 हरड़ खाकर 12 ग्राम लेह चाट लें।
रोग : शोथ, कास, ज्वर, पाण्डु, अम्लपित्त, यकृत्-प्लीहा रोग।

दशमूल हरीतकी

2.204 लीटर दशमूल क्वाथ में 100 हरड़ पकाएं। गाढ़ा होने पर 5 किलोग्राम गुड़ तथा सोंठ, मरिच और पिप्पली 185 ग्राम मिलाएं। शीतल होने पर दालचीनी, इलायची, तेजपत्र-प्रत्येक का चूर्ण 12 ग्राम और शहद 375 ग्राम डालें (बंगसेनसंहिता, शोथाधिकार; 18-20)।

मात्रा : 6 से 12 ग्राम।
रोग : शोथ, उदर रोग, श्वास, पाण्डु आदि।

अभयारिष्ट

हरड़ 10 किलोग्राम, मुनक्का 5 किलोग्राम, वायविडंग 1 किलोग्राम और महुए के 1 किलोग्राम फूलों को 195 लीटर पानी में पकाकर, 50 लीटर जल शेष रख लें। छानकर इसमें 10 किलोग्राम गुड़ घोलें और निम्नलिखित प्रक्षेप द्रव्यों को मिलाकर घड़े में बन्द कर दें (भैषज्यरत्नावली, अर्शरोगाधिकार; 105-110)।

प्रक्षेप द्रव्य : गोखरू, निशोथ, धनिया, धाय के फूल, इन्द्रायण, चव्य, सौंफ, सोंठ, दन्तीमूल और मोचरस-प्रत्येक 190 ग्राम। एक महीने बाद अरिष्ट तैयार हो जाय तो छानकर रख लें।

मात्रा : छह से बारह मिलीलीटर।
रोग : बवासीर को यह जल्दी ही ठीक कर देता है; मल-मूत्र की रुकावट को दूर करता है, जठराग्नि को बढ़ाता है और पेट के अनेक प्रकार के रोगों का निवारण करता है।

महाभयारिष्ट

हरड़ 200 फल, दशमूल, थोहर, दन्तीमूल, करंज बीज की गिरी, नील या (काला दाना), असन (बीजासार), अपामार्ग, देवदारु, जलवेत्र, कुटज की छाल, अटजी, दारुहरिद्रा, बड़ी कटेली, रास्ना, श्योनाक की छाल, चित्रक की जड़, वरुण की छाल; मिलित 2.500 किलोग्राम को 200 लीटर जल में पकाएं और 40 लीटर क्वाथ बचा लें। छानकर 10 किलोग्राम

गुड़ घोलें। घड़े में भरकर निम्नलिखित द्रव्यों के चूर्ण का प्रक्षेप दें—काली मिर्च, वायविडंग, भारंगी, इन्द्र जौ 375 ग्राम और पिप्पली 1.536 किलोग्राम; 1.536 किलोग्राम मधु भी मिला दें। अरिष्ट बन जाने पर प्रयोग करें (काश्यपसंहिता, राजयक्ष्मा चिकित्सा; पृष्ठ 77)।

मात्रा : 6 से 12 मिलीलीटर।

रोग : कफज रोग, राजयक्ष्मा आदि।

हरीतकी प्रयोग

100 हरड़ों को तक्र में स्विन्न करके कुशलता से गुठली को निकालकर सोंठ, कालीमिर्च, पिप्पली, पिप्पली मूल, यवक्षार, चव्य, चित्रक, पांचों नमक, अजवायन, अजमोदा, सर्जक्षार, सुहागा, हींग, लौंग-प्रत्येक के 96 ग्राम चूर्ण को मिश्रित कर चुक्र तथा निम्बू के रस से 3 दिन भावना देकर उन हरड़ों में भर दें (भैषज्यरत्नावली, अग्निमान्द्याधिकार; 62-65)।

मात्रा : 1 से 2 हरड़ प्रतिदिन।

रोग : अजीर्ण, मन्दाग्नि, विसूचिका (हैज़ा), गुल्म तथा शूल आदि।

हरीतकी खण्ड

त्रिफला, मोथा, दालचीनी, छोटी इलायची, तेजपत्र, नाग केसर, अजवायन, त्रिकुट, धनिया, सौंफ़, सोया, लौंग-प्रत्येक का 24 ग्राम चूर्ण; निशोथ और सनाय-प्रत्येक 190 ग्राम, हरड़ 750 ग्राम, खाण्ड 3.050 किलोग्राम; यथाविधि पाक करें (भैषज्यरत्नावली, शूलरोगाधिकार; 189-192)।

मात्रा : 6 ग्राम।

अनुपान : गरम जल या दूध।

रोग : अम्ल-पित्त, शूल, अर्श (बवासीर), वात रोग, कोष्ठवात, कटिशूल, आनाह (अफ़ारा) आदि।

निष्कर्ष (extract) बनाना

निष्कर्षो में जो ख़राबियां सामान्यतः हुआ करती हैं वही हरड़ के निष्कर्ष में मिल जाती हैं। इसका रंग अच्छा नहीं होता। निर्माण में आने वाले निक्षेप के कारण इसमें अम्ल कम होता है और विशेष स्पर्श लाने की (bloom making) क्षमता भी कम होती है। चर्मकारों को फलों की अपेक्षा एक्स्ट्रैक्ट में टैनिन का परिमाण इतना अधिक नहीं मिलता जितना कि वे आशा रखते हैं। फिर भी एक्स्ट्रैक्ट का उपयोग हो रहा है और बाज़ार में इसकी खपत है। हरड़ों की अत्युत्तम क़िस्मों का चुनाव करने से निस्सन्देह अधिक अच्छा एक्स्ट्रैक्ट बनाया जा सकता है, परन्तु इसमें जो अतिरिक्त व्यय पड़ेगा वह प्राप्त पदार्थ की दृष्टि से वांछनीय नहीं है। निस्सार का वर्तमान स्टैण्डर्ड बहुत खोज के बाद

बढ़ियापन और ख़र्च के बीच में समझौता मान लिया गया है (इंडियन फ़ौरेस्टर, 1922)।

चमड़ा कमाने के गुण

हरड़ बहुत संग्राही नहीं है और खाल के अन्दर बहुत तेज़ी से नहीं घुसती। इनका अकेला प्रयोग अच्छा नहीं रहता। खमीर पैदा करने और अम्ल बनाने की शक्ति की दृष्टि से चमड़ा कमाने के दूसरे मिश्रणों के साथ ये बहुत उपयोगी हैं। ये चमड़े को मुलायम करती हैं। इनमें एलेगिक एसिड (ellagic acid) बहुत बड़ी मात्रा में होता है, इसलिए यह एक विशेष स्पर्श करने वाला पदार्थ है। खालों और ईस्ट इण्डियन क़िस्म के रंगों को स्थिर करने के लिए, इनका व्यवहार दक्षिण भारत में विशेषतः होता है (इंडियन फ़ौरेस्टर, 1922 और टैनिंग मैटीरियल्स औफ़ दि ब्रिटिश एम्पायर, 1929; पृष्ठ 68)।

पार्कर और ब्लौकी (1903) ने दिखाया है कि जबलपुरी ब्रिन्गोर्ल की हरड़ों में विशेष स्पर्श पैदा करने के गुण अधिकतम और शीघ्रतम हैं। बिमली हरड़ों में अम्ल तथा रंग अच्छा पैदा होता है और टैनिन का परिमाण भी सर्वोच्च होता है। जबलपुरी हरड़ में भार बढ़ाने का गुण सबसे अधिक है और रंग में यह विमली के तुल्य है। निर्यात किये जाने वाली सब हरड़ों में मदुरा तथा कोयम्बटूर के नमूने और शायद सलेम के नमूने भी हलके रंग के होते हैं (चौधरी और नायडू, 1929)।

1 किलोग्राम चमड़ा तैयार करने के लिए 110 से 175 ग्राम कुटी हुई हरड़ें ली जाती हैं। हरड़ों को रात-भर गरम पानी में भिगो देते हैं। खालों को इसमें एक-एक कर डुबोया जाता है और पास रखे हुए दूसरे टब में रख दिया जाता है। ढेर में 5-10 मिनट वैसे ही रहने दिया जाता है। इसके बाद उन्हें फैलाया जाता है और उसी टब में अथवा दूसरे टब में रख दिया जाता है। हरड़ के पानी को खालों के ऊपर डाल दिया जाता है। दूसरे दिन खालें फैलाई जाती हैं और जैसा कि पहले दिन किया गया था उसी तरह उन्हें फिर वापस रख दिया जाता है।

अब फिर कुटी हुई हरड़ों की पहले जितनी मात्रा गरम पानी में दूसरे टब में भिगोई जाती है और रात-भर छोड़ दी जाती है। दूसरे दिन हरड़ लगाने की दूसरी क्रिया की जाती है। इसके लिए पहले खालों को बीम पर रगड़ा जाता है तथा निचोड़ा जाता है और फिर जैसा कि हरड़ लगाने की पहली क्रिया में कहा गया है, उसे हरड़ के पानी में रख दिया जाता है। दूसरे दिन उनको फैलाया जाता है और हरड़ लगाने की पहली क्रिया की भांति फिर रख दिया जाता है। अगले दिन खालों का रंग देखा जाता है। यदि खालों में हरड़ का रंग बहुत अधिक आ जाता है तो उन्हें या तो सादे पानी से या ठण्डा पानी मिलाकर, हलका किये हुए हरड़ के पानी से धोया जाता है (विज्ञानप्रगति, सितंबर, 1955, पृष्ठ 237)।

रंगने में

भारत में हरड़ रंग के रूप में भी इस्तेमाल होती है। फल के छिलके का चूर्ण करके पानी में भिगो दिया जाता है। इसमें कपड़ा डालकर उबाल दिया जाय तो मैला या भूरा-सा रंग आ जाता है। इसमें फिटकरी मिला देने से पीला-पक्का रंग आ जाता है। लोहे के किसी लवण को सामान्यतः प्रोटोसल्फ़ेट के साथ मिलाकर काले रंग की विभिन्न छायाएं प्राप्त करने में हरड़ का रंग के रूप में विस्तृत उपयोग होता है। रंग की गहराई के लिए थोड़ा-सा गुड़ और लोह गन्धित के साथ गाव का शुष्क फल (*दिओस्पिरोस एंब्रिओप्तेरिस* पर्सून *Diospyros embryopteris* Persoon) मिलाकर गहरा काला रंग बनाया जाता है। हरड़ और लोहस् गन्धित (ferrous sulphate) को एक निश्चित अनुपात में मिलाने से ख़ाकी रंग बनता है। तमिलनाडु में हरड़ इसी तरह से इस्तेमाल होती है और कपास, ऊन तथा चमड़े को रंगने में अकेली भी काम आती है। उत्तर-पश्चिम प्रान्तों में निम्न मुख्य छायाएं प्राप्त करने में इसका उपयोग होता है—काला, जैसा कि ऊपर वर्णन किया गया है। हरा, हल्दी और नील के साथ मिलाकर। गाढ़ा, नील के साथ। भूरा, कत्थे के साथ। काले को छोड़कर अन्य रंगों में अपना रंग देने के बजाय यह मुख्यतया उनके रंगों को गाढ़ा करने का काम करती है जिसमें यह मिलायी जाती है। भारत में सब जगह मंजीठ, हल्दी, टेसू आदि के साथ सहायक रूप में उनके रंगों को गाढ़ा करने के लिए इसका प्रयोग किया जाता है। कीट-फल ऊन पर हलका पीला रंग देते हैं। कीट-फल स्याही बनाने, कपड़ा रंगने तथा चमड़ा कमाने में भी प्रयुक्त होते हैं।

विविध उपयोग

स्याही : लोह-लवणों के साथ फल देसी स्याही बनाने में काम आते हैं। फलों की थोड़ी प्रतिशतता में त्वचा के नीचे का भाग भुरभुरा जाता है। जिन फलों में यह हो जाता है वे चर्म-कर्म में काम नहीं आते, पर स्याही बनाने में काम आ जाते हैं।

कीट-फलों के उपयोग : ओक के कीट-फल की तरह हरड़ के कीट-फलों (galls) से अच्छी स्याही बनाई जाती है। कोरोमण्डल तट पर इनसे बहुत बढ़िया और टिकाऊ पीला रंग बनाया जाता है। तमिल लोग इन्हें कादुकाई और तैलंग लोग अल्दिकाई कहते हैं। कीट-फलों में टैनिक एसिड प्रचुर होता है और इसलिए चर्म-कर्म में तथा रंगों को पक्का करने के लिए रंगने में काम आते हैं। हरड़ के पत्ते चारे के रूप में पशुओं को खिलाये जाते हैं।

छाल : छाल चमड़े को कमाने और रंगने के काम आती है। यह कभी-कभी ख़ाकी और काला रंगने में और बंगाल तथा मणिपुर में बांसों को रंगने में काम आती है। छाल बहुत ग्राही होती है और रंगों में वही छायाएं देती है जो बबूल की फलियों से आती हैं, परन्तु ये कुछ अधिक पीली आभा लिए हुए होती हैं।

लकड़ी : लकड़ी अच्छी टिकाऊ है। इस पर पौलिश अच्छी होती है, फ़र्निचर, बैलगाड़ियों, कृषि-उपकरणों और मकानों के बनाने में काम आती है।

गोंद : वृक्ष एक गोंद देता है। बरार में यह बहुत इकट्ठी की जाती है और अनेक दूसरी गोंदों—कीकर, धौरा, महुआ, बकायन आदि के साथ मिला ली जाती है। गोंडों द्वारा इकट्ठी की गई यह मिश्रित गोंद स्थानीय बाज़ार में आती है और चिकित्सा प्रयोजन के लिए या रंगरेज़ों को रंगों में मिलाने के लिए बेच दी जाती है।

चिकित्सा में उपयोग : बहेड़े और आंवले के साथ मिलाकर त्रिफला के नाम से प्रायः सब रोगों में विस्तृत रूप से हरड़ का प्रयोग भारतीय चिकित्सा में किया जा रहा है। चिकित्सा की प्राचीन पद्धति में जिन द्रव्यों का सबसे अधिक उपयोग हुआ है उनमें हरड़ है। वैद्य कालिदास ने अपनी पुस्तक वैद्यमनोरमा में लिखा था, 'निष्णात वैद्यवरो ! मेरी यह अनुभवपूत स्थापना सुनो—बस, इस सृष्टि में हरड़ के समान गुणकारी कोई द्रव्य नहीं है (वैद्यमनोरमा, रसायनवाजीकरणाधिकार)।'

माता के समान हितकर

घरेलू चिकित्सा का यह महत्त्वपूर्ण अंग बन गई है। संस्कृत की एक प्रसिद्ध लोकोक्ति है कि 'जिसकी माता न हो उसकी मां हरड़ समझ लेनी चाहिए (माता यस्य गृहे नास्ति तस्य माता हरीतकी)। इसका अभिप्राय यह प्रतीत होता है कि माता के मर जाने पर शिशु को दूसरा दूध देने से जो विकार पैदा हो जाते हैं उन सबको दूर करने के लिए हरड़ देनी चाहिए। माता के दूध से दूसरे दूध में जो विभिन्नताएं हैं उनसे होने वाले दोषों की रोकथाम के लिए शिशु को हरड़ देनी चाहिए।

सब अवस्थाओं में लाभदायक

भोजन खाने के बाद, भोजन से पूर्व, भोजन के बीच में, भोजन पच जाने पर, भोजन न पचा हो तब और भोजन पूरा न पचा हो और न ही पूरा कच्चा हो तब भी हरड़ का सेवन लाभ करता है। राजवल्लभ बताते हैं कि हरड़ मनुष्यों के लिए माता के समान हितकारी है। माता को कभी गुस्सा आ भी जाता है, परन्तु किसी भी अवस्था में खाई गई हरड़ दोषों को प्रकुपित नहीं करती। बच्चों को हितकर उपदेशों में भी बताया जाता है कि हरड़ तो सदा पथ्य है, बेर का फल कुपथ्य है। पथ्य पदार्थों में चरक ने हरड़ को सबसे श्रेष्ठ बताया है (चरक., सूत्रस्थान, अध्याय 25)।

हरीतकी सदा पथ्या कुपथ्यं बदरीफलम्।

हितोपदेश

आयु बढ़ाने वाली

शक्ति बढ़ाने, बुढ़ापे के प्रभाव को रोकने और आयु को दीर्घ करने के लिए बलदायक रसायन के रूप में हरड़ का विस्तृत प्रयोग किया जाता है।

प्रजास्थापक और वयःस्थापक 10-10 ओषधियों के समूह में चरक ने हरड़ का पाठ किया है (चरक., सूत्रस्थान, अध्याय 25)। हरड़ को घी में भूनकर बनाये चूर्ण को घी में मिलाकर खाने से और उत्तम भोजन करते रहने से शरीर में बल आता है और शक्ति बनी रहती है (अष्टाङ्गहृदय, उत्तरतंत्र, अध्याय 4; 12)।

रसायन

जिस द्रव्य के द्वारा शुभ गुणयुक्त रस आदि धातुओं की प्राप्ति हो, वह रसायन कहा जाता है (चरक., चिकित्सास्थान, अध्याय 1, अभयामलकीय रसायनपाद; 7)। शरीर में रस आदि धातुओं के स्वस्थ रहने के कारण ही जरा तथा अन्य रोग इसे शीघ्र अभिभूत नहीं करते। शरीर की कार्यक्षमता और रोग-प्रतिरोधक शक्ति बनी रहती है जिससे शरीर पर रोगों का आक्रमण नहीं होता। बुद्धि, मन आदि भी आहार पर आश्रित रहते हैं। सात्त्विक आहार से मन और बुद्धि भी सात्त्विक होती है। इसीलिए सात्त्विक भोजन करते हुए रसायन के उपयोग से मन श्रेष्ठ तथा बुद्धि कुशाग्र होती है और स्मृति-शक्ति बढ़ती है। इस पुस्तक में हमने महर्षियों द्वारा प्रतिपादित जिन रसायनों का वर्णन किया है उन सबके यही लाभ हैं। अतिशयोक्ति से द्रव्यों के गुण प्रतिपादन की प्राचीन शैली के अनुसार लेखकों ने प्रायः प्रत्येक रसायन का लाभ 100 और 1,000 साल तक जरा और रोग-रहित होकर जीना लिखा है। यद्यपि यह अतिशयोक्तिपूर्ण है परन्तु इसे हम सर्वथा असत्य नहीं समझते। नियमों का पालन करते हुए विधिपूर्वक रसायन सेवन से आश्चर्यजनक लाभ प्राप्त किया जा सकता है।

अधिक रसायनों को कुटी-प्रावेशिक विधि से सेवन करने का विधान है। पाठकों को इससे परिचित कराना अप्रासंगिक न होगा।

चिकित्सक सुलभ और अन्य आवश्यकताओं की पूर्ति के लिए उपयुक्त स्थान देखकर अच्छी स्वस्थ भूमि पर पर्याप्त लम्बा-चौड़ा त्रिगर्भा मकान बनाये। इसका मुख पूर्व व उत्तर दिशा की ओर होना चाहिए। त्रिगर्भा का अभिप्राय उस मकान से है जिसमें एक के अन्दर दूसरा और दूसरे के अन्दर तीसरा कमरा हो। इसकी दीवार मोटी हो और यह प्रकाश के लिए खिड़कियों और रोशनदानों से युक्त होना चाहिए (चरक., चिकित्सास्थान, अध्याय 1, अभयामलकीय रसायनपाद; 16-19)।

सूर्य उत्तरायण हो और शुक्ल पक्ष हो तब किसी शुभ दिन मुण्डन करवाकर, ईश-स्तुति करके, शुद्ध और शान्त मन से कुटी में प्रवेश करे। स्नेहन और स्वेदन करके रोगी

का संशोधन करना चाहिए। इसके लिए हरड़ों का चूर्ण, सेंधा ·।मक, आंवला, गुड़, वच, वायविडंग, हल्दी, पिप्पली और सोंठ के चूर्ण को गरम जल से पीना चाहिए (चरक., चिकित्सास्थान, अध्याय 1, अभयामलकीय रसायनपाद; 20-25)। सामान्य विरेचन के लिए साधारण उत्तम हरड़ की मात्रा 4 से 6 ग्राम तक है। ब्रिटिश फ़ार्माकोपिया की मात्रा 2 से 4 ग्राम है। हरड़ जितनी अच्छी होगी मात्रा उतनी ही कम होगी। शोधन के लिए अन्य द्रव्यों की अपेक्षा हरड़ अधिक देनी चाहिए। शरीर शुद्ध हो जाने पर पेया, यवागू, खिचड़ी आदि हलका भोजन देना चाहिए। कोष्ठ शुद्ध हो जाने पर रोगी की प्रकृति के अनुसार उसके लिए जो उपयोगी रसायन हो उसका सेवन कराना चाहिए। रोगी के लिए कौन-सा आहार और औषध सात्म्य है, यह जान लेना चाहिए (चरक., चिकित्सास्थान, अध्याय 1, अभयामलकीय रसायनपाद; 25-26)। हकीम लोग पके फल को सारक, पित्त और बलगम का नाश करने वाला कहते हैं।

अनेक रोगनाशक

हरड़ सेवन करने की कुछ ऐसी विधियां यहां दी जा रही हैं जिनमें किसी एक ही विधि के अनुसार सेवन करने से अनेक रोगों को दूर करके स्वास्थ्य लाभ किया जा सकता है :

हरस्य भवने जाता हरिता च स्वभावतः।
सर्वरोगांश्च हरते तेन ख्याता हरीतकी॥

धन्वन्तरिनिघण्टु, गुडूच्यादिवर्ग 1; 211.

हरड़ को बारीक पीसकर उसमें आधा मुनक्का मिला लें। मुनक्के के बीज निकाल फेंकें। दोनों चीज़ों को कूटकर एक पिण्ड बना लें। इसमें से बहेड़े जितनी बड़ी गोली बनाकर प्रभात में खा लिया करें। इससे पित्त का नाश होता है। निम्नलिखित रोगों को भी यह सुगमता से दूर कर देती है—अफ़ारा, अरुचि, वायुगोला (गुल्म), खांसी, पाण्डु (अनीमिया), कामला (जौण्डिस), विषमज्वर, हृदय के रोग, रक्त तथा त्वचा के कुष्ठ आदि विकार और मूत्र तथा प्रजननसंहति के रोग (मेह)।

गोविन्ददास का विश्वास है कि मधु भावित हरड़ इन रोगों में अवश्य लाभ करती है— अरुचि, अजीर्ण, अफ़ारा, शूल, खट्टे डकार आना (अम्लपित्त), हिचकी, दस्त, बार-बार प्यास लगना, शरीर में गरमी तथा जलन अनुभव होना, बुख़ार, सिर चकराना (भ्रम), ख़ून की कमी (पाण्डु), अधिक शराब पीने से पैदा होने वाले रोग (मदात्यय), किसी मार्ग से ख़ून आना (रक्तपित्त), खांसी, दमा, पेशाब तथा जनन सम्बन्धी रोग, त्वचा के रोग और आंखो के रोग।

ऋतु हरीतकी

रसायन का लाभ प्राप्त करने चाह करने वालों के लिए भावमिश्र, गोविन्ददास आदि ने हरड़ को सारे साल अलग-अलग चीज़ों के साथ खाने के निर्देश दिये हैं। वर्षाऋतु में सेंधा नमक के साथ, पतझड़ (शरद्) में चीनी, शीतऋतु के पूर्वार्द्ध (हेमन्त) में अदरक और उत्तरार्द्ध (शिशिर) में पिप्पली, वसन्त में शहद और दो गरम महीनों में गुड़ के साथ प्रतिदिन प्रातःकाल एक हरड़ खाना सब रोगों को नष्ट करने वाला समझा जाता है। गुड़ का परिमाण हरड़ के बराबर और चीनी हरड़ से आधी ली जानी चाहिए। नमक वाले मिश्रण को पानी के साथ और शेष सब मिश्रणों को दूध के साथ लिया जाना चाहिए।

पेट के रोगों में

हरड़ के चूर्ण को गोमूत्र के साथ प्रयोग करने से चरक ने पेट के रोगों में लाभ देखा है। पेट के रोगों के लिए हरड़ इतनी अधिक लाभदायक समझी जाती थी कि चरक उदर-विकारों में 1 हज़ार हरड़ खिला डालते थे (चरक., चिकित्सास्थान, अध्याय 13; 151)। 1,000 हरड़ें किस विधि से खिलाई जाएं, इस सम्बन्ध में आजकल के चिकित्सकों की सम्मतियां भिन्न-भिन्न हैं। कई विद्वान् 1,000 हरड़ों का प्रयोग रसायनोक्त पिप्पली वर्द्धमान क्रमानुसार करने के लिए कहते हैं। यह 10 हरड़ का वर्द्धमान क्रम प्राचीनकाल की उत्तम मात्रा है। मध्यम मात्रा दिन में 6 हरीतकी और अल्प मात्रा 3 हरीतकी समझनी चाहिए। परन्तु ये सब मात्राएं आधुनिक पुरुषों के लिए अत्यधिक हैं। इससे आजकल के अपेक्षाकृत निर्बल पुरुषों को लाभ के स्थान पर हानि होने का भय है। अतः कुछ विद्वान् ऐसा विचार करते हैं —पहले 1 हरड़ के सेवन से आरम्भ करें। 10 दिन तक प्रतिदिन 1 हरड़ बढ़ाते जाएं। इस प्रकार प्रथम 10 दिन तक 55 हरीतकी का सेवन होगा। उसके बाद 90 दिनों में 900 हरड़ों का सेवन हो जायेगा। फिर प्रतिदिन 1-1 कम करते जाएं, अर्थात पहले दिनों में उतरते क्रम से लेते जाएं। इस प्रकार इन दिनों में 45 हरड़ों का सेवन होता है और 109 दिनों में 55+900+45=1000 हरड़ों का सेवन होगा। यह क्रम भी बहुत ठीक नहीं रहता। पृष्ठ 27 पर वर्णन किए गये हलिलेह-ए-ज़ीरा और हलिलेह-ए-जवि भेदों को पूर्वोक्त वर्द्धमान क्रम से कुछ वैद्यों ने हज़ार की संख्या में प्रयोग करवाया है, इससे हानि नहीं होती। लेकिन हमारी धारणा तो यह है कि महर्षि को हरड़ के ये भेद ज्ञात नहीं थे और वे पूर्ण पके फलों के सेवन का उपदेश करते हैं। इसलिए हरीतकी सहस्रं वा का अर्थ इससे भिन्न करना चाहिए।

वस्तुतः चरक ने स्वयं वर्द्धमान क्रम से हज़ार हरड़ें खाने को नहीं लिखा परन्तु उनके भाष्यकारों ने ऐसा लिखा है। चरक का आशय सम्भवतः यह है कि उदर रोगी सब मिलाकर हज़ार हरड़ें खा डाले। शरीर के बल के अनुसार प्रतिदिन 1 या 2 हरड़

खानी चाहिए। इस तरह 1,000 या 500 दिन में, 1,000 हरड़ों का प्रयोग हो जाएगा। हमें चरक के कथन की यह व्याख्या अधिक ठीक मालूम होती है। हम ऐसे कुछ लोगों को जानते हैं जो सालों से रोज़ हरड़ या त्रिफला का सेवन कर रहे हैं। इस विधि से दैनिक प्रयोग करते हुए हमने अनेक लोगों को लाभ उठाते देखा है परन्तु वर्द्धमान क्रम से सेवन करना हमें व्यवहार्य नहीं लगता। चिकित्सक को चाहिए कि रोगी के बल और दोष आदि की परीक्षा करके जैसा उचित समझे वैसा ही करे।

अजीर्ण, वमन

भोजन पचता न हो तो (आमाजीर्ण में) गुड़ के साथ नित्य हरड़ खाने से लाभ होता है (भावप्रकाश., अजीर्णचिकित्सा; चक्रदत्त, अग्निमान्द्यचिकित्सा; 11)। हरड़ को पीसकर गुड़, सोंठ या सेंधा नमक के साथ वायु व पित्त के रोगों में सेवन करने से आमाशय की अग्नि विशेष रूप से प्रदीप्त होती है। हरड़ 72 ग्राम, पिप्पली 48 ग्राम; गजपिप्पली, चित्रक, हींग, सेंधा नमक-प्रत्येक 12 ग्राम लेकर चूर्ण बना लें। इसका सेवन अग्नि को दीप्त करने में रसायन का काम करता है, पाचक रसों को उचित मात्रा में उत्पन्न करता है और भूख बढ़ाता है। सेंधा नमक 12 ग्राम, अजवायन 24 ग्राम, चित्रक 36 ग्राम, पिप्पली 48 ग्राम, सोंठ 60 ग्राम, और हरड़ का गूदा 180 ग्राम लेकर चूर्ण बना लें। इसका प्रयोग साक्षात् आग के समान जठराग्नि को दीप्त कर देता है। उलटियों को रोकने के लिए शहद के साथ हरड़ का चूर्ण चटाया जाता है। हिचकी में कोसे पानी के साथ खाने से हरड़ लाभ करती है।

शूल

पित्तशूल की शान्ति के लिए गुड़ और घी के साथ हरड़ का चूर्ण खाया जाता है। गोमूत्र में पकाई हरड़ को सुखाकर पीस लें। इसमें लोह-भस्म मिलाकर गुड़ के साथ सेवन करने से सब प्रकार के शूल नष्ट हो जाते हैं।

वायु गोला

सुश्रुत ने वायु गोले (गुल्म) में गुड़ के साथ हरड़ को प्रयोग किया है। कश्यप गुल्म की कोष्ठवद्धता में हरड़ और गुड़ को मिलाकर दूध के अनुपान से रोगी को खिलाते हैं।

अनुलोमन

सुश्रुत फलों में विरेचन के लिए हरड़ को श्रेष्ट समझते हैं। शार्ङ्गधर ने हरड़ को उत्तम अनुलोमक के रूप में देखा है। मलों का पाक और भेदन करके वे लिखते हैं-

जो अवरोध को नीचे ले आये वह अनुलोमन द्रव्य समझना चाहिए, जैसे हरीतकी। पित्त और कफ के दोषों को दूर करने के लिए पके फल को विरेचन के लिए दिया जाता है। बिना गर्मी और क्षोभ उत्पन्न किए यह शीघ्रता से कार्य करती है। चिरस्थायी मलबन्ध वाले और जिन्हें पित्त की अधिकता की शिकायत रहती है या कोई ऐसा कष्ट हो जिसमें एक कोमल अनुलोमन लेने की बहुत ज़रूरत रहती है, ऐसे व्यक्ति हरड़ के प्रयोग को बहुत सुविधाजनक पाते हैं। हरड़ का मुरब्बा रात को सोते समय दस्तावर के रूप में लिया जाता है। चिरस्थायी मलबन्ध में प्रतिदिन गुड़ के साथ हरड़ ली जा सकती है। सौंफ़, ज़ीरा, धनिया आदि सुगन्धित द्रव्यों के साथ हरड़ को विविध रूपों में कोष्ठवद्धता के लिए लिया जाता है। विरेचन के लिए इसे लेने का एक तरीक़ा यह है कि फल के गूदे का 3.5 से 7 ग्राम चूर्ण लेकर ज़रा-सी सौंफ़ के साथ काढ़ा या फाण्ट बना लें। इसमें शहद या खाण्ड मिलाकर पी जाएं। कई लोग रात को बिस्तर में जाने से पूर्व हरीतकी चूर्ण की फंकी लेकर ऊपर से गरम पानी या दूध पी लेते हैं जिससे सुबह अनुलोमन हो जाय। कोमल प्रकृति वालों को 6 से 12 ग्राम हरीतकी खण्ड रात को सोते समय एक गिलास गरम दूध या गरम जल से लेना अच्छा रहता है। इससे सुबह पेट साफ़ हो जाता है। 6 हरड़ों के गूदे को 3.5 ग्राम लौंग में दालचीनी के साथ 115 मिलीलीटर पानी में 10 मिनट तक उबालकर छान लें। विरेचन के लिए यह सब एक मात्रा सुबह ली जानी चाहिए। जिन्हें मल कठोर, रूक्ष और बकरी की मेगनियों की तरह, गांठों में आता हो उन्हें 3 ग्राम हरड़, 1/2 ग्राम नौसादर और 1 ग्राम कुटकी मिलाकर कुछ दिन तक सुबह आंवले के शीत-कषाय से लेना चाहिए।

भावमिश्र ने ऐसी हरड़ें देखी थीं जिन्हें खाने, सूंघने, छूने या देखने से ही अनुलोमन हो जाता था (भावप्रकाश., हरीतक्यादिवर्ग 1; 147)। चेतकी हरड़ में यह विशेषता कही जाती थी कि वह जब तक हाथ में रहे तब तक दस्त होते जाते थे। यद्यपि आजकल लोग इस बात पर अविश्वास प्रकट करते हैं, परन्तु चेतकी के इस प्रभाव की सच्चाई के बारे में नरहरि और भावमिश्र को तनिक भी सन्देह नहीं था (राजनिघण्टु, आम्रादिवर्ग 11; 225, भावप्रकाश., हरीतक्यादिवर्ग 1; 16)। भावमिश्र ने इसका अनुलोमक प्रभाव दिखाते हुए लिखा है कि चेतकी की छाया में जो मनुष्य, पशु, हिरण आदि चले जाते हैं वे उसी क्षण दस्त करने लगते हैं। जो लोग हरड़ के इन प्रभावों पर सन्देह प्रकट करते हैं वे व्यंग्य में कहते हैं कि 'मुखमस्तीति वक्तव्यं दशहस्ता हरीतकी'। इस लोकोक्ति का अभिप्राय यह है कि क्योंकि मुख से कुछ बोलना है तो यही कहना चाहिए कि हरड़ तो दस हाथ लम्बी होती है।

राजाओं के लिए, कोमल प्रकृति वालों के लिए, निर्बल लोगों और दवाई से द्वेष करने वालों के लिए चेतकी परम हितकर कही गई है क्योंकि इससे सुखपूर्वक रेचन हो जाता है (भावप्रकाश., हरीतक्यादिवर्ग 1; 15-17)।

दस्त, पेचिश

ग्राही और शामक गुण के कारण हरड़ प्रवाहिका तथा अतिसार की उत्तम औषधि समझी जाती है। इस प्रयोजन के लिए इसे अकेला या सुगन्धित तथा पाचक द्रव्यों के साथ दिया जाता है। आमातिसार में पहले संग्राहक औषधि नहीं दी जानी चाहिए क्योंकि मल के साथ दोषों के अवरुद्ध हो जाने पर अनेक प्रकार के रोग उत्पन्न हो जाते हैं। इसलिए उसकी उपेक्षा करनी चाहिए। स्वयं प्रवृत्त हुए मल में अथवा कष्ट से आते हुए मल में हरड़ देने से मल के साथ दोषों के वाहर निकल जाने पर आमातिसार शान्त हो जाता है, शरीर हलका होता है और भूख बढ़ती है (चरक., चिकित्सास्थान, अध्याय 19,18, 20-21)। पक्वातिसार में आम पाचन के लिए गरम जल के साथ हरड़ का चूर्ण खायें। चूर्ण की 25 सेण्टीग्राम की गोलियां प्रवाहिका, विशूचिका, अतिसार और पुरातन अतिसार में दी जाती हैं। हरड़ और पिप्पली के समान भाग चूर्ण को गरम पानी के साथ खाने से बार-बार थोड़ी-थोड़ी मात्रा में होने वाले प्रबल और शूलयुक्त अतिसार नष्ट होते हैं।

बवासीर, ज्वर

बवासीर में : बवासीर हटाने वाली 10 ओषधियों में चरक ने हरड़ को गिनाया है। बवासीर में कठोर कोष्ठ की प्रकृति वालों को मल के अनुलोमन के लिए वाग्भट गोमूत्र में उबाली हुई हरड़ को गुड़ के साथ खिलाना प्रशस्त समझते हैं। रातभर गोमूत्र में रखी हुई हरड़ को गुड़ के साथ या हरड़ के चूर्ण को लस्सी के अनुपान से बवासीर में प्रयोग करने से लाभ होता है। हरड़ को घी में भूनकर चूर्ण बना लें। इसमें पिप्पली चूर्ण और गुड़ मिलाकर बवासीर के रोगी को अनुलोमन के लिए दें। भीतरी बवासीर के रोगी को सुबह हर रोज़ गुड़ के साथ हरड़ का सेवन करना चाहिए। ख़ूनी बवासीर वाले को भोजन के बाद, प्रतिदिन हरड़ के साथ गुड़ खाने से लाभ होता है।

बवासीर के लिए हरड़ का काढ़ा ग्राही प्रक्षालन द्रव्य है। शौच होने के बाद इसका प्रयोग किया जाना चाहिए। मस्सों में कष्ट अधिक हो तो कोसे या ठण्डे काढ़े से दिन में दो-तीन बार धो डालना चाहिए।

ख़ून आना : बांसे के रस में हरड़ के चूर्ण को ख़ूब रगड़कर सुखा लें। इस प्रकार बार-बार भावना देकर सुखाए चूर्ण में ज़रा-सी पिप्पली मिलाकर शहद के साथ चाटने से वश में न आने वाला बहता हुआ ख़ून (रक्तपित्त) बन्द हो जाता है (हारीतसंहिता, चिकित्सास्थान, अध्याय 11)।

ज्वरों में : सन्निपात-ज्वर में दाह दूर करने के लिए हरड़ चूर्ण को तेल, घी और मधु के साथ चाटें (भावप्रकाश, ज्वरचिकित्सा)। ज्वरहर दशेमानि में चरक ने हरड़ को गिनाया है (चरक., सूत्रस्थान, अध्याय 4)। कफजन्य पाण्डु में गोमूत्र में पकाई हुई हरड़ लाभ करती है (चरक., चिकित्सास्थान, अध्याय 16; 56)।

ज़ुकाम, खांसी

ज़ुकाम : ज़ुकाम को दूर करने के लिए हरड़ का एक ऐतिहासिक विवरण प्राप्त होता है। भगवान् बुद्ध को एक बार ज़ुकाम हो गया। जीवक ने उन्हें विरेचनीय द्रव्यों से भावित कमलों की नसवार दी। उससे 32 छींकें आईं। परन्तु ज़ुकाम गया नहीं। जीवक ने गुड़-हरीतकी को मण्ड के अनुपान से दिया। भगवान् ठीक हो गए।

ख़ांसी, दमा : एक हरड़ को यवकुट करके चिलम में रखकर पीने से दमे का दौरा बन्द होता है। चरकसंहिता में कासहर 10 ओषधियों में हरड़ परिसंख्यात है।

मदात्यय : शराब अधिक पीने से होने वाले रोगों (मदात्यय) को दूर करने के लिए दूध में हरड़ का काढ़ा मिलाकर पीना चाहिए। मदात्यय की चिकित्सा के प्रकरण में भावमिश्र ने जायफल के मद को नष्ट करने के लिए हरड़ का सेवन हितकर बताया है।

मूत्र संहति के रोगों में : हारीत सब प्रकार के प्रमेहों में हरड़ के चूर्ण में शहद मिलाकर खाने के लिए सिफ़ारिश करते हैं। कष्ट से पेशाब आने में तथा मूत्र-संस्थान के अन्य रोगों (प्रमेह) में चरक लस्सी के साथ हरड़ का सेवन कराते हैं। हरड़ की गुठली को गो-दुग्ध में पकाकर पथरी में पीने के लिए वाग्भट कहते हैं।

फीलपांव, त्वचा के रोग

वातरक्त : वातरक्त (गठिया) में गुड़ और हरड़ का सेवन करें। 1-2 हरड़ों को गुड़ के साथ खाकर गिलोय का क्वाथ अनुपान में पियें तो वातरक्त, जिसमें जानुपर्यन्त स्फुटित हो गया है, शान्त हो जाता है।

वृद्धि रोग : गोमूत्र में पकाई हरड़, तेल और सेंधा नमक को सम भाग में मिलाकर प्रातःकाल कफ-वातज वृद्धि के नाश के लिए सेवन किया जाता है। बहुत पुराने और बढ़े हुए वृद्धि रोग के नाश के लिए चक्रपाणि ने हरड़ को सेवन करने का तरीक़ा यह बताया है—गोमूत्र में पकाकर हरड़ को एरण्ड तेल में भून लें। इसमें सेंधा नमक मिलाकर कोसे पानी के साथ खाएं।

फील पांवज : हरड़ को पानी के साथ सिल पर पीसकर पतली लुगदी बना लेते हैं। कफज श्लीपद में गोमूत्र के साथ इसे पिलाया जाता है। फील पांव को संस्कृत में श्लीपद कहते हैं और अंग्रेज़ी में एलिफ़ेण्टाचसिस। इसमें रोगी के पैर तथा दूसरे अंग असाधारण रूप से बढ़कर हाथों के अंगों के समान आकार-प्रकार धारण कर लेते हैं।

त्वचा के रोग : कुष्ठ आदि त्वचा के रोगों को नष्ट करने वाली दस ओषधियों में चरक ने हरड़ को गिनाया है (चरक., सूत्रस्थान, अध्याय 4; 14)। स्थानीय लेप

के रूप में और खान-पान में इसका प्रयोग किया जाता है। खाने-पीने के विविध प्रयोगों में देने से यह अन्दर से मलों का निर्हरण भी करेगी।

ज़ख़्मों पर : हरड़ों में प्रचुर परिमाण में गैलिक एसिड होने के कारण पुराने ज़ख़्मों तथा घावों पर लेप के रूप में और मुख-पाक में गरारों के रूप में इसका प्रयोग किया जाता है। फल के सूखे गूदे को जलाकर बनाई भस्म मक्खन के साथ या वेसलीन के साथ व्रणों पर उत्तम मरहम के रूप में इस्तेमाल होती है। बहुत बारीक पीसे हुए हरड़ के कल्क को कैरन तेल के साथ मिलाकर जल जाने पर पड़े छालों पर लगाने से अकेले कैरन तेल को लगाने की अपेक्षा आराम शीघ्र आता है।

मुख, गला, आंख के रोग

मुख तथा गले के रोग : बच्चों और युवाओं के मुखपाक में इसका प्रयोग किया जाता है। कण्ठ रोग में हरड़ का कषाय मधु के साथ पिलाया जाता है (अष्टाङ्गसंग्रह, उत्तरतंत्र, अध्याय 22; 55)। कण्ठ व्रण के लिए कषाय ग्राही प्रक्षालन द्रव्य है। दिन में दो-तीन बार इसके कषाय से गरारे करने चाहिए। सिक्किम के पहाड़ी लोग कण्ठ-व्रण की ओषधि के रूप में फलों का व्यवहार करते हैं। बूढ़े लोग कत्थे के साथ हरड़ के चूर्ण को दांतों को मज़बूत करने के लिए चबाते हैं। फल का सूक्ष्म चूर्ण दन्त मंजन के रूप में खाये हुए दांतों, रक्तस्रावी और व्रणी मसूड़ों के लिए प्रयुक्त होता है।

आंखों के रोग : फलों के यवकुट चूर्ण को पानी में भिगोकर रातभर रखा रहने देकर प्रातःकाल उससे आंखें धोई जायें तो यह आंखों के लिए बहुत ठण्डा प्रक्षालन द्रव्य समझा जाता है। इसके हलके जलीय शीत कषाय से प्रतिदिन आंख धोने से आंख की जलन शान्त होती है। आंखों के रोगों में घी में भुनी हुई हरड़ का लेप बनाकर आंख के चारों ओर लगाया जाता है। लोहे के बरतन में हरड़ को हल्दी के रस के साथ घोटकर बनाए कल्क को चिप्य रोग में बार-बार लेप करना चाहिए।

हरड़ खाने का निषेध

अजीर्ण रोगी, रूक्ष आहार करने वाले; स्त्रीभोग, मद्यपान या किसी विष के सेवन से दुर्बल; भूख, प्यास तथा गरमी से पीड़ित; बलहीन, रूक्ष पुरुष को और मार्ग की थकावट से चूर, उपवास के कारण कमज़ोर, पित्त की अधिकता वाले तथा जिनका बहुत-सा ख़ून निकल गया है ऐसे कृश लोगों को और गर्भवती स्त्री को हरड़ का सेवन नहीं करना चाहिए। निम्नलिखित रोगों में भी इसके प्रयोग करने का निषेध किया है—हनुस्तम्भ, गलग्रह, मुखशोथ और नवज्वर। नरहरिपण्डित ने शोथ में हरड़ को देना मना किया है परन्तु सुश्रुत, चक्रपाणि, भावमिश्र और कैयदेव शोथ में इसका प्रयोग करते हैं।

आठ

विविध भाषाओं और स्थानों में नाम

संकेत

अ.	अरबी	त.	तमिल	म.	मराठी
अं.	अंग्रेज़ी	ते.	तेलुगु	मल.	मलयालम
असमी.	असमिया	ने.	नेपाल	मु.	मुम्बई
उ.	उड़िया	पं.	पंजाब	सं.	संस्कृत
क.	कन्नड़	फ़ा.	फ़ारसी	हि.	हिन्दी
कश्.	कश्मीरी	बं.	बंगाली	हिमा.	हिमाचल
गु.	गुजराती				

अ

क्ष

ख

ग

घ

च

स

ह

अंग्रेज़ी, लेटिन नाम